魏先生的
几次消失

俞　莉◎著

中国文史出版社

目 录
CONTENTS

发 如 雪

1

　　好久没见到李徽了——当然，"好久"是个相对概念，网络时代，大家随时可以"网上见"，但我们都忙得很，没有特殊情况，一般也不互相叨扰——两年前我出差路过上海，我们见过一面，算是距离最近的一次线下相见了。曾有首很流行的诗"你见，或者不见我，我就在那里"——据说是六世达赖喇嘛仓央嘉措写的，也有说不是，人们冒充法王的诗，流传开了，用来表达一份友谊的默契。这倒可以形容我和李徽，哪怕多久不联系，一接电话，时空便消失了。我们六岁就认识，四十年了，彼此在对方身上生了根。

　　李徽语音电话打过来的时候，我正汗流浃背在拖地，一周没拖了，仿木条纹瓷砖都像打了蜡一样黏脚，实在看不下去，即便明天是双休，我也不要把这项工作推到第二天。八月底的深圳，天气溽热得要命，是那种黏糊糊浓稠化不开的热，已经持续闷热很久了，整个夏天几乎没见到像样的雨水。如今生态出了问题，气候格外反常了，记忆中的岭南夏季，热几天就会下场暴雨，或者来场台风解解暑。而今年——去年似乎也如此，就是持续地热，热，热。客厅没装空调很失策，前年装修的时候，老公要装，我阻止了，一是想节省点费用，预算都超支了，再就是也想增加自身抗热能力，都在空调房，会产生依赖性，我的胳膊上贴着膏药，都是拜空调所赐，抬起来就痛，人到中年，各种未曾料到的毛病都会趁机赶趁过来欺负人，身体各器官零部件争相刷存在感。深圳属于海洋性气候，纵然夏季，早晚还是凉爽的，有自然风。没想到如今世道变化无常，连气候也说不准了，过去的经验要改写。我弯着腰，层出不穷的汗水像小溪流一样，在身上蜿蜒流淌。

"在拖地啊？不是请了家政工的吗？"

"辞了。"我靠墙边直起身，放下拖把，一边用胳膊擦额头上滴下的汗珠。

"小青，跟你说个事儿，就是——那个——你手头有没有钱？"

她直奔主题，这话也只有她问得出，这年头开口问人借钱是犯忌的事，亲兄弟之间也常有碰一鼻子灰的。李徽倒不介意，也不怕被拒绝，上海苏州的几个老同学都被她一一借过，自然也包括在深圳的我。都是打小的同学，谁好意思说不呢？后来大家都有点躲她了，故意不接电话——我听刘波说的。去年春节回老家，我们遇到。刘波经常苏沪两地来回跑，"现在生意不好做，手头确实没有现钱"。刘波跟我解释，大约也是希望我代为转告。"堂堂大会计师，挣钱应该不少，怎么会缺呢？"刘波表示不解。

其实我现在也不太了解李徽了，不错，我们是闺密，但闺密就互相了解吗？我甚至觉得，人与人之间的了解简直比登天还难。就算同在一个屋檐下，了解也是困难的，比如，就像此刻，面对在书房里关着门、戴着耳机、沉浸在游戏中的思安，我无能为力，也百思不解，我无法拉他下来，无法走进他的心里，甚至找不到和他对话的通道，我们仿佛是来自两个次元的人物。这个家对他来说也许只是个寄居的壳，有时看他——我的儿子，就像看一个熟悉的陌生人。

"妹妹要报名念小学了，很高的一笔学费呀。"李徽焦急地说，口音带点上海腔。

尽管我和李徽同龄，不过有时我竟会产生两代人的错觉。思安已经大三，她家妹妹才读小学。人生中我唯一觉得幸运的是，赶早生了娃，看到周围焦虑的妈妈们整天赶着孩子上各种培训班，在微信里天天打卡，被学校班级群发布的成绩信息搞得天天惴惴不安的时候，不由松口气，尽管今天的思安也让人操心，但好歹过了陪读这一关。今天下班时，从沃尔玛超市顺便买点纸巾洗发水和排骨，结账时，我前面排着一位大叔，收银台摊着他一大堆东西，其中有大小两只塑料恐龙玩具，由于玩具不知怎么没贴条形码，扫不了码，只好搁下不买了，身边的小男孩哭得地动山摇，口罩扯在鼻子下面，被鼻涕拉住，一双小手不停地拍打着他爸，这位老兄一边结账，一边哄骂，最后抱起不肯挪步的儿子狼狈而逃。

我庆幸自己过了这一阶段。生孩子真是赔本的买卖，好好的人生给套上了枷锁，再无自由可言。

看李徽心力交瘁的万里长征才开始起步，不由心生同情，一把年纪了，她身体并不是很好，腰椎肩椎都有问题，以前在庐城，时不时都要做一下推拿，也问我借过钱。那个时候她的花销就比一般人大，说起来我都成了她资深债主了，没想到这债权关系也延续到了现在。

妹妹上的是私立小学国际班，一年要交二十多万学费。这些年李徽不断找亲友借钱，从妹妹上幼儿园开始，她走的就是一条贵族路线。我很奇怪，幼儿园也就罢了，义务教育是免费教育，为什么不去读？

"上海好一点的家庭，都送孩子上私立学校啊。"李徽反而奇怪我的问题。

我真的不了解她。当然，我也费解这个时代。曾在哪里看到过一篇报道，上海有个两岁半的小孩得了"斑秃"，半夜频频惊醒，妈妈一开始以为是缺钙，赶紧买来补钙剂，吃了以后不见好转，头发照样成片地掉，后脑勺形成好几个铜钱大小的秃点，去看医生，才知道是患了"斑秃"。医生也奇怪，这种疾病是成年人压力大才会得的，现在虽有年轻化趋势，可是还没接诊过这么小的孩子，再一问才知道，上海好一点的幼儿园竞争很激烈，都要参加入园考试，家长为了能让孩子顺利通过，一口气报了英语、钢琴、数学、绘画、主持人五个培训班，每次孩子淘气坐不住的时候，家长就威胁说，你再不努力，就上不了幼儿园了，孩子着急怕上不了学，终于顶不住"秃"了。

我不由感叹，深圳虽然也是海外留学生大户，可比具有"西洋"氛围的上海还是要好点。思安千不是万不是，到底也算是帮我省了一笔。

我上次借给李徽两万，她还没还，现在又开口。她倒不会赖账。记得清清楚楚，说等有钱了一把还我（她的信用记录还是良好的，尽管时间会让人民币贬值）。我自然相信她的偿还能力，上海某财务公司大会计师，标准金领。她老公清华大学计算机系毕业，在银行上班。可即便这样，钱还是不够用，在上海，一套房子就让他们成了房奴。

李徽学的是财务，按理说应该很善于理财，但她更惯于花费。曾经，还在庐城的时候，我俩遇到一个学中医的会看手相的人，他就说李徽手缝大，漏财，存不住钱，而我正相反，手紧，天生节俭。也确实，当年李徽就是月光族，常要问我借钱周转，那会儿我已经毕业，在一家合资企业，她在郊区的一所中学一边工作，一边苦读，准备考研。李徽是个有野心的人，一心向往大城市。也算得偿所愿。

两年前，我路过上海。李徽在淮海路的星巴克请我喝咖啡，她是星巴克的忠实消费者，以前在庐城刚有星巴克的时候，她就成为第一批会员，她热衷于那里的氛围。

十月下旬，上海最好的季节，桂花的香气不时地从某个角落溢出来，很醉人，令我想起故乡的味道。我们沿着湖南路闲逛，经过赵丹旧居，午后的阳光透过茂密的梧桐树，洒下金币般斑驳缤纷的光影。李徽戴着一顶镶嵌着黑丝绸边的草帽，波浪般长发披垂，很洋气。李徽终于生活在她梦想的大城市，长成她梦想中的样子了。

李徽喜欢戴帽子，是帽子控，有帽檐的、无帽檐的、草帽、丝绒帽，不一而足。当然，实事求是地说，帽子对她来说倒不仅仅是装饰，还有保健之用，她有偏头疼的毛病。我猜想，是不是也和小时候烙下的阴影有点关系。

2

那一年不知刮了什么可怕的妖风，学校女生们头上大面积地滋生虱子，米虫般大的褐色生物，在头发丛里爬来钻去，奇痒无比，据说还能飞，从一个女生头上飞到另一个女生头上。"三月三，虱子飞过山"。坊间流传着这样的顺口溜。被头皮滋养得黑油油的肥壮虱子繁殖能力超强，生出一窝一窝的小崽子，白花花地布满在女生的头发上，看上去像早衰的童女，捏一个"啪"清脆一声响。染上之后，很难断根。头发怎么洗也免不了还会有。虱子能飞——尽管谁也没见过虱子飞翔，但想象起来更可怕。女生们对生有虱子的人退避三舍。其实那会儿大多数人都未能幸免了，只不过有多少之差和显隐之别。隐在发丛里的虱子，假若不听话爬出来，恰巧被人发现，那就坐实了这件丑事，虱子主人立马灰头土脸，像得了难以启齿的麻风病一样。

我不幸中招，被当众揭发了。刘永红惊呼，"大家快过来看啊，宋小青头上有虱子，看啊，还在爬呢"。女生们纷纷围拢过来，朝我头上盯去，指指点点，我惊惧羞愧得恨不得找一条地缝钻进去。不晓得什么原因，刘永红小小年纪，就有一种天然独特的本领，能做带头大姐，会拉拢大多数，孤立某一人，她用的词叫"搞臭"。这个词从我们上一辈那里继承来的,听了叫人闻风丧胆。大家都不敢得罪她,怕被"搞臭"。其实,我也曾看见过她头发里有虱子,可是,我不敢像她那样指出来,谁有胆量说她呢?估计别的同学也看见过,但没有人说。没人说,就等于没有,她可以居高临下地揭发别人。

"真脏!""好恶心呀!"我听见女生们捏着鼻子窃窃私语,她们躲避瘟神一样地从我身边跳开,和我原来关系不错的同学也不敢靠近了。

当天晚上,妈妈买来烧酒给我洗头,然后用旧毛巾严严实实地包着,捂了一宿,我感觉整个脑袋都要给点燃了。这个时候谁要是不小心丢个火星,我就完了。许多次我想象自己顶着一个火球在大街上狂奔。

第二天,我带着未散尽的一头酒精味惶恐地到班上,依然可以感觉到同学们异样的眼光,比浇在我头发上的酒精还灼热。

体育课自由活动,刘永红召集一帮人玩丢手帕游戏,大家围成一圈,同声高唱"丢,丢,丢手绢,轻轻地放在小朋友背后,大家不要告诉他,快点快点抓住他。"一个同学在圈子外面拿着手帕,歌声结束,看看手帕放在谁背后,谁就替代那个人起来跑。

我被排除在游戏之外。

这种被群体孤立的恐惧感,一直伴随着我很久,使得成年之后的我对群体聚集本能地排斥,特别是对聚集中那神气活现、指点江山、喜欢当众臧否人物的大哥大大姐大退避三舍。印象中,TA们专门会让弱者、瞧不顺眼的,或者不跟从TA们的人难堪,下不了台。我从前单位有个女上司,她家但凡有个什么事,大家都争先恐后趋之若鹜地前去表示慰问祝贺,我怵于表达,也不合群,从未随过份子。女上司有时来职工办公室亲民巡查,一个一个格子间打招呼问候寒暄,经过我身边看也不看,好像我是透明物。这种被冷落孤立的感觉令我想起小时候,童年宿命般地影响至今。

我默默地缩在一边,忍着就要流出的泪,时间变得漫长难熬。

这时,李徽走了过来,她手里攥着五颗小石子儿,小心翼翼地问,"要不要玩抓子儿游戏?"

我羞愤交加,被她搭讪,比独自待着也好不了多少。

丢手绢游戏没有她,什么集体游戏都没有她,跳房子、跳绳、跑圈……她都不参加,我从来没想过,也没留意过她的感觉,她基本上是被我们忽略的。

有时瞥见她一个人待在一旁，心里会涌起一股莫名的幸庆感，幸亏自己不是她。

李徽那时候瘦瘦小小，皮肤黝黑，嘴角边有一颗小小的痣，被刘永红称为"好吃痣"。李徽性格孤僻，又有点死脑筋，刘永红曾恩赐地让她扮演矮人国里托着公主衣服的仆从，她不肯，习惯了别人服从的刘永红在李徽这里碰了钉子，从此开始冷落她，别人自然跟着不搭理她了。李徽总是独来独往，偶尔我瞧见她手里捧着本小人书，安静地在看。她倒还挺不屈的，一个人走路的时候，头昂得高高的，尽管她那么矮小。

"她妈是菜农，她爸投机倒把，给抓过的。"这是刘永红爆出来的料，也不知真假，大家更加瞧不起她。

五颗小石子，磨得光滑溜圆。平常我们玩的石子棋都非常粗糙。

"五彩石，我收集到的。"她眼睛里闪烁着友谊的渴望。

我犹豫地接了过来，在手里摩挲，我俩就在一旁玩起石子棋来，我头一次见到李徽笑，她的牙齿很白很整齐。

在那个被孤立的日子，李徽和我结成了同盟。

我的耻辱刚刚过去不久，李徽的灾难便来了。还是虱子惹的祸，她妈妈比我妈行动更绝，干脆给她剃了光头。李徽原本拥有一头浓密黑发——被刘永红嘲笑过"懒人顶重发"，乱糟糟的，篦子都篦不通，这大概也是她被认为很脏不配和大家一起玩的原因。如今一根毛都没有了，光秃秃的脑壳像发亮的青瓜皮。

我不知道李徽怎么还有勇气来到学校上课。一首打油诗在班里响亮地传唱开来，"秃子秃花瓢，挂在树上摇。秃子想戴花，摸摸头上没有毛，想想真无聊"。

大家笑坏了，想想吧，一个女生剃了光头，多刺激啊！我心里五味杂陈，一方面由于李徽成功地取代我成为大家攻击的靶子，心里暗暗松了口气，另一方面，又十分同情她。但我不敢公开表示我的同情，那个时候，刘永红已经向我示好，我被重新拉进"革命队伍"，可以参与丢手绢游戏了，如果这个时候我不知好歹站李徽一边，简直就是公然挑战刘永红的权威，自讨没趣。

李徽头皮青白，和她黝黑的面容构成鲜明对比，她变成和男孩一样的人，男孩子们也嘲笑她，她简直就是一个异类啊。

课间，我不敢和她玩，甚至不敢看她，我怕看见她瞥向我的渴求目光。

我们两家住址是同一个方向，我被孤立的那阵子，我们总一同放学回家。

现在，她要一个人走上很远，才停下来等我。她知道我不想被人看见和她在一起。

"拿酒精洗头，捂一捂就好了的。"

"我妈舍不得烧酒。"

我递给她一颗咸橄榄，早上爸爸给了我两颗。

"很好吃。"她爱惜地呷着嘴。

走到文化馆附近，我们就要分手了。

"去不去我家玩？那里有许多花，你不是喜欢花吗？"

那会儿我们刚上小学三年级，开始学写作文了，我的一篇作文被老师表扬了，写的就是院子里的洗澡花。

过了文化馆就是郊外了，建筑物变得稀少，柏油路两旁，一片一片的农田、水沟、低矮茅房。李徽家离我家不算太远，走十分钟便到了，但好像是泾渭分明的两个世界。她家是自建的砖头房，门口竹篱笆围了个大院子，几只鸡在啄米，旁边有个草棚子搭建的茅厕，和我在乡下奶奶家看见的一样，乡下人都在自家院子里，用个大水缸做粪窖，上面支起两块木板，蹲在上面解手，棚子没有顶，直接可以看见天空。我只能抬头，木板下简直没法看，粪便蛆虫，臭气熏人，会叫人恶心地站不稳。李徽放下书包，直接带我去她家屋后的田野里，一大片绿油油的青菜，排列整齐，像浩大的织锦呈现在面前。这里是蔬菜队领地，菜农们靠种菜谋生，他们没有城镇户口，虽然我们住在相距不远的同一片土地上，但我们的身份是不一样的，李徽之所以被孤立，也有这个原因吧，小孩子也是天生势利，而且不会掩饰。没有城镇户口意味着没有粮票，买不到大米、油条、麻花、包子……意味着穷。

我和李徽走在田埂上，她教我辨认着菜畦里的马兰头、荠菜、马齿苋。"这些都是可以吃的，味道可好了。你愿意的话我们可以一起挑野菜。""挑"就是摘的意思，这个字真传神，就是在一大片菜地草叶间寻觅，那种"挑"中的感觉真是太美妙了，是一种发现的快乐。有一回姐姐拉肚子，妈妈就"挑"了许多马齿苋煮水给她喝。剩余的马齿苋妈妈用灰揉，洗净晾晒成干，和五花肉配起来烧很好吃。没想到，李徽家的田野有这么多可"挑"的好东西。

李徽的样子就像大地的主人，完全不同于她在学校的那种灰头土脸。我们一起唱起了应景的流行歌，"我们的田野，美丽的田野，碧绿的河水流过无边的稻田，无边的稻田好像起伏的海面……"

我第一次听李徽唱歌唱得那么大声，音乐课考试，每人唱一首歌，李徽分最低，就是老师送的及格分，她声音太小，老师把耳朵凑跟前也听不见。"蚊子哼一样。"老师摇头下评语。

也许是对田野的热爱焕发了她的激情，也许是和我在一起。

田埂间水圩边遍布五颜六色的各种小野花，其中最出色的是野蔷薇，粉色的花朵，一蓬一蓬，开得欢欢实实，惹人欲摘。"你小心啊，蔷薇有刺。""别滑下去了。"李徽在我身边操心地提醒着。好看的花儿确实难摘一点，靠着水沟淤泥长，李徽身手敏捷，危险的地方，她把我推开，自己贴在圩上，探下身子，去摘花朵。

"我摔过一回，你看我这里，有疤痕。"李徽把头伸给我看。果然有条突出的细白的疤痕，她的头发已经长出了一点点，硬茬茬的，像山里的野板栗。

"摘蔷薇摔的？"

"摘莲蓬。"她指着不远处的一块荷塘，说，"带弟弟玩，弟弟吵着要莲蓬，我够不着，掉水里了，弟弟在我后边，也跟着一起掉水里了。幸好路过的人把我们救起来。那池塘淹死过小孩的。"

"你妈骂你弟没有？"

"哪会骂我弟！打了我一顿。说要是弟弟淹死了，让我也活不成。"李徽眼里起了雾。

"偏心的父母，叫不应的黄天。"这是民间老话，我想起我妈，她总说自己一碗水端平，可我觉得她是偏心姐姐的。

"我妈偏心我弟，其次是我姐，我是这个。"她伸出小拇指，讪笑了一下。

"等以后我们有出息了，让她们再后悔吧。"我握着李徽的手。

李徽点点头，我们仿佛结成了同盟军。李徽将蔷薇编成花环戴在我头上，"像女王咦。"她拍手。我又把花环套在她头上，"好看，像花边帽子，你戴帽子很好看。"

"到冬天就好了。"李徽眨着眼睛。

"是的，冬天头发就长长了。"

"可以戴帽子了。"李徽笑了一下，她剃光头后，我送了她一顶旧风雪帽，那是我自己戴过的，我很喜欢，风雪帽有两根像辫子一样的长带子。

3

"我东拼西凑已经弄得差不多了，就差五万。"李徽在电话里说道，"刘波电话打不通，船长也没消息，只好找你了。"

我心道，他们都躲着你呢。

五万，不是很大的数字，到哪儿不能消化呢，大概也是她把自己的信用透支得太多了。我真弄不懂李徽，为了这么点钱，把面子都丢光了。刘波背后说的话我自然不能告诉李徽，她竟然还提起"船长"，难道"船长"日子会比她好过？

"我也没办法，船长要是有消息，肯定会支援的，他和你一样，都是没话说的朋友。哎，你有他消息吗？"

"你都没有，我怎么会有？"

"只知道他在上海，这么多年就是不联系。"

"船长"是梁承斌，这雅号来自我们一次郊外的游玩。那会儿我们上高一，一起玩的人还有刘波，以及其他几个同学。

李徽那时已经有一头齐肩乌发了，平时在学校就束个马尾，校外玩的时候放了下来，是学台港片里流行的装扮。她个头已蹿起来，不再像小学时那样瘦瘦小小，面容也长开了，漆黑的眼珠，乌黑的眉毛，五官立体，有点印度人的味道，嘴角边的小痣也随之长大了一点。小升初我俩都进了一中，不同班，高中又到了同一个班，算是同窗最久的了。"唉，李徽怎么打扮，都有点土气。"刘永红——分在另一所学校，有次来我们学校看运动会，看到正参加 4×100 接力的李徽，随口笑道。我本来不觉得李徽土，但刘永红一说，似乎乜有点同感。李徽披散头发，像电影里的城市姑娘那样，可是说不上来哪里依然带有一股乡野的气息。我倒是蛮喜欢，觉得很可爱。

一个春天的周末，梁承斌提出去小洲岛去玩，踩单车去。

"我们没有单车。"李徽说。

"坐我们车后面好了。"梁承斌爸爸是钢铁厂师傅，他家境还可以，有一辆二八式自行车，刘波也有自行车。

于是就男生载女生，一路骑往小洲岛。大约十几公里吧，他们也不嫌累，就这么一路开过去了。我坐刘波车后，李徽由梁承斌载。

9

小洲岛其实没什么好玩的，就是一片水域，岸边艘着一架生了锈的旧船。我们进到船舱里，东寻西看，梁承斌走到驾驶室，打着方向盘，模拟驾驶。

不知怎么我们就谈起了理想。

刘波说将来想当科学家，像爱因斯坦那样。他是我们班的学霸，被物理老师誉为神童。这个理想倒也挺配他。

我不记得自己说了啥，对于理想我并没有明确的概念。但我却记得李徽的理想，她说，她将来要生活在大城市，住很大的房子，穿自己想穿的衣服。

李徽迫切地想离开自己的家，她和父母的关系一直不怎么好，她姐姐初中毕业没考上高中，在家里做帮手，早上提着菜篓去集市上卖菜，"一个子儿都斤斤计较，和我妈一个样。"李徽很瞧不上，家里的饭菜，她妈妈小气到肉丝切成几条都清清楚楚，她不小心多吃了一条要被骂半天。好不容易买了几个苹果，不放烂了不给吃。就像吃葡萄的故事里一样，有人先从好的开始吃，她们家吃的永远是最坏的。"她眼界只有芝麻这么点大。"李徽鄙夷地说，家里有两把秤，一把是做了手脚的。对我，她不惮吐露家丑，她心里积压着许多不满，需要一个出口倾吐。李徽发誓一定要离开这样的家这样的生活。她学习很刻苦，却得不到家人重视，总拿她和姐姐比较，嫌她读书花钱，她羡慕我时常还有《读者》这样的杂志读一读。她所住的郊外动辄停电，晚上学习要点煤油灯，又被说费油。我于是将家里多余的蜡烛头送给她，她学到很晚，有一次来了瞌睡，烛火差点烧着了，都闻到头发的焦煳味。说起这事，她后怕不已。

"一定要考上大学，才可以跳出农门。"李徽坚定地说。她后来腰椎间盘突出，也跟她那会儿长时间熬夜不正规的坐姿有关。

"你的理想是什么？"我们问在驾驶舱里捣鼓的梁承斌。

"船长，将来我要当船长，不行的话当个大副也行啊"，他的外号就这么来的。他说得和李徽一样坚定。他们都是有明确理想的人。船长大概很兴奋，还唱起歌来，他唱的是《凯旋在子夜》里的主题曲《月亮之歌》，把我们都感动到了。"当我躺在妈妈怀里，常对着妈妈甜甜的笑，它是我的好朋友，不管心里多烦恼……"

"你以后可以考音乐学院，当歌唱家。"李徽认真地建议道。

"不，我要报考海军院校，将来去远洋。"梁承斌戴着船舱里的水手帽，眼眸熠熠生辉，样子很帅。

梁承斌喜欢李徽，李徽却没什么感觉，她喜欢的是洋派型的，像我们班主任外语老师凌城那款。凌城在上海读了四年大学，分在我们学校工作年头不长，同学都不太喜欢凌老师，私下叫他"假洋鬼子"。凌老师有一头天然卷发，说话轻声慢气，有点嗲，就是那种仿"上海人"的腔调，但李徽喜欢，她认为那是文明，是洋派，"不像我们这里人，说话粗声大气，跟吵架一样"。凌城任命李徽为英语课代表，英语成为她所有学科中最好的一科。凌城教了我们一年半，就调走了，他本来就是弋江市人，不甘心待在我们这个小县城，一直心心念念地要调离，教我们那一年都在办调动，有时一请假就是两星期，让别的老师顶课管班，这也是我们不喜欢他的原因，觉得他不负责任。

　　换了英语老师之后，李徽很失落，英语成绩下滑厉害，中学生确实是这样，"亲其师信其道"，喜欢哪科老师，哪科就学得好。英语的退步，直接影响了李徽的高考，她原本打算考上海外国语学院的。凌城曾去李徽家家访，他告诉李徽，将来有条件一定要去大城市，去上海，那里是视野最开阔的地方。这个信念深刻地影响了李徽，但她最后只读到了省农学院，还是大专班。想不到进了大学还脱不了一个"农"字，李徽特别郁闷。

　　说起来，我们那一届整体考得都不太好，是学校高考小年，上一届录取率达百分之三十，这一届都不到这个比例，我们班考得最好的刘波，也只是个工大，离他的梦想清华大学差二十分。我上了省师专。最惨的是梁承斌，他落榜了，第二年参了军，是海军，倒也某种意义上符合了他的理想。

　　唯一值得安慰的是，我、李徽还有刘波，我们都在同一座城市——庐城，那是省高校最多的城市。

　　对于来自小县城的我们来说，庐城就是很大的地方了，出门要坐公交车，到处有高楼大厦、大商场，有公园景点，历史古迹，光一个校园就有我们县的城关大，够逛老半天。庐城算是我们见的最大世面了。

　　金秋十月的某一天，我们仨在环城公园划船，是那种电动脚踏式的，不需要用力，把握好方向盘就行了。"要是船长在，我们就乘那种划桨的，他力气大，方向感强。"李徽不无遗憾道，我们也有点惆怅。她坐在方向盘的位置，船飞快地向前驶去，风将她海藻般的长发吹得飘起来，阳光穿过发梢，人沐浴在金粉一样的光芒里。我想起她小学光头的情形，真觉得完全不是一个人。

我们都留起了梦寐以求的长发，大学真自由，离开父母真自由。

如果这个时候刘永红再见到李徽，一定不会觉得她还有土味了吧。事实上，李徽已经脱胎换骨，比城里人更像城里人了。不过，令我万万想不到的是，有一天李徽突然心血来潮，将一头漂亮长发剃光，剪成寸头。当她这样突兀地站在我面前时，我一下子又回到了小学时代，重新看到那个被剃了光头的孩子。不同的是，这次是她主动剃去的。

那会儿我两年的师专已经毕业了，分在一家化工厂做培训师。对于一个师范专科生来说，这是很难得的，留在城里。我们班除了极少数考研继续深造，大部分返回原籍当老师。我因为年年一等奖学金，才获得了这个唯一留城的名额。是的，我也不想回原籍，庐城两年没有待够。李徽在读大三，这也是她最后一年的大学生活了，她是专科三年。那会儿她在和同校的一个男生闹分手，断发是因为爱情，"青丝为君留，情去发不在"。李徽是个决绝的人。

"原来他从一开始就是闹着玩的，并不存心和我在一起。"李徽哑着嗓子迷惑不解道，"我们一起走过礼品店，他指着一个八音礼盒说，将来等我结婚时，送给我。天哪，他怎么能这么说啊。我知道，他根本是嫌我穷，乡下人，配不上他。"

那男孩我见过两次，长相斯文，戴着眼镜，个子高高的，有一点点像凌城那味道，李徽就是喜欢这类小白脸。男孩是庐城本地人，带李徽去过咖啡馆、音乐厅，我曾听过李徽无比激动地向我描绘那里面的情形和感受。李徽骨子里迷恋这样的东西，她在男孩的带领下，成为星巴克的第一批会员。

"他家里人居然还找到系里，调查我的家境。"李徽眼睛雾蒙蒙的，硬是忍住了不让眼泪流出来。

那天，她睡我宿舍里，我半夜醒来，她还睁着眼睛。"我会留在庐城的。"她说，"不是为他，是为我自己。"

李徽将下唇咬出一排牙印，她说到做到，终于也留在了庐城。

4

万象天地是深圳新开业的大型 shopping mall，地点在原来的城中村地带。刚来深圳时，这里到处是握手楼、亲嘴楼，曲里拐弯的巷子里布满各种小店铺，日用百货、饺子馆、生蚝吧、凉茶铺、麻辣涮、美容坊、五金店、水果摊……还有推着三轮车叫卖的流动摊贩。这样的地方在深圳被命名为"插花地"，插花地生活成本相对较低，云集着四面八方来深圳打工落脚的人，诸如建筑工、家政工、大学毕业生、试婚者、无业游民、违法作乱铤而走险者、逃犯。改造之后那些人烟消云散，不知又散落到城市哪个犄角旮旯去了。宽阔气派的大楼拔地而起，建筑物林立有序，新的商业圈形成，成为时尚人士打卡的新地标，每栋大楼门前都有执勤的保安。站在这里再也找不到过去的痕迹，新城求新求快求发展，难免不被比喻成暴发户，急于脱胎换骨，生怕让人看到自己难以示人的贫穷来路。高档品牌纷纷进驻万象天地，作为首屈一指从无到有的国际化大都市，深圳要打造成地地道道不留死角的新面目，原来那些有碍观瞻的城中村、插花地越来越少了，早年间深圳街头还能看到戴着黑色帽帘的土著客家女，如今也不见了踪影。每当夜晚来临，城市灯火亮起来，从高处看过去，整个深南大道没有一处不辉煌，是那种印在明信片的琉璃景象。逢上节庆，大型灯光秀璀璨夺目，这些亮丽的高楼大厦连缀成流光溢彩的轮廓线，看上去就像美轮美奂的海市蜃楼，倒叫人莫名地产生一种不真切感。

雅茜约在这里见面，她有一栋房子离此不远，现在更升值了，而她什么都不用做，真的是这样，有的人躺着就把钱赚了的。

"早点到，我们先在诚品书吧坐一会儿。"

雅茜喜欢书吧雅致的环境，她也算得上一枚资深文青。前两天还看见她在朋友圈发了几张在另一间书吧读书的照片，红色连身裙，灰色宽边帽，捧着本莫言的书，姿势优雅极了。雅茜喜欢戴帽子，这习惯和李徽一样。

她今天穿的白色休闲T恤、耐克休闲长裤，戴着蓝色宽边帽，时尚洋气。书吧隔出好几个区间，各设有方形条形高低不一错落有致的桌椅，里面零零散散地坐着几个读书的人，咖啡和果茶的香味弥漫其间。雅茜坐在里面一个相对较空阔的区域，手里捧着一本《蒋勋谈人生》，桌上放着一杯白水。

我走过去跟她打招呼，她抬起头，扬了扬眉毛，算是打招呼，然后又低下头看书。这是雅茜和李徽的区别，有点倨傲，不熟悉的人会认为不懂礼数，不像李徽，见到你亲昵得恨不得扑过来。一个人的表达方式和一个人性格有关，当然，也和年份有关吧，友谊像美酒，年份原浆更醇厚一些。

雅茜说"君子之交淡如水"，朋友之间不需要矫情做作，人一生中一定要有这样能随时说话随时交往不需要客套的朋友。这是她对友谊的诠释。

　　"要不要来杯饮料？"我问她。一般在书吧，大家都会去吧台买杯饮料，也算是一种支持，如今许多线下书店都开不下去了。买一杯饮料，长时间坐着才心安理得。当然，这可能是我的心理作用，别人也有什么都不要的，就坐那里看书，书吧不会撵人。这也是发达城市的气度吧。

　　雅茜摇头，继续沉浸在书里。我便去吧台，也要了杯免费白水。

　　挑了本描述日本花道的书，坐在雅茜旁边，在这样的场合，我不大能读进去书，只能选些好玩的好读的随便翻翻。雅茜瞥了一眼我的书，又瞥了一眼我的白水，嘴角上扬，时常她就会有这样的微笑。

　　我立即有点后悔，应该点两杯饮料的，送她一杯，方显大方。雅茜嘲笑过小气之人，有阵子，她结交了些深圳文化名人，请他们吃饭，吃过几回，私下不屑道，这些假文酸醋的人，没钱还爱摆谱，吃别人喝别人仿佛天经地义。"一桌子男人，我一个女人埋单，他们心安理得"。

　　"和你吃饭是给你面子，谁叫你是富婆啊。一般人还请不到呢。"我开玩笑。

　　"你也真是的，这和富不富有毛关系，人应该讲规矩，礼尚往来，文人连这个礼都不懂，难怪如今斯文扫地。凭什么就该一方老是掏钱，这一点还是外国好，吃饭都 AA 制，这是平等也是尊重。"

　　她这么说了之后，我和她吃饭也就实行 AA 制了，或者，这次她请我，下次就我请她，当然，我请的餐馆一般不及她贵，这个她接受的，毕竟财力在那里，她认可的是我这种觉悟。

　　每次约见一般都是她提出，很多时候我并不大能出得来，特别是思安小的时候，我不像她有那么多闲暇时间，但我不善于说"No"，尤其对朋友。

　　是的，和雅茜也是十几年的朋友了，在深圳，这就很难得了。雅茜阶层高，结交的多半是富豪、高大上朋友，有一次和她及她约的另一个朋友一起吃饭，听她们谈出国旅游的趣闻，几乎所有国家都跑遍了，她们相约下次去南极。我在一旁都插不上话。她都是这个等级的朋友。

　　我们生活的世界其实是一个折叠空间，看上去大家在同样的天空下，其实壁垒森严，屏障横隔，无法逾越。如果不是思安，我也不会成为她的朋友。

　　雅茜的儿子子豪和思安是小学同班同学，因孩子而结交成为朋友的，在深圳学圈里倒也并不鲜见。围绕着孩子，交流妈妈经，结伴亲子游什么的，是我们这代独生子女家长不得已之选。雅茜很有运气，一胎生了两个——有人做过统计，深圳富人双胞胎概率大于普通人。据说有一种妈仔丸很贵，吃了双胞胎概率大——你瞧，富人总有办法。子豪孪生妹妹子美在另一个班。也不知是不是双胞胎把智商分偏了还是咋的，子豪学习很差。这是雅茜主动结交我的原因，思安学习很好。原来成绩好也是一种资源啊。雅茜邀请我们参加子豪奢华的生日宴，约我们去海边开私家游轮游玩，或者去某个农庄悠闲度假。那会儿她倒从不提 AA 制，若 AA 的话，我们玩不起的。

子豪和思安都是内向的孩子，但他们在一起的时候，思安显得格外活络，和子豪一起摆弄玩具，做游戏，指点子豪拼装乐高，像个博学的小老师，不厌其烦地向子豪介绍他所掌握的知识和技能。子豪也能露出难能可贵的笑容。

我看着也很欣慰，并深深感激雅茜，如果不是她，我的思安哪里能见到这样的世面呢。有一次，我问思安，玩得开心不？思安的回答出乎我意料，"你们开心就好啦。"

他们也就小学同学了几年，初中便分开了，子豪初中换了两所学校，普高没考上，后来读了个私立高中，子美成绩稍微好一点，也只上到普高类最一般的一所中学。思安成绩一直出类拔萃，他就读的母校对他十分器重，中考成绩本来可以进深中，学校做工作挽留了他。"宁为鸡头不为凤后"，他们说在深中高手如林的地方，他会被湮没的。我们思考了再三，同意了。思安倒也不负众望，年年考试都在区里排前几名。但是，平时考得再好都没用，关键是最后一场大考。

思安考砸了，他太紧张的缘故。考前失眠，第一场考语文，学校副校长从监控里看到他用手擦虚汗，特地以副主考的身份走过去给他送去了毛巾。没想到这反而成为他怪罪没考好的理由。"为什么都要盯着我？为什么给我送毛巾？为什么不能让我和别的同学一样？"分数下来的时候，他抱着头哭喊道。我吓坏了，他长这么大，从没有这么吼过。

思安去了广州的一所学校，这所学校和美国联合办学，有个"2-2"模式，国内读两年，去美国读两年。我手头攒的钱都是要供他出国的，深圳有条件的家庭一般都会送孩子出国，我没有理由不支持他。然而计划不如变化快，新冠肺炎疫情使得赴美国之行搁浅，学校调整为"3+1"模式，在家歇了大半年了，上网课，思安整天足不出户，挂在电脑上，每天要睡到中午，有课就挂着，我不能说他。有一次我忍不住进去发火说他，他一拳头砸在书桌上，让我不要擅自进他房间。他从小就性格内向，如今越发阴沉。

我们现在很少说话，有时我在想，生孩子有什么用呢？你一切的付出也许都看不到一丝希望，他不领情，不稀罕，甚至还对你深深地厌恶，这一代孩子怎么了？可是，我也不能想象，如果没有孩子，人生还有什么意义。这大概也是我们作为女性的悲哀吧，人生再无其他的可能。

书店里冷气不是很足，雅茜将帽子放在旁边，我发现她发型有点变化，发尾整齐了，发丝很直，额头留有一些刘海。

"剪发了？"

"嗯，理得不好，我准备找他们重修。"雅茜生气地说，"一千元，就理出这么个效果。"

我瞠目。确实还不如我几十块钱理的，有钱人就是不一样。我想起李徽的托付，她知道我有一个富豪女友——也怪我多嘴，向她炫耀过。她希望我能借一点救急，"小青，帮帮我，我实在是没有办法了。一有钱，我马上就还。我老公申请的新信用卡马上就批下来了。"

唉，要是李徽认识雅茜就好了，她可以直接开口。

五万元，对雅茜来说九牛一毛都不算。我曾和她一起逛商城，她买件旗袍和一个手袋，两个小时之内，十万元就没了。

可是，我怎么开这个口呢？

没钱的人不知道有钱的人怎么个有钱法，有钱的人也不知道没钱的人怎么个没钱法。"何不食肉糜"，这种问法是真的。思安考砸那年，雅茜奇怪地说，"你让他直接出国读书就好了呀，和我们子豪一起去美国，做个伴。"

她一对双胞胎儿女子美和子豪都去了美国，一般人供一个出国都要卖房了，她轻轻松松送出去一对。更离奇的是，子豪待不到两个月便自己买机票回来了，说待不惯美国，不喜欢那学校，也不习惯住人家里。学费不能退。雅茜欣慰地说，"还好，就两个月，孩子有主见，能自己做主，虽然损失了一学期的学费，可总比读了四年再反悔好。"

我目瞪口呆，难以置信。

有钱人的逻辑和我们是不同的。

当然，其实每个人的逻辑都不同。比如，李徽，其实我也不懂她。

5

李徽第三次断发是在她三十岁，大概小学的光头经历给了她超强免疫力，对光着脑袋出街毫无负担了。她的后两次断发都和恋爱有关。

那会儿李徽已经研究生毕业了，她在庐城苦读，考了三次，终于考上了苏州一所大学，读了研，学的是财会。读研期间她和一个北京来进修的男人好上了，那人是离过婚的，纠缠了几年，分了手。"他，一个二手男人，居然还瞧不起我的出身，动不动就说前妻如何如何。"他前妻是北京干部家庭的，李徽不服这口气。毕业后去了上海，找了一家大公司，一心要在大城市落地生根。彼时我已经跟随丈夫到了深圳，思安也已经出生。

"青春很短，过期不候。"每次我们通电话，我都替她着急。曾经有一些人喜欢过她，在庐城时，她大学的同学，还有我们留在庐城的老乡，以及她所在单位的同事，但她那会儿一心要出去，无暇把时间花于此，校园里那场天折的恋情赋予她极大斗志。梁承斌也曾来庐城看望过她，他在山东当兵的几年，来过庐城两次。有一回，李徽给我看八一徽章，说梁承斌送的礼物，"船长人真好，真的"，李徽叹了口气。退伍后梁承斌回到了家乡，分进了他父亲的钢铁厂。

李徽在三十九岁的时候终于把自己嫁出去了，对方是清华大学毕业的高才生，俩人是在一个红娘网站结识的，经过电脑综合条件比对，他们被视为适合发展，于是开始交往，很快走进了婚姻殿堂。我这才知道，原来这些社交软件大数据算法还真有科学依据啊。我见过她丈夫的相片，外貌一般，嘴角边的一个痣和李徽的相对应。这真是太神了，冥冥中天注定。李徽自己爱学习，也终于找到了名牌大学的另一半。

"小青，你知道吗，原来学问根本不代表一个人的素质，我没想到清华大学毕业的人骂起人来粗话连篇，我都不好意思说出口。"李徽跟我形容她老公，口气鄙弃得要命，"他是农村出身，出身真是改不掉的东西，你看到就知道，说话语气和他妈妈一个样，三句话不离人的生殖器。"可是并非农村人都这样的啊，教养无关乎身份，城市流氓少见吗？我觉得李徽未免有偏见，她自己在恋爱上就是偏见的受害者，到头来自己也免不了偏见别人，我猜若不是年纪太大，她大概也不会选择这个老公吧。妹妹出生后，她坚决不让婆婆带孩子，同理也没让自己妈带，说是不想让孩子染上乡下口音，乡下气。每次回家乡，李徽带着妹妹都住宾馆，不在家里住，因为去婆家也是这样。他们夫妻俩互不相让。

其实，他们的矛盾从结婚伊始就种下了，因为房子问题。结婚得有房，这是他们达成的共识。她老公当时看中静安区一套二手房，李徽嫌小，又旧，连电梯都没有，她相中了浦东的大房子，一百六十平方米，"住大房子才有大格局"。她老公当时依顺了她，但后来趋势发展，让她老公对她痛恨不已，静安区的房子升值厉害，再旧也比浦东值钱，而且，郊区没什么好学校，妹妹上学，还是找刘波挂靠的户口。为了这套房，她老公家里也算倾其所有了。

"但，起码，累了一天，住在宽敞簇新的房子里，心里才舒坦啊。"李徽口里不认输。

不管是静安还是浦东，一栋房子耗光了俩人所有的积蓄，对于出身农村的外省人来说，能在上海立下足买得起房，不能不说，代价是巨大的。房子每月按揭一万，得供到她老公退休之年。孩子还要上国际学校。也难怪她钱总不够。

"房子大的好处是可以和老公分开住，要是在静安，俩人不得不挤一起，多别扭啊。"李徽欣慰地说。

尽管和老公基本没什么话可说，但俩人都不打算离婚，否则分财产两败俱伤，这个账他们都会算。

"夫妻俩过日子更像是合伙人，你以为有多少爱情吗？要是为了爱情的话，你怎么不选刘波。"

李徽说这话，我愣了好半天，我从来没想过她会认为我和刘波有爱情。大家都是同学，青梅竹马，在庐城经常一起玩。刘波离我们学校更近，他周六有空的话都会过来找我打一打羽毛球。我毕业，分在工厂，他也时不时来过我宿舍——几个人合伙住的宿舍，那一排简陋平房，墙壁上长着青苔般的绿毛，我用明星画报遮挡着，在宿舍我用电炉和小铝盆炒菜招待他。他后来考到了浙江大学攻读硕士，再后来分到了上海，他从来也没有向我表示过。

李徽这么一说，我心里刹那间有点恍然，我是在刘波离开庐城之后恋爱的，男朋友，也就是我现在的老公，我们一个厂的，他那会儿和异地恋的前女友分手，很失落寡欢，经常来我宿舍蹭饭。有次带了瓶红酒，我们对饮，一瓶干红全喝完了。似乎只有眼前的烟火才是可以抓得住的实实在在的人生。我们确立了恋爱关系，单位给了我们那栋平房里一间小小的宿舍。工厂改制后，他来到深圳发展，我随后也跟了过来。刘波应该也是权衡了条件的，他在大上海发展，和庐城的一个不景气企业里的员工，太不现实吧。是的，婚姻是很实际的事。时代早也就逼着我们认清了形势，爱情虚无缥缈，不会当饭吃。扪心自问，我们能做到"两情若是长久时，又岂在朝朝暮暮"？所以大家连口都没有开，也好，避免了尴尬，至少没有破坏我们的同学情。

我老公从来不记得我的生日我们俩的结婚纪念日，说好同一个路口碰面我们都会走岔，我不知道他和前女友有没有浪漫过。他性格内向，思安有点像他。在深圳他最开始去的是华为，搞交换机，钱挣得还可以，也是因此，我们才较早地在深圳买上了房。年纪大了之后，精力思维跟不上，单位给了一笔补偿费，劝退了。他现在在一家私人小科技公司做技术，搞跟人工智能有关的产品，他把一台名为"艺术宝宝"的小机器人带在家里，整天翻来覆去地研究，和它对话。

"小贝，今天天气如何？"

"小贝，请播放一首歌《我爱你中国》。"

有时，他问了很奇怪的问题。艺术宝宝便充满稚气认真地说，"请再说一遍，小贝没听明白。"

我觉得小贝就像一个与他更亲近的人。

幸而有闺密。雅茜说女人之间的友谊是男人不能取代的。只有女人才会理解女人，男人哪里会。

我有点诧异雅茜也会这样说，她和老公关系亲密，常在朋友圈晒些她老公系着围裙炒菜或者给阳台花卉浇水之类的图片，她称老公为"老大"。一个做期货对冲的金融大鳄，同时也是个懂情趣会居家过日子的好男人。

从子豪上小学开始雅茜就专职在家做太太了——她原来在一家证券公司，那会儿一年收入就有二十万了。她说，现在老公一年给她三十万，算是她看管孩子打理家务的薪资。这点挺好，尊重女性，谁说管理家务不是工作呢？我们都表扬她老公。

"男人再好，也不是女人的全部啊。女人得有自己的生活，自己的空间。"雅茜由衷地提醒我，她觉得我为孩子为家庭牺牲得太多。大概是因为我们每次在一起，我都待不了太久，急着赶回家之故。"你不仅仅是思安的妈妈，你丈夫的老婆，你是宋小青自己。"

我听了鼻子一酸。确实女人才理解女人呐。

在深圳，我没什么朋友，不像雅茜。常常在朋友圈看见她和各种女友一起喝茶聊天游山玩水，有时她的异地女友从另一座城市飞过来看她——有实力才可以这样飞吧。我和李徽就做不到。我深深羡慕她有这么多随叫随到说飞就飞的朋友。一个人能获得这么多的朋友，一定人品很出色才可以吧。

"有钱也可以的。"有次我那不爱出声的老公听我在家碎碎念，递过来一句话。我愣了一回，想一想觉得也不无道理。

不管怎样，能被周雅茜列入可以交心的朋友，我很珍惜。和她在一起，不由得就觉得自己寒酸。唉，金钱是能够羞辱一个人的。什么时候可以修炼到不要脸面，不为钱伤。

"来，你捧着书，这样捧，放低一点，一手托着下巴。"雅茜举着手机开始给我拍照。她是摄影发烧友。每次我们一起，都要拍很多照片。她专门上过一个摄影班，买了相当昂贵的单反，曾和一起举着长枪短炮的摄友们跋山涉水去过许多著名的景点。现在摄像机玩腻了给丢在一边。"手机一样可以拍出好片片"，她说。

于是，我们放下书，在书吧的各个角落取景，横拍竖拍搞了好一会儿，原来到书吧的目的不是读书，而是拍读书照的，我哑然失笑。完毕，又转战商城的其他地方，雅茜不愧是资深摄影师，很会找地方，楼与楼之间的玻璃桥，阳光投下的影子，巨幅广告牌下，商家空阔的藤椅，我们还找到一处某个艺术策展的地方，拍了许多凝视画作的背影，特别文艺范儿。这些照片不久将会在朋友圈呈现，我也会作为她的朋友露个脸。

雅茜夸我拍得不错，有审美感。"有一个会拍美照的朋友真好。"我为自己还有这点特长感到高兴。

终于拍累了，我们在一家挂着灯笼的日料店坐下。

"今天我来请哈。"我和雅茜说。雅茜颔首微笑，她点了份鳗鱼饭，一个味噌汤，我点了三文鱼虾卷、蔬菜沙拉、锅贴饺子和一个牛尾汤。

我是想和她说说李徽的事。

6

挂历上立冬节气一过，岭南的天也终于微凉下来。阳光打在身上没有那么灼热难耐了。

走在路上，一个骑着电单车的小伙子迎面从我身边飞驰而过，速度之快，由不得让人捏一把汗，心脏"突"的一下似乎要跳出来。最近眼前老是见到这样送外卖的孩子，满世界在跑。以前也有许多，只是司空见惯便熟视无睹了。

这些外卖小哥，戴着头盔、贝雷帽，还有公司别出心裁给员工配着小兔子耳朵一样的卡通帽的，穿着色彩鲜艳的制服，他们遍地开花地穿梭在城市的大街小巷，构成了都市一道奇异的风景。有一天看见一个和思安差不多大的孩子，下午两点的光景，趴在外卖车上吃一碗盒饭，他大概饿了很久才吃到饭，那爱惜地享用的样子，令人不由一阵鼻酸，他在远方的父母看到会心疼的吧，男孩身上穿着"饿了吗"的服装，头上戴着兔子耳朵一样的卡通帽，看上去很滑稽，他一定不愿意穿的吧？帽子上写着"一路一戴，我最可爱"的卖萌广告词。还有次在电梯里，遇见一个外卖小哥，他急匆匆地问我，这是不是××楼，我告诉他走错了，隔壁的那栋才是，他紧张地捏着拳头，手机里传来提示音，"你所送的外卖即将超时"。

这些人被命名为城市的骑手，他们其实是在和时间赛跑，也和死神赛跑。

"××外卖，送啥都快"，是他们的口号。两公里，要求三十分钟送到，去年还是三十二分钟，今年又加快了，城市就像骑在一辆加速行驶的快车上，总在向更快更强奔去……时间在不知不觉中失踪了。行业要求越来越高，让你恨不得能拔地飞起来，抢时间，抢速度，抢生意，时间就是金钱，效率就是生命。为什么他们不怕死，要逆行，因为每单逆行，能节省五分钟。

最疯狂的一单，一公里只用了十四分钟。

刘波电话里沉痛地跟我描述这些我们眼皮子底下却又熟视无睹的现象，叹息道，上海平均二点五天死亡一名骑手，深圳三个月死亡十二人。你不知道吧？这个世界原来还有这样一个群体，当我们享受着生活的方便快捷，当我们轻轻按一个"好评""差评"键时，吃着送上门的快餐时，没有想过这群骑手是拿命在搏的。

"海洋命保住了，可一直还在昏迷状态，要做开颅手术，腿也断了，最坏的打算是成为植物人。"海洋是梁承斌的孩子。

好久没有船长的消息。他其实一直在上海，在上海的一家船运公司，可他从来不和我们联系，当兵退伍后，分在县钢铁厂，后来下岗，就来到上海打工，

21

在一家船运公司做机器维修和护理。他水性很好，曾救过一个在船上玩耍失足的孩童。航运公司的人都知道他，称他为"水手"。

我们在上海的同学去看他。他老了好多，看上去比我们老了十岁不止，脸上的皱纹就像刀斧刻过一样，头发都花白了，他手捂着面，哭出声来，"是我害了海洋，害了我儿子，我太要面子，我本来就不同意他当什么骑手的啊！你们这么多老同学在上海，有的开公司、做老板，有的当领导，当教授，是的，你们说得对，我只要随便找你们开个口，说一声，帮我儿子解决一下工作，他也不至于……海洋也是念了大学的人啊……"梁承斌号啕起来。"也怪这孩子他自己，说什么要做骑手，只要肯跑，还是挺能赚的，等跑不动了，再做其他的，先攒下点钱再说，海洋说喜欢逆风飞扬的感觉……唉，这孩子别的不像我，怎么就单单这个像我啊……年轻时，我就想当船长，当水手，有一种风里浪里驰骋的快乐……我害了他呀……"

上海的同学发动了同学老乡捐款，刘波拿得最多。他很自责，对老同学关心不够，虽然大家都忙，可是平时挤出一个问候的时间总是有的，居然就没有。

李徽也拿出了五千。"唉，心里真难过。"我们通语言电话时，她声音哽咽。

妹妹学费的事解决了？

因为没帮她完成任务，我心里很虚。

李徽说房子客厅大，在家里办了晚托，有住家阿姨管理，她同时给阿姨在小区找了三份小时工，阿姨答应不用再给她保姆费了，省了一笔开支。"妹妹也是阿姨从小带大的，她看着我们艰难，也愿意帮我们一把。"

我点点头，这就好。天无绝人之路，只要人活着，总会有办法的。

海洋现在状况好了很多，大概率不会成为植物人了。

相信他一定会好起来的。

我们一起为船长祈祷。

冬天到了，天终于凉快了下来。

深圳的冬天是全年最好的时节。

我披上一件风衣外套，乘地铁在会展中心下，步行了很长一段路，来到卡尔顿大酒店，出示了绿码，在服务生导引下上到二楼的一个大会议厅。会议厅门前有两位女孩在一块铺着蓝色平绒布的桌台前让来宾登记，并发放矿泉水和学习资料。我找到我的名字。

这是某学院办的西方哲学班，学费不菲，有点类似长江学院那种，也是给上流圈提供一个交际的平台吧，每个月有一次课，教授都是从全国名牌大学特聘的专家。

雅茜是这个班的学员，上一期是国学，这一期是西学。学员可以带一个学伴过来，她把我名字报上了，安排了位置。

我登了记，进到会议厅里面，很大的空间，座位都满了，我在最后一排找了个空位坐下。一个瘦瘦的年过花甲操着湖北口音的教授在讲台那里口若悬河地开讲。他讲的是德意志国家的形成史。

我有点感叹，深圳其实有许多免费公益讲座，什么市民大讲坛、书城晚八点，名目繁多，花这么多钱，来上这样一个干巴巴老头的课有无必要？

当然，人的逻辑不同，这里属于人脉圈，学习是其次，搭建平台才是真。能到这儿学习的都是有一定身价地位的。我不过是潜伏在此的看客。

感谢雅茜，她给了我窥视富人的一个窗口。

有好一阵子没有见到她了，也没有和她联系，她朋友圈里依然发着一些和友人看山看水、岁月静好的照片。

上次鼓足勇气开口说了李徽的情况，雅茜不仅没借，反而把我数落了一顿，"你也真是的，怎么有这种朋友。"她说她的钱都在股市里。

我碰了一鼻子灰，也就没好意思和她联系。她也没再搭理我。

船长家出事后，同学替他发动了"轻松筹"。我在朋友圈转发，我一般很少转发这种链接，总认为发这种链接有点道德绑架的味道，其实每个人每个家庭都有自己的难处，钱都不容易挣，救济方面有专门的部门和慈善机构，不好打扰个人。但，其实我也知道，真的是有人走投无路才会这样的。所有的私人资料都贴上去，像在卖惨，不是实在走投无路，谁会这样做呢？世界有时候就是让你不得不放下脸面的。

我没想到雅茜捐了五千元，虽然这对她来说不算什么，可是我还是挺感动的，代船长向她致谢。她说好久没见了，约我一起听课。

但是雅茜却没有来，正纳闷着，收到雅茜一条信息，说，"家里有点事，今天就不过来了。"

教授在台上讲得带劲，我听到他嘴里不时蹦出"他妈的"，不由目瞪口呆。

现在国骂在大学教授口里也家常便饭了。他讲西方哲学，却不知哪怕骂人，西方也绝对不会拿"母亲"作为攻击对象的，最多"Fuck you"。

我恨恨地想。课间休息的时候，一个披着藕粉色蚕丝纱巾、穿着入时的中年女人过来和我打招呼，她说"你是雅茜朋友吧"？我愣了一下，问，"你怎么知道？"

"我在她朋友圈看过你。"我睁大眼睛，仔细看了一眼她，发现我也在雅茜朋友圈见过她。

"她怎么没来？"

"临时家里有事。"

"唉，她也真不容易，一直坚持提升自己。我们国学班也在一起学的。"女人告诉我，雅茜老公在外面有个情人，也是职场精英。雅茜这么多年没上班，她其实是不想自己被淘汰，可毕竟年纪大了，那个小三很年轻哦。

我不由叹了口气，雅茜，你那么多朋友是真正的朋友吗？我借口上厕所，离开了这个多舌的女人。

7

元旦快来临的时候我正好有个去南京出差的机会，顺便回了一趟老家，恰好李徽也有事回来，她母亲患了胃癌。

"她喜欢吃剩菜，馊的、霉变的、腐烂的食物，这么多年，她不晓得对自己好。"李徽悲哀地说，"以前，她苛刻家人，可是她更苛刻自己。"

她母亲在市里大医院住院，刚动过手术，被切了四分之三的胃。

"看她虚弱地躺在病床上，真是想不到啊，她曾经那么强悍，那么让人惧怕。现在反过来那么可怜。她现在反而有点怕我了，像犯了错误的小孩一样问我，下次回来能不能带妹妹一起……"

李徽抹了下眼睛。她说蔬菜队解散，地被政府征用，补偿了大房子，写的是弟弟的名字，父母和弟弟他们住一起，她那脾气你也知道，和媳妇处不好，搬了出来，租间小房。我姐姐平时去照顾她，也是有意见，说偏心儿子，结果靠的还是女儿。现在在医院也主要是她陪。"我就多出钱呗。"

"你拿得出来吗？"

"我最近又找了份兼职，在一家培训机构做培训师。来上课的都是八〇后九〇后小白。看着他们，就想起自己以前。唉，大不了卖房子呗。我已想通了，人能活多少年呢？看看船长，看看我妈，看看这一年，能活着就是万幸了。我妈节俭一辈子，到头来，还不是如此？房子产权五十年也好，七十年也罢，哪怕是一百年产权，最后也不是自己的。人其实就是个过客，在这个世间谁都是寄居……活着的意义是什么呢？也许就是一点点爱吧……我看着妈妈躺在那里，真想问一问，小时候的我，是那么不值得喜欢吗？为了证明自己，我越走越远，拼了命地想让人看得起，让人羡慕，让人爱，甚至打肿脸充胖子……"

李徽又抹了抹眼睛。

我心里也难受起来，谁不是为了生活、尊严和爱呢？人都有自己走不出的局限。又想起思安来，他已经很长时间没有和我通电话了，微信也是选择性地回复，"有事说事"。他像是个没有感情的机器人，甚至不如他爸爸的艺术宝宝。他得到我那么多的爱，可是，他似乎都没有反馈的能力。我们的爱从来都是单向的。我们，我和李徽，我们这一代，是不是都患有爱匮乏或爱饥渴症？在多子女的时代，我们被父母忽视，粗养长大，偏偏又成为独生子女的长辈，万顷一苗地倾注心血，现在却又被我们的孩子忽视。要是我像李徽妈妈那样躺在床上，思安，我的孩子，他会来陪伴我吗？

一月的冷风吹过来，让人禁不住打个寒战。

我们是在离开小城前见的面。地点约在星巴克，小城也有了星巴克。喝了一杯咖啡，李徽说，一起走走吧。

我们沿着一条主干道，边走边看，又添了许多的建筑，招牌都是新的，每一次回来都有惊诧之感。唉，现在在自己的故乡走着走着都能迷路了，故乡仿佛也变成了异乡。

我们上小学的地方改成了幼儿园，包围在一片高大的建筑物里面。如果不是特意提起，我们都想不起这里曾经是我们的校园。它曾经在我们眼里好大，大得就像叵测的世界。

从幼儿园门口出来，在大戏院兰州牛肉面馆前居然遇到多年不见的刘永红，要是她不叫我，我都没认出来。满头大波浪，大红色加长羽绒服，显得臃肿壮硕，她满脸笑靥地喊道，"宋小青、李徽。"

李徽一听声音，身体不由颤了一下。

25

"真难得啊，居然能在大街上同时遇见你们两个。"刘永红拉着我们的手热情亲昵地笑着。她在城东超市里做营业员。

她约晚上大家一起吃饭，把老同学都叫来，好好聚一下，同学难得见面。"我一个电话，大家肯定全都来。"她依然有大姐大那份豪迈气概。

"我晚上的高铁。"李徽谢绝了。她其实是第二天晚上的高铁。

"下一次吧，这次太赶，下次回来提前跟你说。"我也跟着推却，这时候哪有心情聚啊。

"你知道吗？她的声音到现在还能让我产生本能的生理反应。"李徽苦笑道。

我想起许多年前那个被剃光头的孩子。

"不喜欢聚会。"她说。

"我也是。"我挽起她的胳膊。

去年冬天，过年边上，本来说好高中同学也有个聚会的，因为突然紧张起来的疫情取消了。刘波也回老家了，他每年都回，回来必定会给我发个信息。我们在河边的春早公园约见了一面。饭馆都不开张了，我们在公园散了会步。春早公园寂寂无人，疫情让这个世界变得有末世的空旷。只有野池塘边的几株蜡梅还在倔强地开放，散发着幽幽暗香。我忍不住凑近了嗅闻，刘波笑道，"还是大自然治愈，风有信，花不误。"

他要提前回上海，我也改签了机票。

这世界变化真是措手不及，从分隔到变为连成一体的地球村，仿佛一瞬间的事，没想到，又突然魔幻般地变了回去，又变成一个一个隔绝的孤岛。仿佛上帝在和人类开了个惊心动魄的玩笑。也许是警示吧，刘波发出感慨，人类的贪欲让人终会付出惨重代价，每个人都无法独善其身。他说他儿子今年高三，出生时"非典"，高考又赶上"新冠"。真是百年不遇的巧合。

"保重。"我们互相道别。

看他穿着黑色呢子大衣离去的背影，我想起多年前在庐城的时光，他总是这样转身离去。我是该庆幸还是遗憾没有叫住他转身呢。

"可能我们都是有病的人，孤独的人，我们其实都不敢面对真实的自己。"李徽感慨，"我们如此好强，又如此羸弱，有时我都认不得自己了，不知道这些年那么拼命要证明自己什么。为了过上等的有尊严的生活，反而把面子都丢光

26

了……唉，也只有你，一直不嫌弃……"她用力握了握我的手。

我们沿着过去放学一起走的道路，经过我家，又经过她家，一切都大变样了，矮房子、农田、水沟，早就不在了。

站在原来她家大片蔬菜的地方，那里现在长出一片高楼。

"还记得吗？我们在这里摘野蔷薇。就是这个地方。"我用手指认着这片钢筋水泥。

"你编了一个花环，套在我头上。"

那时她的头发已经长出了一寸，说到冬天就好了，可以戴帽子。

我们打赌看看还能不能找到一朵野蔷薇。

自然，我们连一朵野花也没有见到。

"记得当时我们唱的那首歌吗？我们的田野，美丽的田野……"

李徽轻声哼唱起来。站在耸立的高楼前，她目光穿越，仿佛回到最初的时光里……她没有戴帽子，头发有点零乱地披垂着，掺杂着些许白发，像蒙了一层灰，她说二十来岁的时候头发就白了，染了几十年，这次回来匆忙，没来得及染。

"小青，你知道吗？这么多年我拼命逃避的，要洗刷的，原来一直深埋在内心深处。原来，我是那么怀念那片田野……可是，再也找不回了。"我似乎听到她胸腔里的叹息。

淡淡的日光从楼的缝隙中照过来，她站立在水泥台阶那里，像站在一座孤岛上，发如雪。

魏先生的几次消失

1

在深圳，一个人突兀地出现，或突兀地消失，并不是什么值得大惊小怪的事。这原本就是一座移民城市，许多人半途而来，扎下新根系，毕竟尚浅，像本地老榕树那样盘根错节的少。"移"的特点就是缺乏稳定性，就是漂泊、迁徙、不固定。彼此都是过客，搬一次家，换一次工作，曾经相熟的人就可能永远不会再有交集。有的人，因各种机缘认识，甚至一度发展成把酒言欢的朋友，仿佛新长的根须连接在一块了，突然某一天，说散也就散了，断得干净利落，徒留下一串空洞的电话号码，而这号码多半再也打不通。当然，另一种可能——更大的可能是，我们压根儿也没想去打那个电话，没有必要。大家都很务实，谁有工夫把时间浪费在不必要的人际上？虽然我们每天倒是会接到不少电话，可哪一个是来找你叙旧谈情的呢？惦记你的不过是些想掏你口袋的殷勤骗子。人们逐渐达成共识，贸然打一个不怎么联系的人的电话，会是一件十分不妥当的事。年纪越长，心也越冷，朋友越剩越少了。

话虽如此，魏先生的消失还是令我感慨了半天，这人大名叫魏东升，我们都喊他老魏。有一天，微信圈的一个名叫"念念风尘"的人（真名不清楚，也不知怎么进的朋友圈）发来一个信息，说：清一清吧，看看哪些朋友已经删掉了你，如果这个信息发不出去，就说明他（她）已经把你删掉了，那么你也没必要让他（她）再占据你的空间了。后面还备注了一下，这是群发信息，不用回。并推荐了一个专业清粉达人的公众号。老实说，这样的信息我

28

收到许多次了，心里颇不以为然。删就删了呗，何必认真。我从来没有照样子测试过。但那天，收到念念风尘的清粉信息，不知怎么就心动了一下。情不自禁打开朋友圈，翻看通讯目录，这一看倒有些吃惊，除熟悉的朋友之外，不少微信好友名字都非常陌生，就和念念风尘一样，不知怎么混进朋友圈来的，完全不知其本名。还有一些人虽有印象，但不看通讯录，我就想不起他（她），他们从不发朋友圈，静静地排在目录里，占据着一个位，像个潜伏者。我一边看一边感慨，像首长检阅列兵一样。这么一路看下去，就看到了魏先生，我停顿下来，老魏也是好久没有朋友圈动态了，以前他还蛮活跃的，时不时转发些热点文章，或者活动图片。出于好奇，我点开魏先生的微信，结果，发现啥也看不到了，他过往的微信条目也没了，只有一道空白的横杆。心里不由一沉，这意味着他要么把我屏蔽了，要么就把我删了。原来那些人检测朋友圈是确有道理的。我原以为自己不在乎，事到临头，还是在乎。我忍住内心的受伤，试着发了一个问候的表情。结果，得到的是如下信息：你还不是对方的朋友，请先加对方好友。

魏先生，我哪一点得罪你了？！冲动之下我想打个电话去质问，可是，魏先生的电话也没了，换了手机后，许多号码弄丢了。原想着有微信，联系也一样。没想到，微信一删，啥也没了，魏先生这个人就这样从我的生活中消失了。

不由感慨万分，我说的是感慨，不是悲伤。我和魏先生的关系似乎还够不上悲伤，或者说出于骄傲我不愿意使用"悲伤"一词来匹配他。虽然，我们曾一度兄妹相称，魏先生对我也算无话不谈，他甚至还在我面前流过泪。大家不要误解，魏先生的泪不是为我而流，他只把我看成老乡，看成妹妹。这大概也是件值得感怀的事，你能成为别人不介意在你面前流泪的人，说明关系不同一般。

说来惭愧，我时常会被某个男人看成妹妹，然后放心地对我倾诉心事。比如，念大学时的一个学长叶为民，他第一眼见到我，就说我像他的妹妹。那个时候，我还以为这表示他对我有意思，内心颇激动。后来发现，人家早有女朋友。"妹妹"不过是男人拒绝一个女孩的最好托词，伤了你，却还让你恨不起来。我照照镜子，不得不承认，这张脸太过平凡，就是一张容易被当成妹妹的大众脸。

魏先生和我称兄道妹，不过，魏先生和叶为民还不大一样，魏先生称之为妹妹的人很多，他是具有"大哥"气质的人，那些年我们常常打着文学的名义，出没于酒楼饭肆，魏先生是最热心的召集人，他一呼百应，俨然江湖老大，自然，他做东的时候也最多。其实，他并不很有钱，甚至可以说穷，但他喜欢充大，大家也乐得成全。我跟在魏先生后面认识不少爱好文学的男男女女。魏先生豪爽、仗义、善饮，谁不爱呢？还多情——是的，他有着贾宝玉似的情怀。年长的，称之为大姐，年轻的叫小妹。之所以我和魏先生的关系更亲近一点，因为我们是老乡。在这座移民城市，"老乡"成为拉近人们之间关系的黏合剂。

我和魏先生来自同一个省，尽管我们实际相距甚远，我在该省的北部平原地带，他则在南方丘陵山区，他和叶为民应该属于同一个地方的。念大学时，我们搞同乡会，以市县为单位，我和叶为民就从不在一起。老乡的概念随着我们脚步走远，外延在扩大。在深圳，同一个省的自然都算是老乡了。

认识魏先生是在一家报纸副刊上，他在那上面开专栏，文章写得颇耐看，我每一篇都追。作者介绍里写了他的籍贯。有一天，我试着打了个电话，报纸的人给了我魏先生的联系方式。那时候，我对文学还非常痴迷，佩服有才华的人，渴望自己有一天也能成为专栏作家。

魏先生接到电话非常热情，一个男作者接到女读者的电话总是比较开心的吧。得知我是老乡，更开心了，笑意透过电话那端传递过来，他的热情一下子打消了我冒昧打扰别人的不安。电话里他的声音爽朗而富有磁性，但方音浓重，将"书"说成"虚"，和叶为民口音完全一样，听来分外亲切，那时我刚来深圳也不是很久。

"你声音好像我一个朋友……"

"是不是你初恋男友啊，哈哈哈哈……"

我脸红了，第一次沟通就开这种玩笑，很少见。不过，我也并没有太反感，毕竟，他那么热情。

后来我们就约着见面了，第一次聚会的饭局，他动员我去的。

和我想象中的魏先生有点不一样，想象中的他，是叶为民那样的，瘦削挺拔，没想到魏先生却是个胖子，中等个头，浓眉大眼，方脸阔腮，搞笑的是，皮肤却洁白细嫩，像块山水老豆腐，走路晃着腿，微微外八字，这使原本并不高大的他显出几分魁梧气概来。

大概我的样子也和他想象中不太一样，这个我有自知之明，我的声音一向比容貌讨巧一些。我能感到他略微的失望，不过这恐怕也只是我的过分敏感吧。魏先生让我坐他旁边，亲切地把我介绍给大家，说，这是我小老乡。

那餐饭我不记得吃了啥，大家说了什么也完全没有印象。倒是认识了几个魏先生的朋友，有两个男的，一个姓许，一个姓江，魏先生的铁哥们儿，也都很胖，与魏先生站一起，像胖子三剑客，可真是"人以类聚"啊。魏先生夸道，许生写小说，是深圳最好的小说家，在《当代》和《人民文学》都发表过，江生写诗歌，也写散文，五湖四海都能见到他的名字，一个月能拿不少稿费。江生憨厚地自嘲，卖文为生没办法，他告诉我们报纸文章一稿多投的诀窍。他们仨都在关外一家名为《山海风》的杂志社工作。那是本没有正规书号的民办刊物，不过，在一个文青眼里，只要变成铅字的出版物，总还是具有吸引力的。后来，我在《山海风》上发表过几篇文章，稿费不高，样刊却给了我一大摞，我至今保存着几本。那些杂志都印得很花哨，封面必有一摩登女郎的时尚照，封底封二封三和后面的内页登着各类广告：治疗不孕不育、脱发白发多毛症、白癜风、阳痿早泄、乙肝、口臭、胃炎、增高、整形等等不一而足。广告是支撑他们刊物的重要经济支柱。

魏先生曾愤世嫉俗地批判过，但要使杂志生存下去，也没有更好的办法，莲花出自淤泥而不染。这杂志原本只是内刊，他们把它推向市场，从两千册发行到两万，最高峰的时候超过十万。主要就他们几个撑着。

我倒不嫌弃《山海风》的地摊文学样貌，在我眼里，能发我文章的刊物都是大刊。而且，说实话，里面的内容还真不错。这有赖于仨胖不俗的文学修养。有一页，专门刊登读者来信。那些读者对刊物发自内心的喜爱，我深有同感。有一个读者写道，"我是一个带着家人期盼而背井南下的打工仔，有幸结识《山海风》是我南下的最大收获。每天晚上睡觉，《山海风》都会伴着我入眠"。

魏先生说，《山海风》就是给千千万万的打工人办的。

几个胖子都很有文学抱负，谈起文学来激情飞扬，令人鼓舞。

当年大学毕业，我不甘于回原籍当一名中学老师，恋爱又不顺，索性闯深圳，刚来的那一年十分艰辛，公办学校根本进不去，在私立学校待了三个月，一周二十节课，学生都是家里有钱父母管不住的，当私立学校的老师又累又受气。同事说，到深圳，就要树立打工意识，我们都是打工的，别想多了。辞了之后，又找了好几家公司，终于稍稍稳定了一点，用积蓄在白石洲"城中村"租了个小屋，算是有点空间做做我的文学梦。那会儿正是深圳"打工文学"大行其道的时候。认识了魏先生他们，有一种找到组织的感觉。

那时候，在罗湖、蛇口、龙华、宝安、南山隔三岔五就有一次小聚。除了三胖，还有其他一些文学爱好者，有的是网络文学平台结识的，有的是报纸编辑，还有他们的作者。聚会一般都少不了酒和美女，像我那样的女文青不在少数。魏先生热情健谈，女人在场，发挥得更好。有时候还即席吟诗，这使得平凡的他看上去增添了不少魅力。有一个女文青，大约就被魏先生给迷住了，她看魏先生的眼神甚是崇拜，而魏先生在她面前也表现得格外豪爽。这个女文青叫吴可，我要说的故事就是从这里开始的。

2

吴可的网名叫"无所谓"，在"八方来客"平台里和魏先生互动频繁。"八方来客"是一家晚报主办的网络文学论坛，许多写手们在上面发文章、写评论、打嘴仗。报纸的编辑时不时会从里面选一些好文章发表。魏先生是论坛里的活跃人物，我后来了解到他是 O 型血，这种血型的人到哪儿都会成为中心人物的。他发帖多，又爱臧否人物，说话口无遮拦，有人看着不爽，就寻来掐架。每每这个时候魏先生嬉笑怒骂，格外带劲，他的拥趸不少，我们都挺他。其中一个叫"无所谓"的人跟得最紧。"无所谓"文章写得也颇有风格，有几篇还被报纸选中了，是个才女。

一次文友聚会，我们认识了"无所谓"真人。那次是在蛇口的一家"巴蜀风"，一个爱好文学的小老板做东，来的都是经常泡论坛的人，其中有一个是该版面的版主、晚报副刊编辑，一桌子围了八九个人，最后一个进来的是"无所谓"。

"无所谓"一来，大家眼睛不由一亮。怎么说呢，长得也不是说特别漂亮，但绝对算得上清秀可人，黛眉凤眼，眼梢略略朝上，梳着一根吊马尾，齐刘海儿，牛仔裙，白 T 恤，双肩小黑包，看上去邻家女孩的样子。服务员为她加座，东道主替她解释说，原本有事不来的，现在事情临时取消了，就又赶来了。"无所谓"坐在了魏先生和版主之间。我坐在魏先生的另一边。

"迟到罚酒三杯。"魏先生开玩笑，他向来喜欢起哄架秧子，何况遇着了美女。

"无所谓"显得颇为难。魏先生却已经给她斟上了，小透明高脚杯，杯子虽小，好歹是白酒啊，要是没点酒量的，也不敢接招。

女孩眼风扫了一下，笑道，"稍等一会儿行不行？容我先喝口水，刚坐公交坐了一个多小时，不然早到了。"

大家都表示同意，说魏先生不懂怜香惜玉，枉费人家"无所谓"在论坛里那么追随他。

魏先生忙将一杯热茶递到"无所谓"手上，表示赔罪。

"无所谓"展露笑靥，坐定，呷了一小口茶。

魏先生夹了块扇贝放在女孩面前，似乎又怕冷落我，细心地给我也夹了一块。

女孩笑道，"自己吃就好了，不要给人夹菜，万一人不喜欢，到底是吃好呢还是不吃好？"

"就是，万一沾了老魏的口水呢。"有人附和。

"我用的是公筷，美人怎可唐突？不过美女要是给我夹菜，我不介意的，美人口水堪比燕窝。"

嬉笑了一会。大家举杯推盏。

"无所谓"秀气地吃着扇贝，上面有不少蒜蓉小辣椒。

有人关切地问："能吃辣吗？""巴蜀风"以辣闻名。

"四川人不怕辣，湖南人辣不怕，重庆人怕不辣。今天来的都是无辣不欢的。"版主说道。在论坛里，大家的基本情况都已大致掌握了。"无所谓"是湘妹子。

大家又就籍贯开起玩笑来，深圳人五湖四海，拿籍贯来归类分析乃常事，尤其是一群原本不是很相熟的人，这是个很好的切入点。有人说起坊间一句流行语，"四川女子要钱，湖南女子要情，湖北女子要命"，还举了一桩轰动全国的深圳案子。

"无所谓"说，"女人一般不管男人优秀不优秀，女人想要的其实不过就是男人的一颗真心。"

"现在女人可不一样了。不都宣称宁愿坐在宝马车里哭也不愿坐在自行车上笑吗？"有人讽刺道。

江先生驳斥道，"你这可是一竿子打一船人，我们这里的女孩就不是嘛，哪个拜金女会和我们这些人厮混啊？还千里迢迢挤公交车赶来。"

"对，对，对，说得好！我们是纯粹的人，是脱离低级趣味的人，是有文学理想的人。来，为文学干杯！"老许倡议道。

大家都举起了杯。

"说一说，你为啥叫'无所谓'？"魏先生对身旁女孩表现出浓厚兴趣，连名字都好奇。

"随便取的，我本名叫吴可。"

"这网名有意思啊，能让人记得住。写下去说不定能红，成为美女作家，就跟×××一样。"小老板夸奖道。他说的×××是一个当红青年女作家，改了笔名，一炮走红。

"不行，这名字太没立场了，女孩子可不能太随便的。"魏先生发表意见。

"本来就不想成为美女作家，也成不了，所以才'无所谓'。'美女作家'，这称呼不尊重女性，我不爱听，一样写作，好像沾了'美女'二字，就成了另一层含义了。不公平。""无所谓"这次很有立场。

这个后来乍到的女孩成为饭局上的中心人物，漂亮的女孩总有这个本事。

过了一会儿吴可就举起面前的酒杯，说，"我来迟了，敬大家一杯。"说毕，一饮而尽。大家为她的豪爽鼓掌。

那餐饭吃得很热闹，有魏先生在不可能不热闹的，吴可也波俏善饮，他俩自然成为中心人物，散场的时候都到子夜了。

我和吴可一个方向，可以搭乘同一班公交，那个时候，有私家车的人还少，吃饭的人中，只有小老板有车，他送版主。魏先生说，那我就顺路送送两位美女吧，保护美女人人有责。他本来是往宝安西乡方向的，一点不顺路。他这样自告奋勇，别人也就不跟他抢了。另几个男的各自打道回府。

我们上了公交车，车上没什么人。夜晚的深南大道一路流光溢彩，我这才觉得有点疲累了，这夜色像一场绚丽的梦境。吴可盯着窗外，喃喃说道："嗨，真想不到，我们这群人，居然为了文学穿过大半座城市啊。"她有些兴奋，不知是不是酒精的作用，脸红扑扑的，像盛开的桃花。我俩坐一排，魏先生坐在我们后面。公交车就像我们的专车。

到了白石洲，我先下车了，吴可住在福田，比我远。魏先生自然好事做到底，要送佛送到西。

我想，后来他们好上，就是从公交车开始的吧。那天晚上发生了什么我不得而知。

3

后来，我们仨又小聚过几次。那个时候文友们常常是这样的，大圈子又分叉出若干个小圈子。

一开始是魏先生做东，请我和吴可，然后吴可回请，也叫了我，然后我再回请，约他们，来来回回打了几个循环。

明显感觉到魏先生和吴可关系不一般了。因为和魏先生是老乡，他也不回避我，估计可能还想邀我做个见证。吴可也愿意叫上我，大概是看在我和魏先生很熟是同乡，又或者出于一种道德上的安全考虑，我这人颇擅长当绿叶。崔莺莺一定要有红娘相伴才更显娇羞和尊贵。瞧，我竟自比红娘了。其实，他俩相好可不是我促成的。

吴可在一家小外贸公司做文员，业余舞文弄墨，我们在一起自然谈文学，读的什么书，以及文坛最新动态，或是文人中的一些八卦。吴可和魏先生还有一项共同的爱好，都喜欢看影碟，他们谈论的那些外国导演、演员、影片，我根本插不上话。每次见面魏先生会拿一些盗版碟片过来送给我们，吴可有时也会拿碟来，她说她的碟是正版的要收藏，魏先生看了就还她。从言谈举止可以判断，他俩私下一定另有交往。这一点后来在许胖子那里得到证实，许胖子有个朋友在罗湖有个工作室，那人经常外出，钥匙交给许胖子保管，许胖子仗义给了魏先生。已经到了这一步，发展可真是深圳速度啊。年轻的城市，确实充满着荷尔蒙的气息。

魏先生看吴可的眼神满含爱意，我从来没有看到他在别的女人身上有过那样的眼神。尽管魏先生一向喜欢女人，善打情骂俏，但这种动了真格的眼神却是少见的，这眼神作用在女人身上是能发生化学反应的。

爱欲目光普照下的吴可比初次见面时更加动人。在众人面前，魏先生的领袖地位，看上去使她就像那种"大哥的女人"。她回赠给魏先生的甜蜜撒娇眼风，正是魏先生甘之如饴的。两个人端的你侬我侬。

聊天的时候，魏先生谈到他初来深圳，在蛇口半岛创办诗刊的故事，那一无所有的艰难岁月，文学怎样激励着人。他渲染得很悲壮，好像深圳不是全国人民向往的特区，而是一片不毛的流放地，他就是被流放至此的苏东坡。十男九吹，没办法。每每这时，吴可都报以崇拜的眼神。文学的激情爱的激情交相辉映了。

诗刊后来停了，诗社的人也都散了。魏先生从蛇口辗转跑到宝安，应聘到《山海风》当编辑，他不再写诗，主要写散文随笔，开专栏，操心着杂志的生存。把这本民刊办成"打工文学"的旗帜，是魏先生他们的梦想。他的确是个充满激情的人。遇见吴可，他被点燃了，又开始写诗，诗歌大抵总是和爱情相连的。魏先生的力比多一定比常人多得多。那些诗，发在坛子里就像公开的爱情宣言。

问题是，吴可罗敷有夫了，她先生在一家大公司上班，是某部门高管。这一点魏先生开始也是知道的。他自己情况也颇复杂，年长我们好几岁，乡下有个女人，据说父母从小做的媒，魏先生在外面读完大学回来奉命成婚的，他是个孝子。虽说后来不知什么原因离了婚，但其实魏先生一直也没有再婚，一年总要回去好几次。魏先生在外面风流倜傥，姐姐妹妹到处交际，可也并没有辜负前妻。可这一次，他很有点不一样了。

4

那年冬天一个周末下午，吴可约我去华侨城喝咖啡，没叫魏先生，我很惊讶。

距离我和吴可初次见面已过去大半年了，也就是说她和魏先生交往有大半年了。想不到大半年里就上演了这么一场爱情大戏。再想想，也正常。在深圳，青年人成堆的地方，这么多孤独困苦和无穷欲望的灵魂，爱情戏在所难免。这样的故事总是方兴未艾，比比皆是，不值得大惊小怪。但是，这也只是旁观者的看法，深陷其中的人一定会有无尽的烦恼。吴可就是带着满腹苦恼来找我倾诉的。

广场上白色喷泉像有人喊口令一样，一会儿水柱朝东一会儿朝西，一会儿弯曲，整齐地变换着舞蹈姿势。绿茵茵的草坪上，小孩子们在戏耍，大人们散着步，虽是冬天，却没有一点萧瑟的迹象。深圳就是这样，即使在最冷的日子，花也照开，叶也照绿。这个没有冰没有雪没有冬天的城市，曾经让我这个来自北方饱经冬季苦寒的人深感欣慰。到处欣欣向荣，让你来不及忧伤，来不及停顿。深圳人个个都像打了鸡血一样，劲头十足，就跟街头那些开得不知疲倦红艳艳的簕杜鹃一样。可是，时间久了，不免令人心生倦怠，单一季节带来了视觉麻木。此时此刻，我竟有些怀念北方恢宏的苍凉了。

吴可早早地到了，在华侨城生态广场一家名叫"午后浓香"的咖啡馆，她坐在最里面的一间卡座里。咖啡馆不大，布置得很温馨，前面摆着书架，后面还有一小块区域是表演区，吴可说有时会有大学生乐队在此演奏。他们这里的咖啡也很有特色，从非洲原产地进口来，直接自磨而成，顾客可以观看他们现场加工，还可参与体验。

虽然我住的白石洲离华侨城不远，但我原先并不知道这么个小资的地方。华侨城和我们白石洲像泾渭分明的两个世界。这也是深圳特色，快速发展的进程中，总残留着一些来不及改造的插花地，收容着像我们这样买不起房、低收入的穷人。

吴可说，她原先也不知道这儿，是魏先生带她来的，魏先生曾给这家咖啡店当过读书征文的文学评委，有他们老板娘送的咖啡优惠券。那老板娘也是个热爱文学的人。

我听了心里不免微微有点酸意，这个魏先生，真是重色轻友啊，我离这儿这么近，带吴可来也不叫上我，还老乡呢。但转而又一想，人家都已经是那层关系了，还需要你这个电灯泡吗。

这么一想，也就释然了。

"你觉得魏先生这人怎么样？"吴可一边小口地喝着咖啡，一边问我。

他们处了这么久，用得着问我？

"你觉得呢？"

"不，我不了解他。"吴可蹙眉摇头。

不了解——都可以……那样。

"你想了解他什么？"

"他的家庭……你应该知道一些吧？你们是老乡。"

看来我所知道的信息魏先生并没有告诉她。

我沉思了一下，说道："我们是老乡不错，但其实离得也远，我是到深圳才认识他的。他家庭具体情况我也不是很清楚……他现在应该还算自由身吧，不过……"

吴可低下头，幽幽地说："我也许不该认识他。"

早知如此，何必当初！

"这种事若没什么结果，说清楚了，就做朋友也好。"

"你觉得男女之间有了……有了情意之后，还能再做普通朋友吗？"

"这个我不知道。"这方面我确实没什么经验。

"我和他是做不了朋友的，要么在一起要么永远分开。"吴可断然说道。

哦，那可真遗憾。不成情人便成仇人，太老套了。

"也许会痛苦一段时间，过去了就好了。魏先生也不是不讲理的人，你有自己的家庭嘛。"我安慰道。

"他就是不讲理。"吴可声调不自觉地提高了几分，"他现在对我逼得很紧，我已经……我老公已经怀疑了。可是我却不知道他的一切行踪，比如现在，我就不知道他在哪里，电话也打不通。"

难怪吴可约我，她找不到魏先生，今天是周末。也许魏先生回老家去了。他会时不时回去一下，处理家里事情的。

"你打算怎样呢？若他联系不上，不正好可以断吗？"

"断不了，我知道的。他这样失踪几天后，又会神奇地出现，然后死缠烂打，我简直……受不了。"

爱上容易，爱上之后就会产生一堆麻烦。

吴可很苦恼的样子。我不知怎么劝她，事实上，对于每一个陷入感情泥淖里的人，别人的规劝是没有任何用处的，她不过是想找个倾诉的对象。她再不像她的网名"无所谓"那样潇洒了。

提拉米苏蛋糕很甜，又酥又软，入口即化。吴可却像吃苦药一般，一直蹙着眉头。

男女之间还是做朋友简单，一旦变成那种关系，就纠结了。

"如果碰着魏先生，我一定帮你劝劝他。不过，这事儿还得你自己下决心，对不对？如果不想离婚，那就最好不要惹上这些麻烦。"

吴可直直地看着我，欲言又止。

5

不久，我就见到了魏先生，在另一次的文友聚会上，吴可没来，自从吴可和魏先生有那个关系之后，她就很少参加我们多人的大聚会了。

在梅林的一个饭馆里，来了许多人，酒店把两张长桌子拼到一块儿，其中有我认识的许胖、江胖等几个经常混论坛的熟人，还有不少我不认识的。大家喝了一箱啤酒，空酒瓶摆成了一排排手榴弹，颇为壮观。

我因家里有事，提前离场。魏先生起身送我，大家就笑他，又当护花使者，说他走了，酒场不热闹了。我让魏先生别送。魏先生说，那怎么成，你是我小妹，哥不保护你，保护谁？他脸喝得红红的，话说得那么有情有义，令我感动，也就由他了。剩下的人继续在那吃喝神吹。

我们出了门，找公交站。酒店离公交站有一段距离，魏先生抓住我的手，估计他喝高了，脚步有点踉跄。他酒量一向不错，不至于醉得这么凶。我想拿开没拿掉，他抓得很紧，不仅手抓住了，身体也凑过来，当街搂起我来，他全身发烫，呼出来的气也是热的，充满酒精味。

"你干吗？你这是干吗？不要发酒疯啊？你再这样我要叫了。"我惊骇气恼道，我们交往这么久，他对我一向规规矩矩。

"你叫啊，叫吧……她就会叫，她就是那么叫的。"

疯狂举止令我惊骇。

"魏东升！你——疯了！"

"魏东升？魏东升是谁？告诉我，他是谁？我他妈是谁？"他面目狰狞。

路上有稀少的行人看着我们，估计我们是一对热恋中争吵的情侣。

我又羞又恼，好不容易跌跌撞撞上了公交，我希望甩开他，他却寸步不离地追上来。车上人不多，他把我拉到最后一排位子，在我身边呼呼喘着酒气。

终于到了白石洲，我飞快地下了车。他起不了身，公交车一瞬间开去了前方。

我理了理头发，整好衣服，沿着夜色中的小道，仓皇回了家。

这件事之后，我好久没有和魏先生联系了，他的手机号码也被我删除。我确实很生气，双重的气。那个时候，我已经结婚了，他这样做，不仅是对我的冒犯，也是对我先生的冒犯。而且，他完全把我当成一个替代品，当成吴可的化身，这难道不是对一个女人极大的不尊重吗？

我恨他，从此他不仅不是我的朋友，也不是老乡，连陌路人都不是，他被我删除了。

不过随着时间的推移，我的恨意也渐渐消退。一天晚上，我一个人走在路上，看见一个男人东倒西歪地从一辆出租车上下来，摇摇晃晃走了几步，就倒在地上，心里很是骇然，想起那天的魏先生，他一个人醉醺醺地坐在公交车上，不知情况如何。那个倒地的男人后来被几个巡逻的城管带走了。我想给魏先生打个电话，毕竟是老乡，人家酒醉犯糊涂，我又何必太计较。万一出了危险，那可了不得。当然，我没打成电话，因为已经没有他的号码了。魏先生被我删除了，我有些惆怅和无奈。

对于魏先生，我承认，也曾有过一丝丝想法。在刚认识的时候，我其实还是单身，相亲过几次，后来我公司的一位大姐给我介绍了一个男朋友，就是我现在的老公。他是一所中学的数学老师，其貌不扬，年龄偏大，比魏先生还大两岁，外形上唯一的优点是个高。我当时不由得就拿他和魏先生作比。可魏先生对我并没有什么意思，而且，我已知道他乡下有老婆。介绍人大姐给我做工作，说，在深圳，男女比例一比七，你不要嫌老师清贫，相貌一般，人家职业稳定高尚，许多条件比你好的大龄女都还剩着呢。言下之意，我要挑三拣四就不识好歹了。

我和数学老师交往不到半年就去民政局领了证，我们的婚礼没怎么大办，就请了几个要好的老师，连魏先生都不知道我是在认识他之后结婚的。后来，魏先生和吴可打得火热。我庆幸，我的选择还是对的。

6

再次见到魏先生是在医院病房。他瘦得厉害，与以前简直判若两人。人生真是奇怪，有的人每天都在复制昨天，没什么太大变化，有的人却大起大伏。就像魏先生，我真不知道，这么一个庞然大物原来却是个外强中干的人，一场桃花劫就把他撂倒了。

我是从许胖子那里知道魏先生情况的，他们是铁哥们儿。

许先生说魏先生害了伤寒，在深圳北大医院住院。

我大吃一惊，伤寒这种疾病现在已很少听说，魏先生怎么会得此稀罕的疾病。

许先生长叹一口气，说，"流年不利，人倒霉喝凉水都塞牙。"

"你去看看他吧，现在已经好多了，传染期已经过去了，快出院了。"许先生告诉了我病房床号。那些天多亏他照顾，魏先生烧得特别可怕，手上还起许多玫瑰疹。

我没想到打电话给许先生得到的是这么个消息。

自然我们又聊到了吴可。

他们已经分手了，这事对魏先生打击很大。

又不是毛头小伙子，这么放不下。我想起那次的醉酒，不免有些不屑。

"谁说不是呢。"许胖子也叹息，"那女的别看着文弱，实际很厉害，魏先生用情深，栽她手里了。你不知道魏先生多迷她。"

"这个我自然知道，连我都领教了他不省人事的狂热。也许，正是这灼热吓退了吴可吧。不怪人家吴可。"

那天在华侨城和吴可聊天，她就说她受不了他。

"最毒妇人心！是她勾引他的呀。"许胖子说了一些我所不知的细节，比如，刚开始，吴可总是主动打电话给魏先生，让他帮修改文章，发表文章什么的，还约他看电影。哪个男的会架得住女的这么殷勤。何况长得还那么好看。

许胖子是站在魏先生的角度看的，但我并不完全赞同，第一次相遇我在场，魏先生就表现出特殊的兴趣，还护送到家。到底谁招谁，外人怎么说得清？也许这场桃花劫是命中注定的吧。

"这种事肯定没结果的，大家都是成年人，应该懂游戏规则，好聚好散呗。"

"说起来容易做起来难。"

"不就是分个手吗？"

"没那么简单！她人间蒸发，电话号码都换了，也不给魏先生一个说法。说不见就不见了，你叫老魏怎么承受？被耍了一样，死不瞑目啊。"

许先生很替朋友抱不平。

我不由也对吴可刮目了，一般女人都藕断丝连，做不到那么决绝。但毕竟也情有可原，不决绝一点能断得了吗？"谁让他去招惹良家妇女呢？"

"呸，还良家妇女！现在还有良家妇女吗？"话一出口觉得不妥，老许赶紧说，"对不起，我是被这女人气着了。他们发生的事，我都知道，所以气不过。"

"情场如战场，愿赌服输。"我叹口气，"人家不离开又能怎么样呢？难道还能离婚嫁给他不成？这年头搞婚外情的哪有以打破重建为目的的？不都搞搞玩的。"

"那女的当初可是这么许诺的哦。"

"说离婚嫁给他？"我惊讶。

许先生说是。

"怎么可能？"

"连你也不信吧？偏偏老魏鬼迷心窍，就信了。我至今闹不明白，那女的给他灌了什么迷魂汤，还说要和那女的生个孩子，让孩子成为俩人爱情的结晶。"

最怕的是一方当游戏，一方还信以为真。没想到，我眼里的老江湖，居然这么不堪一击。

吴可老公是公司高管，魏先生不过是个朝不保夕的小刊物编辑，一个穷文人。情话说得再动听，一落实到生计，就清醒了。这种事，女人比男人更实际。可惜当局者迷。许先生提醒过老魏，但这话只能激起魏先生更大的斗志。

只是人都消失茫茫人海了，他找谁搏斗去？

带了一捧鲜花，我来到医院。

"哇，什么风把你给吹来了？"魏先生看到我显得惊讶又开心，他穿着淡绿条纹病号服，从床上直起身，向我伸出手。模样变得厉害，果真为伊消得人憔悴啊。

"一直忙，才听许先生说的，你病了。"

"这病能把你引来也值了。"他看了我一眼，带点自嘲和歉意。

"身体好些了吧？瘦好多啊你。"我忍不住惊讶。

"好多了，皮囊还在，不必担心。许先生都跟你说了啥？"

"也没啥。"

他看了我一眼，知道我说谎。

我只好说："想开点。"

他两手握成一个拳头，一肚子话要说，却又无从开口的样子。

"没啥过不去的坎。"

"她曾找过你吧？"

我点点头。他还是惦记这事。看来他身体虽然好了，心理康复还有个过程。

"人家有老公啊。"

这话令魏先生身体一抖，他仿佛至今不能接受这个事实存在似的。

7

和魏先生再度联系之后，我便担负起心理医生的功能。失恋的人需要倾诉，常常我的手机都被他打到发烫。

曾经酒桌上那样一个生龙活虎、潇洒自如、挥斥方遒的人，突然变得这么婆婆妈妈，失魂落魄，太没出息了。

一次，他特地约我出来，在侨城那家咖啡店，就是他和吴可、吴可和我约会过的咖啡店。他神情看上去十分落寞，是大病初愈后的疲倦。

"她曾经说过，要和我在一起，哪怕去浪迹天涯。"

"你信啊？"

都说恋爱中的人智商低，我没想到魏先生低成这样。

"她老公对她冷暴力……她在我面前痛哭，说我比她老公好一千倍一万倍……"

这个我倒相信，如果吴可家庭十分幸福，也不会发生婚外情了。

"是我不好，我该再忍耐一点，等到她把事情解决好，等一切水到渠成，可是……我……一想到她身边有另一个男人，我就坐不住……我希望她能立刻解决婚姻问题。我太急了……"

魏先生还沉浸在追悔中。

"她跑了，消失了，电话也换了，原来的单位也不在了。她的家，我曾经送她回去的那个小区，那么多的房子，我去找过无数个白天和晚上，却从没再见到她。我都怀疑自己经历了一场幻觉。近来，我常有虚妄之感……人生如梦……可是，你知道的，那不是幻觉，对吧？你认识她，你见过她。"

这人看来是傻掉了，他居然还去她的单位、小区都找过她，那不近乎骚扰了？谁能受得了。那些报章电视的极端案例就是这么发生的吧。

"世人不敢投入地爱，都要保留一些，可那样的爱算是真爱吗？"

"人要都像你这样，那才问题大了。"

魏先生顿了顿，良久说道，"曾经我对这个世界心灰意冷，就像走在缺水的沙漠里，她出现了，像一泓清泉，她曾经代表着……希望、美好，让我觉得这人生是有救的。这种感觉你知道吗？"

我叹了口气。爱情创造神话，人需要神话，可是，神话终会破灭的。成年人的世界不需要神话。

"一般人到了这个年纪，都开始注重养生了。"我劝慰他。

"燕子，你说人活着为了什么？这到处走着的人群,他们知道为什么活吗？"

这么哲学的问题，我没想过。估计这满大街生机勃勃走着的人也没去想。

他抽着烟，眉头紧蹙，其实他并不需要我的回答，他只是无法排解。因为我曾和那个活生生的人有过交往，我可以证明，那过去的一切是真的，而不是他的想象。他的眼里仿佛有点点泪光，我转过头去，面对一个男人的眼泪，我有些尴尬。

"事情过去就过去了，多想也无益，对身体有害，还是多写点文章吧。"我劝道。

"写什么狗屁文章！文章最不值钱。如果我有钱有地位，你说，她会离开吗？"他长叹一声，声音压得很低，语气有一种伤感。他终于说到点子上了。

"也许吧。谁知道呢？"

我摇摇头。

事实上，我厌倦了做他的听众。后来他再约我，我就借故不出来，电话也不耐烦了，经常打断他，说有事情，回头再聊。这样弄了几次之后，魏先生也就知趣不再打电话来了。

况且，那个时候，我也确实是忙。

我当上了妈妈，事情一下子多出好多。老公在高中教课，一周有三个晚自修，周末还补课，等于卖给学校。

这样大约又过了一段时间，记不清具体日子了，生个孩子傻三年，忙忙碌碌，不知有汉无论魏晋。我们终于熬到了一套政府微利房，从白石洲搬去了新云村。家务工作，一大堆事情，我已不怎么写文章了，文学梦也不做了。随着魏先生的退场，我们江湖上的文人聚会彻底烟消云散。

某年的一天，我突然接到江胖的喜帖，他要结婚了，邀请了过去一帮老文友，承蒙他想起，我也位列其中。

婚宴设在宝安，酒店虽不十分豪华，但场面相当宏大。一干老友重逢。我见到了久违的老魏，他已恢复了原来的体重，恢复了原来的状态，谈笑风生，和许先生一起，帮着朋友在那里撑场子。果然时间能治愈一切。我感到欣慰，我熟悉的那个魏先生又回来了。

江先生娶了"八五后"小姑娘，一个制衣厂的打工妹。

聊天中得知，《山海风》杂志早就停刊了，许胖去了街道办下的一个政府内刊当编辑，江胖和人合伙做起了外贸生意，小有进益。最厉害的数魏先生，他从《山海风》杂志出来，一开始进了《黄页》杂志社做美食记者，后来，认识了一个在政商界有点影响的老乡，进了商会，依托政商人脉，跟台湾人合伙办了液晶广告牌制作公司，那几年正是 LED 市场看好的时候，魏先生抓住了机遇，生意一下子做了起来。想起初见面时魏先生给我的印象，不像文人，像老板，果然不虚啊。深圳本就是个传奇城市，一夜暴富不是神话。魏先生弃文从商，凤凰涅槃，走上了一条康庄大道。可喜可贺。

老友重逢很开心。

魏先生作为证婚人，穿着黑西服，白衬衫，打着红领结，口袋边戴着一朵红礼花，胖胖的，像一只庄重的企鹅。他用带着方言的洪亮的嗓音宣读：

各位来宾：大家好！

在这个吉祥的日子，我受新郎新娘委托，十分荣幸地担任他们的证婚人。

愿他们二人，牵手一生，白头到老。

新郎新娘在台上互换戒指，拥抱。新娘子化了很漂亮的妆，所有的新娘都是美的。我遗憾我做新娘子的时候没有这样穿过一回婚纱。我那时太仓促草率了。我那个大龄的老公急于走进婚姻，他从不浪漫。又如何？孩子都这么大了。

宴席开始，新郎新娘挨桌敬酒。

魏先生也忙得很，跟着新郎新娘，每张桌子打招呼应酬。

到我这儿的时候，魏先生拍拍我的肩，亲昵地碰杯，说："妹子，好久不见，越发漂亮了。多联系啊，下次找个时间，我们一定要好好聚聚，来，这杯我干了。"说毕，端起杯，一饮而尽，杯底对我照了照，也没要求我喝干，很快就被别人叫走了。

婚宴非常热闹，主角自然是新娘新郎，魏先生也风头十足，除了作为证婚人和铁杆哥们撑场面外，他天生的性格也是好大喜功型的。对于我这个老乡，小妹，他也只是蜻蜓点水，婚礼上有许多我不认识的女孩，她们也都与魏先生熟稔。这让我想起从前。

情殇那一页翻过去了。这才是务实的深圳人，不谈爱情天高地阔。

8

策划了几次的文友聚会终于没有搞成。到底不是文青时代了，我们这些人，还在写的，一个都没了。忙着赚钱，忙着带娃，忙着升迁，忙着应酬，忙着忽悠人和被人忽悠，哪一项都比文学重要。只有当年写得最好的许先生，还和文字沾点边，也不过是编些别人的文章，业余钓钓鱼画画国画。上次婚宴激起了三胖江湖重聚的热情。可是，每逢定下日子，不是这个有事，就是那个来不了，最终不了了之。

我们最后一次见面是在前年年末，魏先生公司尾牙，邀请我去参加。"尾牙"这个词我头一回听说，原来是闽台地区传来的，与中国人的土地神崇拜有关。配合"牙祭"，尾牙成为工商界年终酬谢员工聚餐的活动。魏先生的公司与台商联系紧密，因此也就有了"尾牙"这一新鲜事物。

元旦已过，正是深圳最冷季节，宝安的嘉华大酒店暖意融融。有多少桌席位我没数，反正整个大宴会厅都布满了人，酒店比上次江先生结婚的地方高出几个档次。看来魏先生的公司实力雄厚，没想到我认识的人中终于出了一匹黑马，真是与有荣焉。

我被安排坐亲友团一桌，许、江自然都在我们这一桌。在我们前面不远就是小舞台，小舞台背景有个大屏幕。投影上循环播放着公司各种活动的资料图片。魏先生的高大形象多次出现，人们称呼他魏总。待客人差不多到齐，宴席开始。主持人穿着超短裙邀请魏总上台致辞。

魏先生依然用他浓重的方言普通话感谢大家，感谢员工，总结一年来公司的业绩，然后告诉大家好消息，前几天出去收回了各路尾款，可以让大家开心过个年了。下面一片欢腾。然后举杯开宴。

吃饭过程中，舞台上一直穿插着节目表演，表演者都是厂里的员工。最感人的是一对员工夫妇，表演黄梅戏《夫妻双双把家还》，他们说，公司就是他们的家，他们要在这里一直干下去。中间还穿插着抽奖环节，这主要是针对员工的，他们手里都有抽奖券。有员工抽到了项链、水晶杯、茶具，最差的也有一盒特色红糖。

魏先生自然也没有忘记我们这些老友，给了我们每个人一个礼包。

富贵不还乡等于锦衣夜行，我们就是魏先生的"乡"了。深圳这座填海筑地造就的新城，大家大多是离开故土，连根拔起，从四面八方来到这，像我们这样有十年的交情，也算是知根知底的故交了，彼此见证了最青涩落魄的时光，不容易。现在再见证他的荣光，这是最值得自豪的时刻。酒席上听说，魏先生在老家的女儿已经去国外上大学了。一转眼儿女们都大了，时间过得真快。

酒过三巡，大家都嗨起来，老友们纷纷抢着上舞台表演节目。

我挂念独自在家的儿子，他爸今晚在校值班，我吃到差不多的时候就提前告辞了。

从酒店出来，大街人不多，比不上市区繁华，冷风一吹，我赶紧把散开的围巾系紧。公交车站牌不知在哪儿，地铁口也找不到，只有几辆绿的士不时飞驰而过。我打算打车回去。

手机铃声响起，是我不久前下载的彩铃，一首老歌，张镐哲唱的，少女时代特别爱听。

我接起电话，是魏先生打来的，他说："燕子，你坐到车没有？把车牌号码告诉我一下。记得常联系啊。"

他真是细心，喝那么多酒还不忘我的安全，不枉兄妹一场啊。

一辆的士停在身边，我招手进去，车窗是开的，车一发动，冷风飕飕直灌进来，我心里回荡着方才那沙哑沧桑的声音"北风又传来多么熟悉的声音，刹那间让我突然觉得好冷……"不由涌起莫名的乡愁。今夕何夕，我走了多少路，去了多少地方，爱过多少人，此地何地，此身何身。一时伤感起来。我摇上了车窗，出租车呼啸而去。

9

　　很快就到了微信时代。微信神奇地拉近了人的距离，连几十年都没有见面的小学同学，隔了千里万里的人，也魔幻般地在此相遇了，我被拉进各种群里，一开始大家都兴奋得不得了，有说不完的话，忆不完的旧。新鲜劲过了之后，活跃度明显降低。但不管是潜水者还是露脸的，刷微信已经成了人们下意识的一种举动，微信就像一张巨大的网，将所有人一网打尽，随时随地，都有新的信息，新的动态，好像二十四小时都有人值班。手机控制了人类，都成了低头族，手机若不在身边，就像失了魂魄，至于有什么重要东西吗，又说不上来，但不看又担心错过了什么。

　　悖论的是，一方面，由于微信，人们关系拉近了，素不谋面的人都能成为好友；另一方面，真实的交往反而变得更加稀少。我猜想有一天人们聚在一起面对面都不会说话了，需要低着头，对着手机屏向对方发出问候。

　　有微信之后，我和魏先生就没有再见过面，只在微信上留意到他的动态。他过去在网络平台上就是活跃人物，现在脾性也未改，他是好几个群（文学群、老乡群、商会群）的群主，其中文学群最活跃，拜他红包所赐，一言不合就下红包雨，真是财大气粗，这使得贫穷的文学群人气特高。可是，也很干扰。看书的时候，时不时"叮"一声响，好像在提醒你，赶紧去看。虽说也有免打扰功能，也可以设置屏蔽，但人心就是静不下来，那些红点点就像小妖精，总诱惑着人去点拨。在一个科技时代，人的生活方式似乎全然改变了，整个世界似乎再也找不到一张安静的书桌了。

　　有人说朋友圈可以看出一个人的性格品质，通过他发的图片、文字，就可判断，即使不发自己的，转发也可以看出一个人大致的品位。魏先生朋友圈呈现的样貌的确和他本人部分形象吻合：热情带点偏激，有资深文青的烙印，但和过去不同的是，他现在是老板了，字里行间透露着不凡的身份。

　　有一阵子，朋友圈不时有人发起爱心捐款。微信筹款功能方便快捷，一下子成为江湖救急的最好工具。

　　亲朋好友三灾八难的，都在群里吆喝、转发、留言、记名，彰显爱心。这里就有一个效应，别人捐，你不捐，别人转发，你不转发，都好像意味着你道德境界上的差距。也正因此，一逢上救灾，群里就格外正气火热。

有个打工作家，非常年轻，突然罹患癌症，一家著名大刊刚刚发了他一篇小说。可是，他连治疗的费用都没有，家里穷困潦倒。作家群组织了捐款，给了账号，群里响应无数。组织者将大家的捐款明细一一列出来，排了长长的一排。

那次我捐了一千元，在名单里不算多也不算少。像这样的捐款，我已经有好多次了。这数目不是大数字，但累计起来，也很可观了。作协领导有捐五千、三千的，领导向来都是多一点的。领导的数目是标准，在我们单位也是如此，一般人都不会比领导多，否则不显得你比领导境界还高？当然，老板就另当别论的。魏先生捐了一万，他在微信上说，在外面忙，命公司财务打过去的。

这样大数字的捐款，魏先生有过好几次。钱对他来说也许不过是九牛一毛。他早就不搞文学了，但由于出手大方，他的名字在文学圈一下子凸显出来。一个前任文人，不是以文出名，而是因为撒钱被人记住。我有点感慨。

当然，老魏从前就是个大方讲义气的人，现在有钱了，给企业家树立良好榜样是应该的。有文学情怀的企业家就是不同一般。

我以有这样的朋友为荣，尽管我们不再谋面。可是，他就在我的朋友圈里。

生活忙忙碌碌，手机成了人体的一个器官，扫一扫，加一加。朋友圈的人越来越多了，就像皇帝批折子看也看不过来。

留意到有一阵子没有魏先生的消息，就是那个清除朋友圈信息的提醒。

原来什么时候，他竟然不知不觉把我删了。曾经"妹妹""老乡"叫得那么亲热，曾经最落魄的时候，我充当他的情绪垃圾桶，陪他度过失恋的痛苦时光。现在，他发迹了，就这样对待老朋友，是不是我够不上他的朋友档次？还是其他原因，我得罪他了吗？招呼都不打一声，就消失了。这事让我好几天不能释怀，我承认我有点玻璃心了。

老公说这有什么奇怪，他也被人屏蔽和删除过。我问是什么人，他说一个从不联系的大学同学，是著名散户王，因为操纵市场，控制了三十七只股票，被罚了一个亿，禁入资本市场，这人就把他删了，还有一个当官的朋友也把他删了。他告诉我，那个官员"进去"了，怕引起不必要的麻烦，退出了微信。所以，删人和屏蔽是正常的，各人都有难言之隐。

我闷闷不解，魏先生是做生意的，又不当官，莫不是行贿被牵连？这种可能性应该比较小。他似乎与政府打交道不多。

魏先生消失的这件事在我心里激起的涟漪，随着日子的流逝很快也就平静了。

10

这年年底，我回当初念大学的那座城市办事，我老公找学生家长给我介绍了一家服装公司的工作，钱虽然不多，但不累，偶尔还有机会出出差。

因为手快在微信上发了图片，在那座城市工作的朋友看到了就吆喝着约着聚了一下。来人居然有叶为民，他在那座城市的报社上班，和我朋友熟悉，被一起叫来了。

老友重逢大家感慨万千。叶为民当时是我们文学社的头头，曾一度管我叫妹。这世上管我叫妹叫得最亲热的就数他和魏先生了。二十年没见面了，听说我来这儿，特别高兴，怎么着也赶来见一面。他的头发白了许多，也不染，显得年纪老很多，他说现在流行"爷爷灰"。他的样子令我想到"岁月"二字。方言还那么浓重，男人的语言功能确实逊于女生。叶为民笑道，"普通人说普通话，牛人才讲方言，毛主席说了一辈子湖南话，邓小平说了一辈子四川话，都是乡音无改。可不是么。"他的声音又令我想起魏先生，他们原本是一个地方的人。说不定互相认识呢。

我就问他，认识不认识魏先生。

他说没听过这名字。按照道理，那个地方不大，但凡有点名气的人一定会互相知晓的。魏先生生意做那么大，家乡不至于不知道吧。

我在手机里找到一张上次尾牙拍的照片。

叶为民一看，大惊，"啊，这不是东威吗？怎么成魏先生了？难不成有人易容成他？"

"对啊，他就是魏先生啊。"

叶为民说，"太熟了，不仅认识，我们还是一个村子上的。可是，他什么时候改名了？他原来叫李东威啊。哦，对了，想起来了，他曾经出了一桩事，改过名，对，就是了。"

叶为民给我讲起魏先生的往事。他们那个村子考上大学的没几个，他和魏先生都是当地出类拔萃会读书的。他有个小妹非常崇拜魏先生。"我那妹子长得和你很像。""原来真是有个妹妹啊。"我哑然失笑。但魏先生的父母早也为儿子做了主，他家穷嘛，小时候捡了个女娃，留着做了童养媳。并且叮嘱魏先生读了大学别忘本。魏先生是孝子，自然听从了父母的话，回来娶了亲，好像并没有领证，生了儿子，三岁那年夭亡了，后来抱养了一个女儿。他原本就是个不甘寂寞的人，好像以天下为己任的样子，他喜欢当那种振臂一呼应者云集的英雄，后来跑去了深圳。本来学的是经济，偏喜欢文学，都说深圳是文学沙漠，在他看来，却是一个崭新世界，他这人一向富有激情，即使遭遇挫折，遇到合适的土壤又开出花朵来，就像你们深圳的簕杜鹃——这是他自我形容的。"他在那里创立诗社，编印诗刊，还鼓噪我一起去。我没听他的。我那时留在城市，条件比他好一点，女朋友也不肯放我走，所以就没跟他去闯深圳。他回来，也常约我们吃饭，当然也不是每次都能碰上。大家都觉得他混得挺好。在我们那个山沟里，混出去的人都被人刮目相看。有一年冬天，他回家待的时间久一点，避难。那一次正好我也在家休假，我们就在一起聚了两次。"

"避难？"我好奇，"这啥年代了，还避难，难不成碰上了黑社会？"

叶为民点点头，"还真让你说对了。"

"那会儿你们深圳大概治安还比较乱，魏先生向来是个好冒险的人，不知怎么沾了一个女孩，那女孩是一个黑社会老大的女人。你知道吗？他活下来真是侥幸呢，人家要追杀他，都开了枪，幸亏他灵活，枪响的时候，他卧倒装死，躲过了一劫。在村子里躲了半年。"

"原来还这么离奇，简直跟港产片一样。"

"魏先生的情史真是斑斓！"我想起吴可。

"他这个人确实女人缘特别好，为人仗义疏财，确也讨人喜欢，尤其受女人爱慕。我妹妹就是其中之一，为了他，还好几年都不肯谈对象。他老婆没多少文化，和他也没多少共同的话，不过就像家里的一分子照顾着一家老小。东威搭上的那个黑社会老大的女朋友，是因为一次在路上被人非礼，他出手相救，那女的就死心塌地地跟上他。没想到差点搭上了性命。东威在村子里避了半年，他家人希望他在小城找个事，以后不要去深圳了。可哪能拴得住他呢。"

他那性格，已经不能适应宁静的村子了。

我唏嘘不已。原来我认识的魏先生，已历过几劫了。

"他这人不安分，有激情，喜欢冒险，不是踏实过日子的人，我妹妹没有嫁给他是幸运。"

为了一个女人，差点丢了性命，改头换面变成了"魏先生"，当了魏先生之后，死性不改，差点又丧命。酒醉街头的魏先生，喋血街头的魏先生，在深圳这么一个刚硬的城市，多情的魏先生也算是为女人弄得头破血流啊。

好在他终于成了老板。这才是每一个来深圳做黄金美梦的人最渴望的成就。魏先生走上正途。只是，他凭什么把我删了！

"你后来见过他吗？"

叶为民摇摇头，说自己也很少回去，他们那个村子已经没有了，城市扩建，把村子给并进去，修建了高速公路，盖了大楼盘，建成了开发区。甭说你们深圳人是移民，我们现在都成了移民。故乡我们也回不去了。叶为民感慨道。

那次聚会，我们居然谈得最多的是魏先生。

哥不在了，江湖上却总有哥的传说啊。

叶为民说，最要命的是，他遇到的女人都是别人的女人。

还真是的。

11

我在文人群里联系上了老许。问他有没有和魏先生联系，我想找他。

他们是铁杆哥们，每次和魏先生失联，都是通过他而又重新联系上的。

老许顿足"咳"了一声，"我也在找他啊。"原来，他和我的待遇一样，竟也被魏先生给删了。

这太令人意外了。

"怎么回事？你们也失联了？"

"去年他生意不做了，我们见过最后一面。"

"生意不做？为什么？好好的厂。"我还记得那年尾牙的盛况。

"那是表面的，这两年突然就不行了。"

"不行了是什么意思？上次他还捐了老大一笔善款呢，让会计捐的呀，我记得很清楚。"

"空架子了，他这人爱充大，你又不是不知道，去年，他卖掉了深圳一栋

52

房子，填充了债务，说不干了。我劝他，房子千万别卖。那些搞创业的人拿出全部家当，结果不如那些啥也不做，存了房子的人。这年头实体生意靠不住，房子才是硬资产啊。债务你拖我我欠你，拖就是了，退一万步说大不了宣布破产，众人埋单，不是有人就这么干的吗？财产先转移了再说。他这人死脑筋。说平生不喜欢欠人，无债一身轻。"

"天啊，怎么会？那么大的公司哦，我们都见过不是？那些员工表忠心的场面还历历在目啊。"

"这年头做生意，遇到风吹草动，说倒就倒也司空见惯了。他好像是受某个倒台的官员牵连，以前商会结识的。他们厂看着大，其实也难，资金链一断，什么都完了，许多款也收不上来，一堆烂账，你以为老板好当啊？都是刀口上舔血，这些年你没看见跑路的老板有多少吗？成功和失败真不好说，看着鲜花似锦，其实是表面风光，险着呢。当了炮灰的小老板不计其数。唉，深圳搞'打工文学''劳动者文学'，其实真该好好研究深圳的'老板文学'。"老许感慨道。

我打断了他，"那老魏不做生意去哪呢？总得有个去处啊？难不成回老家，归隐乡村了？叶为民说他们的乡村早已消失了。"

"他确曾有归隐念头，风光的那几年，就说过太累，见过许多黑暗，怕自己也成了黑暗的一部分。可又放不下，一帮人跟着，他当老大当惯了的，不会丢下不管。现在大树倒了，不放也得放。你还记得他最后一条微信吗？"

我摇摇头，想不起来。

"了就是好，好就是了，《红楼梦》的'好了歌'。"

老许一提醒，我猛然记起来了，好像是有这么一条，下面还配了幅古代侠士的写意画。当时没怎么在意，文人老板时不时带点文学痕迹很正常，根本没作他想。

"难不成他看破红尘出家了？"我哑然。

"哪里有净土呢？他那样的人不会看破红尘，只会和红尘死磕到底的。"

"那他会去哪儿啊？"

"兴许是去找儿子了。"老许突然一拍脑袋。

"什么？儿子？"我越发懵圈了。哪儿对哪儿呀，老许也编瞎话呢。

"老魏说过，他有一个儿子。"老许又爆出一个惊人的消息。

我瞠目结舌，他和前妻生的不是三岁就夭折了吗？难不成后来又有女人了？我这人孤陋寡闻，山中一日，世间万年。只要有钱，总不愁女人为他生孩子的。我算是理解了。

"他没有再婚，也不是和前妻的那个，是和吴可的。"

"啊？什么？"我错愕。

"有次我们喝酒，他喝得很醉，就这么说的。我当时惊得酒都醒了。他说，'有人在另一座城市看见过她，带着儿子，他断定，那是他的孩子，年头对得上。她曾经说过的，要和他生个孩子，她还说过，她老公不能生育。你想想，我怎么能让我的孩子带着我的血脉基因，管另一个人叫爹？我要把儿子夺回来。'我当时以为他说胡话，他醉得特别厉害，还吐了，就在我家睡的。他这人喝醉了就有些疯癫，喜欢说胡话。"

老许的话，让我半天缓不过神来。

"我那个时候忙，倒也没太当回事，以为他不过是生意垮了受刺激，臆想出来的。过了些天给他电话，电话就打不通了，然后微信也被删了。给认识他的人打电话询问，大家发现自己都被魏先生统统删除了。"老许连连叹息，"我和他，我们一起这么多年啊，他落魄的时候、发达的时候，我们都在一起。他生意不做了，我还建议他来我们这儿，我们这儿正好走了个内刊编辑，他也算干老本行了，糊口是可以的。唉，他居然把我删了……"

这样说来，他是成心不让人找他了。

"你知道他改过名字吗？"我问。

轮到老许惊讶了，"我认识他的时候，他就姓魏啊。办诗社的那一年，我刚好来深圳，就结交了他，两个人很投缘。我跟着他一起干。他是个很有激情的人。我们那时对文学都有一种执着。"

认识一个人这么多年，却还搞不清楚他到底是谁。我和老许一时都陷入巨大的荒诞感当中。

想起老魏最喜欢发问的话"我是谁"，也许他自己也不明白吧。

"燕子，你听说过借种一说嘛？"半晌，老许开口。

"啊？"我糊涂了。

老许说，"我怀疑那女的一开始就存心不良。你想想，那个时候魏先生有什么呢？除了一腔热血和才气，也只剩一个健康的身体了。那女的怎么可能离开他有钱的老公呢？她说和老魏生个孩子不假，问题是那孩子肯定不属于老魏。

所以，她才会消失得无影无踪。"

人们总说深圳是一座传奇的城市，却也是一座极现实的城市，老许说的完全有可能。人是手段而不是目的，这在深圳有什么奇怪呢？可是，这也只是猜测，多么虚无缥缈啊，他到底去哪儿了呢？他真的是去寻找他的儿子去了吗？我想去找魏先生求证，也想去找吴可求证，我想看看那个小孩，他到底像不像魏先生。

一个狂热的激进分子，一个带着傻气的情圣，一个突然崛起又轰然垮掉的老板，魏先生倒与这座传奇的城市十分匹配啊。他曾经丢失了信仰，丢失了工作，后来又弄丢了爱情，丢了名字，差点儿还丢了性命，然后，竟然说自己丢了"莫须有"的儿子……直到最后，将自己也彻底弄丢了。

可我们始终不愿相信他消失了。

流 到 香 江

1

秋芬步子急匆匆的，像有什么事追赶着，她眉头微蹙，这是她一贯的表情，这表情造就了鼻梁处的"川"字，让她还算秀气的脸看上去对一切不耐烦，尤其对这密集人群不耐烦。

可香港哪里人不多呢，走过一拨还是一拨，像永远泅渡不出来的广阔大海。因为人多，寸土寸金，这里的建筑都朝天比着长，结构错综复杂，造型匪夷所思。站在街头，仰脑袋也只能看到一小片被切割的逼仄天空，她有恐低症，看一会儿就会头晕。过于密集高耸的建筑仿佛把地面都给压沉了，香港因而看着比别处要深，像深渊。刚来港那会儿，秋芬被这景象吓住了，张着口，半天说不出话，样子活像一条被抛上岸的鱼，每次她都会下意识地拽住前夫的胳膊，做深呼吸，那条胳膊是这片茫茫海域里的唯一一根救命稻草。

汤姆——香港人时兴有个洋名，认识以后秋芬就一直这么叫他，结婚证上的中国名反而没叫过。汤姆祖籍潮汕，是第二代港人，父母那辈做生意去的香港。对来自四川宜宾乡下的秋芬来说，香港是个遥远的异域，从没料想过，自己有一天会来到这里。最初，她离开家乡，从农村进到城市再到深圳，青春懵懂的那些年，也算得上步步惊心了，没想到越走越远，走到了香港，原来是有一份奇妙的缘在等她。

汤姆所在的香港公司跟他们服装厂有业务关系，时常来深圳。有个周末，几个姐妹相约去附近的公园玩，一家卖保健品的企业正在那里搞促销，又唱又跳，大喇叭不停地吆喝，引来大人小孩围观，有奖品小样发放。秋芬看了一会儿，口渴，就去找士多店里买水。到了小店发现身上没带零钱，正打算怏怏而走，一个男子站在旁边，微笑地说："想喝什么，我替你付。"

秋芬吓了一跳，陡然遇到学雷锋的人有点不知所措。

"我不是坏人。"那人笑道。

他这么一说秋芬反而有点不好意思，也被他这正经八百的样子弄笑了。深圳人来自五湖四海，大家约定俗成使用普通话。这人是广普，却比一般广东人说得更生硬蹩脚。

"我认识你。"他把"你"说成"雷"，"你是康华服装厂的。"

"你咋知？"

"我们是同系。"他有点得意，同事说成"同系"。秋芬忍住笑。

原来是个香港人，他们厂港方客户工作人员。

秋芬是厂里的发货计件员，产品交接时，打过照面应该是可能的。算"同系"吧。

汤姆请她喝了蛮贵的营养快线。

他问她有没有十八岁，看起来像童工。

秋芬骄傲地说她已经十九岁，出来打两年工了。

这以后，每次汤姆来深圳都会找她，请她吃大家乐，喝邓老凉茶，"广东天气毒，要学会煮凉茶"，他用港式普通话教导她。还送她口红、香水、T恤、外套和裙子。

那会儿对秋芬有意思的还有同厂的一个拉长，以及几个小工友。也都没有明确追，就是加班之余约着一起吃吃饭、打打牌、逛街、唱K。

他们没有一个像汤姆那样慷慨大方，送她那么多东西，最暖心的是，吃饭的时候会替她把位子先摆好，给她刷碗，用公筷夹菜给她，走路让她靠里边，上车先安顿好她落座，帮她拿包包。

这些很绅士的小动作那些工友不会，她以前见过的任何人——包括她的父母、哥哥姐姐，都不会。

汤姆给她很新鲜的感觉，特别美好，他比她大十多岁，很会宠人，这之前秋芬没有任何恋爱经历，只喜欢过影视明星刘德华。

秋芬和汤姆去工厂附近的"天籁之音"唱K飚歌，汤姆粤语歌有种发自胸腔肺腑的醇厚。他俩合唱了一首《东方之珠》。

好几年前，她曾和几个中考落第的同学在露天卡拉 OK 摊位点唱，两块钱唱一首，有人付了十元请客，她唱的就是这首《东方之珠》。有同学唱《上海滩》，有同学模仿张学友的《吻别》，都用蹩脚的粤语唱。改革开放之后，港台片风靡内地，模仿粤语成为年轻人的时尚。

> 小河弯弯向南流
>
> 流到香江去看一看
>
> ……

秋芬没想到自己真的流到了香江。

结婚好久，秋芬都感觉自己像在做梦。

天桥下面席地而坐的全是菲佣，不，应该是印尼佣，长沙湾一带不比中环，印尼佣更实惠些。周末是外国佣的公共假期，她们一团一团地坐着，地上摊着家乡风味的各种食物：咖喱饭、鸡块、薄饼、五颜六色的调料，她们大声说笑着，深邃的黑眼睛，黝黑的皮肤，厚厚的嘴唇，散发着浓烈的热带雌性气息。这些人平常在雇主家里都安分守己素颜寡语，此刻过节一般，化了艳俗的妆容，穿戴夸张显目，脸上洋溢着遇到乡党的开心快乐。她们是有集体有组织的，不像她刚来港那会儿孤零零一个人，满眼都是生疏，听不到一句乡音。

秋芬穿越挤满外国佣的天桥通道，下到地面，再经过惠康商场，出来就是一片公屋区，沿着人行通道穿过去，来到街边，走过一排卖海鲜干货药材奶粉的铺面，在一个门牌上写着繁体字"永联行"的楼梯口停下，掏出钥匙，打开生了锈的沉重铁门，顺手取出了信箱里厚厚的一沓《明报》，走上暗淡狭窄的楼道。这是香港老式唐楼，没有电梯。因为老旧，租金相对便宜。本埠年轻人一般都不住这里。房子是华仔租的。秋芬在这生活也有几年了，真快。

上到三楼，打开防盗铁门，一股鱼香麻辣味从小厨房飘出来，滔滔正在里面忙活，一米七的个头，瘦削的身材，围着白围腰，一手拿锅铲，一手捏着锅耳朵，像个能干的小厨师。这孩子做什么事都认真，尤其对吃，毫不含糊。他几乎每周都要回来打一次牙祭，当然，是自己下厨。他垄会做菜的。

今天做的是水煮鱼，他最喜欢的一道菜，虽然在香港生活了这么多年，胃还是随她，一个人的味蕾看来是由童年决定的。

红尖椒、花椒粒、黄豆芽、芫荽，油汪汪地覆盖着，香香辣辣的一盘，看着顿时食欲大开。香港是磨炼人的地方，硬生生把一个孩子锻炼成烹饪大师。

秋芬有时候不免有点愧疚，她这个当娘的并没怎么照料到他。他就自己长这么大了。

滔滔第一次去香港那年，放寒假，他跟华仔来宜宾过春节，央求她跟他们一起回香港。那会儿，滔滔已经在香港上了半年学。

滔滔是香港身份，得在香港考大学，高二转学过去的，就住华仔那里，滔滔喊华仔"叔叔"。华仔以为看在滔滔的分上，她能跟他们一起回香港定居。

然而，"香港"两个字就像药力强劲的催吐药，她一听就产生无法自抑的生理排斥，头晕目眩，眼前浮现的是难以下咽的饭食，一望无际的夏天，无边汹涌的人潮，被切割折叠的狭小空间，走到哪儿都是人，人、人……陌生的，并不友好的——人。

有一次在香港坐地铁，人照例满满当当，从酷热的外面进来，地铁里冷气逼人，香港总这样冰火两重天。她穿了高跟鞋，旁边一个人刚好到站下车，让出空位，她一屁股坐了下来，抬头就发现一个香港男人对她横眉怒视，她有点惶恐，不知自己做错了什么，难道这个空位不能坐？又没抢！她的脚被高跟鞋摧残了半天，得休息一下。她随手将坤包放在腿边，又被身旁挨着的一个胖男人侧目鄙厌，嫌她包包占了座位，她纳闷极了，这有什么呢，她那么瘦，包包并没有侵占到旁边位置，包包和她加起来也不及这个胖子宽。还有一次在地铁里接电话，被一个香港人噼里啪啦（她也听不清楚）教训了一通，说她声音大，吵到别人了。原来香港如此嫌弃她不待见她。后来，她曾看到一个外国人同样在地铁里大声打电话，却没有人说他。崇洋媚外！她很气愤。

全是不愉快的记忆……当然，最大的创伤是汤姆带给她的……不，香港，再也不要过去了。可是，儿子已经属于那里了，她竟然做了香港人的娘。想想很不可思议。

滔滔的适应能力比她强多了，半年不到，粤语就很地道了，他和华仔交流全是粤语。

滔滔临走的时候一边哭，一边拉着华仔的衣襟说，"妈妈不过去就算了，叔叔，我们回去过吧。"那年他十七岁，十七岁的男孩子哭起来像小孩。她以前倒没怎么见他哭呢。她不也是十七岁离开家乡的吗？哭什么哭？

他俩走的时候秋芬没掉一滴眼泪，一个人的眼泪大概也是有定额的，她的额度用完了，变成了一个硬心肠的女人。

她只是又开始吃起了辣椒。每当她吃不下去饭的时候，就靠辣椒度日。

一年后，她到底还是去了香港，滔滔考取了香港科技大学。

2

水煮鱼、酸辣土豆丝、西红柿炒鸡蛋、蒜蓉菜心、紫菜汤，都端上了桌子，很丰盛。华仔今天跑晚班货运，上午买好了食材放在冻柜里的，他知道滔滔晚上要回来做饭。

每样菜留了一些。母子俩就在客厅的小餐桌上吃了起来。

上了一天班，此刻真饿了，她平时不大有饿的感觉，单位不包伙食，在附近的茶餐厅解决，快餐、一杯冻柠茶或一杯咖啡、三明治、比萨，有时大家自带便当过来，凑合着蹭一点，给胃一个交代。比起过去已经好许多，起码能对付着吃了。

知道今天滔滔会来做饭，她早就期盼着，做母亲的期待儿子回来做吃的，实在有些颠倒，她下班晚，滔滔是不会指望她的——也从来没有指望过。他早就学会了自力更生。秋芬很想表扬滔滔一句"菜做得好吃"，或者说点什么。却总也说不出口，她不太懂和孩子怎么说话，他仿佛是来自另一个星球的公民。滔滔也不跟她聊天，只顾埋头吃。秋芬很羡慕那些和孩子有说不完话的妈妈。自己这辈子是别指望了，有时觉得这孩子好像没感情一样。当然，也怪不得儿子，是她没有完整地陪伴过他。甚至在他哭着请求她来的时候，也没有过来。要怪只能怪自己。

水煮鱼有点辣，干辣椒和花椒粒是她从老家带来的，正宗川味，他放了不少，大概一周在学校也是寡淡得很。额头上冒出几个痘痘，上火了。

那年冬天他从香港回来也是带着一额头的痘痘，青春期的男孩子，又刚换地方，水土严重不服。半年不见，个头蹿高了不少。似乎换了地方，孩子会长得特别快。秋芬打量着既陌生又熟悉的儿子，心里说不出是酸还是疼。

在滔滔成长的二十年里，秋芬每次都有这样的感觉。

滔滔吃完饭立即钻进了小房间，所谓小房间不过一个小鸽子笼。三十多平方米的屋子，割出两房两厅一厨一卫，若不是亲历，外人很难想象，她的同乡更是想象不到，花花世界的香港，她原来住的是猪笼一样的地方。秋芬的卧室刚够放张大床，除了床几乎再无空余的地方，睡在里面就像在一个大箱笼，这就是香港人所谓的"棺材房"。当然，习惯了就不再有喘不过气来的感觉。滔滔的房间是一个带写字台的架子床。他就是在这里学习考上港科大的。客厅大一些，L型沙发（买的时候就没要全套，放不下）做了个隔断，面对电视，背靠餐桌。柜子杂物收纳箱见缝插针地安放着，财位上供奉着手拿宝瓶的观音瓷像，这也是入乡随俗，香港人中西合璧，信仰上各选其主，住唐楼的许多人家门口供着敬土地神的香。临街的窗户挂钩上悬挂着洗过的衣服毛巾，像一面面不规则的小旗幡。马路上的巴士声不时尖锐响起。早先，在乡下寂静原野长大的她，整宿整宿睡不安稳，汽车碾压地面的声音仿佛就从她的心脏上碾过。现在已经习惯了，人的适应能力是逼出来的。

秋芬收拾饭桌碗筷，一边洗，一边煲起竹枝茅根糖水，这种糖水去火比较好。她现在也学会了不少港人的煲汤法，算是弥补做母亲的功课。

给滔滔端过去茅根水的时候，他在电脑上打游戏正嗨。

秋芬眉头的"川"字拧得更紧，为了游戏，她和儿子闹得很僵。每个周末，他回来除了打牙祭，就是打游戏，半夜起来，房间的灯还亮着，在鏖战。

秋芬自己曾经有过一段沉迷游戏的经历，三年不能自拔，游戏打掉了她打工攒下来的所有积蓄，身体也打坏了。那是一种把人拉向地狱深渊的恶魔。

当她第一次看到滔滔玩游戏，气血攻心，一巴掌打过去，把滔滔都打蒙了。

"你要是再敢玩这害人的东西就给我滚！"一声嘶喊，嗓子就哑了。

滔滔瞪她一眼，二话没说，收拾了书包和电脑拔腿出了门。

"孽种！孽种！孽种！"秋芬的骂声顺着逼仄的楼道一直跟下去，直到被外面的市声淹没。

有其父必有其子啊。秋芬气绝地想。

后来她不敢那样骂他了，只要说他，他立即就走。他在别的上面并不太违抗她，唯独游戏。

3

汤姆喜欢赌博，一开始秋芬就知道，但她并没有太在意，那时她才十九岁，还不晓得赌博对家庭造成的致命影响，在她老家，开麻将馆的也不少，她们四川人打麻将有名，她自己也会玩，不过来深圳打工后就没玩过了，工厂整天要加班。

汤姆带她去澳门玩，澳门街上到处都有赌场，坐巴士到赌场都不要钱，为赌客提供服务。赌场里的工作人员一律穿制服，汤姆说，在澳门开赌场是合法的。汤姆玩了一把老虎机，当场赚了三百元澳币，就带她离开了。她满眼好奇，花花世界让她大开眼界。

"你可不能赌哦！"秋芬叮咛，也不过是随口说说，她不会想到男人真会沉迷赌博。

"放心，我就是带你见识见识。"

也真是见识，新鲜世界弄得她应接不暇，根本没有想到具体过日子是怎么一回事。

履行了结婚手续，大陆身份证就注销了。汤姆家住在土瓜湾唐楼，房子有百年历史，很旧，是他弟弟买的，弟弟后来去了英国，他借住在那里。每个月给弟弟付一些租金。亲兄弟明算账，这一点香港人分得特别清，不像她老家。

香港房价昂贵，即便唐楼也不便宜。汤姆在香港属于低收入人群，可以申请公屋，不过要排队等。什么都得等，因为人多，秋芬见识了香港人口的密度。在茶餐厅饭馆咖啡店吃饭用餐，座位与座位之间，小得几乎转不开身。秋芬好奇，如此稠密的地方，倒也井然有序，这点不得不服。不像她老家村子里，那么大块的田野，搞不好就打起来，能从田这头打到那头。

作为结婚彩礼，汤姆拿了八万块钱，给她在老家宜宾城郊买了房。八万块在香港买不到一个厕所，而在当时的宜宾却得到了九十平方米的宽敞住宅。

她哥哥姐姐们都羡慕得不得了，嫁给汤姆简直是鸡窝里飞出金凤凰，攀上高枝了。汤姆给她娘家人也带了许多礼物，衣服、奶粉、饼干、巧克力、香水……

那是她衣锦还乡的高光时刻。

她在新房子里生下滔滔。

可是，梦还没有醒，汤姆就失踪了。

在老家生产坐月子，一开始汤姆每天有电话来，后来隔几天打来，再后来一周都没有了。

"是不是勾搭了别个女子？"三姐猜测，男人在老婆怀孕生孩子的时候最容易出轨。

秋芬赌气地憋着也不打回去，滔滔越长越可爱，会爬会笑会找她玩耍，牵扯了她大部分精力。

等她主动打过去的时候，汤姆电话关机，怎么也打不通了。她把嗷嗷待哺的婴儿扔给三姐，南下寻夫。

找了很多地方，打工的那个厂，她和汤姆租住的城中村，她回家生孩子就退租了，汤姆说，等她将来过来重新租，找个好一点的地方。厂里的熟人看到她很同情，说汤姆早就不过来。他欠了赌债，有人追到这儿，也在到处找他，大概欠了不少，你都还不知道吗？

秋芬这才想起许多的蛛丝马迹，她跟他去澳门的时候，他曾告诉过她，香港有地下赌场，他第一次送她订婚礼的蝴蝶型金项链，就是赌博赚的钱买的。他亲口告诉她的，当作一场荣耀。她真傻，还觉得他厉害。因为他跟她说话的口气，用的是过去式，她以为他早戒了。原来赌瘾和毒瘾一样，一旦染上很难戒掉，她不知道原来他背着自己一直在赌，只是刚和她好的那阵子，他收敛了，没有完全暴露出来，等她回家生孩子去，他故态复萌，而且变本加厉。

越赌越输，越输越赌，直到弹尽粮绝。

一起打工的一个姐姐劝她回去，"不然那些追债的找到你，你还得替他还债，你们都是夫妻了"。秋芬考虑过，只要汤姆回来，她可以把宜宾的房子卖掉，替他还债。

秋芬不信，她不信这个人老婆儿子都不要了。

香港也找了。她跟汤姆去过几次香港，在土瓜湾短暂地居住过，可是，迷宫一样的香港，她从来认不得路线。

倒腾了好几趟地铁，到处问人，走到脚后跟流血，怎么也找不到和汤姆住过的房子，那些房屋都很相似，她也进不去。受伤的脚不能再走了，瘫坐在路边，看着潮来潮往的人流车河里，迷惑不解，这到底是怎么回事啊？她怎么会流落在这陌生的地方？这奔忙着的陌生人群和她有什么相干？

63

在罗湖关口，她守了整整一个星期，一个小包裹，一瓶矿泉水，基本上不吃东西，不晓得饿，只盯着过关的人流，死死地辨认着，妄图寻找到熟悉的身影。最后，她昏倒了，出入境管理人员和三姐联系上，将她遣回了老家。

三姐抱着滔滔见她，几乎认不出来，才一个月，秋芬瘦成了人干。

滔滔睡在她的身边，小家伙似乎嗅到了一丝久远的母乳气息，哼哼唧唧地要吃。秋芬原本奶水充足，滔滔被养成个胖奶娃，三姐笑她，养两个都够够的，将来戒奶一定很困难。秋芬在打不通汤姆电话的那一天，奶水一下子就干涸了。

滔滔吃不到，哭个不停，有那一刹那，秋芬恨不得掐死他。怎么会有这么个小东西呢？他打哪儿来的？她一个人怎么抚养他啊。

不想听到婴儿烦人的哭声，秋芬索性用被子蒙住滔滔的头，哭声喑哑下来，小身体在里面挣扎乱蹬。

秋芬狰狞地瞪着眼，突然一个激灵清醒过来，将被子掀开，婴儿小脸都憋紫了，他对着妈妈哭得异常委屈，秋芬把孩子紧紧搂在怀里，号啕大哭。

滔滔眉眼有汤姆的痕迹，那个人人间蒸发，留下这么个小人甩给她。她痛恨不已。

她开始报复性地掐自己，脖子掐紫了，打自己耳光，身上都是青紫。她觉得自己不配活。

三姐不得不陪秋芬一起住，她晚上带着孩子睡。

三姐那会儿在宜宾市打工，姐夫也在那里，租的是农民房，有个五岁女儿。

有好几年，秋芬无所事事。滔滔上幼儿园，上小学，她打麻将度日，后来又迷上了"刀塔"游戏。滔滔在学校吃食堂，她没心情做菜，煮点米饭，就着腌辣椒，每天吃辣椒，吃了七年辣椒，没有辣椒她就不能吃饭。

积蓄用光了，没有经济来源了，三姐劝她出去找份工，得养孩子啊。

秋芬迟迟不肯行动。

有次打麻将，输了，赢牌的对家笑得很响，亮着金赤赤的戒指，趾高气扬，和站在身后看牌的老公吹嘘自己的牌技。秋芬站起来，说，"妈的！老子不玩了。"对家笑她输不起。

"你们到底两人耍还是一人耍？"秋芬反感这对高调秀恩爱的男女，他们刺激了她。男的矮短三粗，却喜欢叉着腰，神气活现地站老婆背后指点吆喝，欺负她势单力薄。

"你懒子搞的啰，仙人板板，谁他妈规定老子不能看牌，你也可以找个男人站后看噻！"

秋芬将麻将桌掀翻。"日你妈！"她第一次开口骂人，大家赶紧过来拉架，收拾牌桌。

秋芬回去走在路上，有点恍惚，一辆卡车从身边猛地停下来，司机对她骂道，"脑壳遭门卡了！不看路，想死啊！"

"就想死！怎样啊？有本事你轧啊，不轧你就是龟儿子！"

"哈婆娘！"

秋芬看着气冲冲远去的卡车，突然就笑了，"死都不怕，还怕活吗？"

离开宜宾的那天，她给滔滔做了水煮鱼。

4

华仔到家九点了，秋芬正气呼呼地坐在光波治疗仪下烤背。已经是五月，夏天开始了，秋芬极怕冷——太瘦的缘故——年轻时经历的一切把身体底子弄坏了。治疗仪是华仔同事淘汰折旧卖给他的。在深圳，秋芬一有空就会去一个叫"科治好"的地方蹭疗，说烤一烤身体舒服很多。那东西很贵，买一台得好几万。许多家政工喜欢在那里排队免费体验。

华仔给香港的一家外贸公司当司机，来往深港两地，认识了在模具厂打工的秋芬。一个人结识什么样的人，是定数。秋芬这辈子就跟香港结（劫）上了。

华仔长得不如汤姆帅，瘦精精的，有一双深凹的黑眼睛，也比秋芬年长十岁。香港男人四十多娶不上老婆的很普遍，一些香港佬就盯上大陆妹。深圳有个二奶村，许多二奶的男人在香港，这是秋芬嫁给汤姆之后才知道的。

"我有个儿子。"秋芬不隐瞒。

"没关系，我可以养。"

秋芬跟华仔去了一趟香港，时隔十年，香港依旧繁华若梦，这里面埋藏多少凄惨心酸的故事啊。她不由自主地头晕目眩起来，心绞痛得厉害，人生中的许多场景似乎都要上演第二遍。可人是不能两次踏进同一条河流的。这是她不知在哪里看到的一句话。她才初中毕业，不知怎么就理解了这话。十年前的她多么年轻，多么不知深浅。

现在她不会了。

她来考察他的住地，她会一一记住的，虽然她那么痛恨这个地方。但是，滔滔将来是要过来的呀。

也是唐楼，长沙湾的唐楼。华仔租的房子。他也在等待申请公屋，原先和父母住一起，认识秋芬后就租了这老旧的屋子。

秋芬在屋里看到一张合影，是华仔和一个女的。

"这女的是谁？"

"前妻。"华仔也不隐瞒。

"大陆人？"

"你们四川的。"

"什么原因分的？"

"她跑了，我不知道她在家乡原来有老公，还有儿子。"

那女的跟他生活了两年，回四川南充后就再也没有过来，华仔去南充找她。坐飞机到成都，再坐汽车，倒了几趟巴士，港式普通话让他一路备受注目。他按照她身份证复印件上的地址找到她所在的地方。那女的，带着一个七八岁大小的孩子站在他面前，告诉他那是她儿子，她有老公，不能跟他回香港。

真是宿命的巧合啊，她千里寻夫，他刚好相反。

秋芬说，"那照片还摆着干啥？要我早扔了。"

"我就是想让你知道一下，我不会骗你的。"

"你会不会赌博？"

"不会。"

秋芬点点头。

"我不喜欢香港，我们四川女人大概都不怎么喜欢香港。你们这儿太挤了，我们农村的茅草房住着也都比你们这舒服。"

"可你们为什么一个个都要出来？"

"茅草房不能当饭吃啊。"秋芬叹了口气。吃不饱穿不暖的生活，这是再穷的港人大概也无法体会的。她小时候在地上爬，抓野菜叶，能填饱肚子的，都往嘴里塞。

二姐十七岁那年好不容易攒了点钱——帮村头凉粉小店当服务员赚来的，

买了件花衣服，被父亲关了门足足打了一个小时，二姐被打伤了心，又处在不安分的年纪，就逃到了安徽，再也没有回来过。当时大家都以为她死了，她很聪明地把鞋子放在村里人常经过的河边，故意制造了跳河假象。一家人呼天抢地哭了一场，找不到，也就罢了，后来才听人说，和几个姐妹一起去到了安徽，在那边被卖作了人家媳妇。

父亲爱打人，除了大哥，她们姐妹仁都没少挨过。有一回家里养的几只鸡跑出去觅食，被村子里洒农药杀虫的人家毒死了，父亲气得跳脚，抬手就把她脸打了五个指印——怪她鸡没看好，造成财产巨大损失。她十八岁的时候还挨过一次打，因为回来和几个姐妹一起去看电影《黄飞鸿》，那天正好大哥家盖房子请客，父亲怪她没有及时过来帮忙。父亲爱钱如命，千省万省都是儿子的。

女人的命不值钱，就跟蒲草一样。

秋芬并不后悔出来。

5

华仔从冰箱里拿出一瓶罐装百威啤酒，今天有菜。平常下班回来都是煮泡面的多，家里有一堆"出前一丁"，煮面的时候打个鸡蛋，扔两片生菜——单身时这么吃惯了的。有时候秋芬会烤几只鸡翅鸡胸，那要看她心情还有身体状况。

水煮鱼肉很嫩很香，就是有点麻辣，他现在也能吃点辣了，可还是不及那母子俩辣不改色，他喝着啤酒"啧啧"地缓解辣味。

"别弄那么大响。"秋芬皱着眉头。

和滔滔怄气的时候，他就是出气筒。

"周末玩会游戏也莫门台（没问题），现在小孩哪有不玩游戏的？"华仔劝她。

"还不是你没有看管好。"秋芬迁怒于他。在宜宾念书的时候，他还不会玩游戏，是到香港来才玩上的。

"你点解（怎么知道）他以前不玩？看不到罢了。"华仔一句话将她怼回去。

秋芬词穷，也的确怪不到他。不要说他整天开货车，工作忙，能让滔滔在香港有个落脚点，也算尽情分了。要怪只能怪自己。

滔滔对华仔比对她好，他叫他"叔叔"，醋熘土豆丝是华仔最爱吃的，他次

67

次都做。

华仔吃完喝完，菜盆子干干净净，这顿牙祭打得心满意足，去厨房将碗筷洗好，打着赤膊，唱起了"沧海一声笑"。

比起过去刚认识的时候，华仔胖了不少，有了啤酒肚，特别是这两年。之前她第二次去深圳打工的时候，华仔深港两头跑，他们在深圳城中村租了小房子，那几年滔滔还在四川。后来转学去香港，华仔让她一起去港定居。秋芬不愿意去香港，工厂那会儿又倒闭了，她便回了宜宾。

如今，秋芬在香港已生活几年了，还找到了一份工作，在新开张的高铁上当导览员，帮那些做生意下货的人找落货地点，虽然工资不高，一个月才万元港币，他已经非常满足了。只要她肯来香港，一家人在一起，还有什么不满意的呢？这几乎就是他梦寐以求的生活，孤单了那么久，他希望和别人一样，有个像样的家。滔滔都上港科大了——那可是世界排名前列的高校啊，多少香港孩子中六毕业升不到学就工作了，虽不是自己亲生的，但他疼他，这孩子懂事礼貌，以前秋芬没过来香港的时候，他俩相依为命，滔滔让他尝到做父亲的快乐和责任。华仔不知道秋芬还愁什么。

"你懂乜？游戏就是赌博，能把人毁掉的，那就是个无底洞！"秋芬恨极，她深知游戏人的赌徒心理。她曾经沉迷其中，牺牲了睡眠、时间、健康，还有金钱。她在游戏中谙熟了汤姆，也因此格外恨他。如今，汤姆携带的基因病菌传给了儿子，她无法改变。

要是看不见也就罢了，就像过去，眼不见心不烦。可是，现在每次回来，他都扑在游戏上，他把她从来见不到的热情笑容都给了那台可恶的电脑，仿佛那才是他的亲人。

她骂不得，打不得，转而恨自己，这就是报应。

身体烤热了，她站起来。

瞥了一眼小鸽子笼里的滔滔，他戴着耳机，正聚精会神地在一个枪战的游戏里，肩膀斜着，仿佛真在瞄准射击。

秋芬身体不好，除了跟她吃了七年辣椒有关，也跟她打了三年游戏有关。肩膀、腰椎都过度劳损了。还有视力，有一段时间看什么都花的，仿佛蚊虫乱飞，她以为自己会瞎，才终于卖了装备收手不玩的。

滔滔现在都有点高低肩，脖子后面有突出的一个结节。他的身体会毁掉的。

秋芬烦躁地来回走着。华仔喝了茅根水，坐沙发上看 TVB 新闻：香港推出一手房空置税、碧桂园拟在香港上市、"港独"扰乱国歌法公听会、香港一珠宝店遭抢劫……

秋芬冲完凉，华仔接着冲，他会洗很长时间，冲凉是他一天最放松的时刻，滔滔从小鸽子笼走了出来，喝了口水，瞄她一眼，插空说了一句，"昨天有个人到学校来找我。"

"谁？"

"开始没认出来，后来想起来好像是小时候在樟木头住过的那人。"

"他来做什么。"

"不知道，好像有什么事要说，约我放学后一起吃饭，我忙得很，告诉他不好意思，没空，就走了，回头发现那人还傻站那儿。"

6

汤姆失踪两年后的秋天，秋芬接到他电话。他来宜宾找她。

三姐要带人揍他。

秋芬哭了。

原来这个人还在这个世界上，他要消失就消失，要出现就出现。他知不知道一个人呼天天不应叫地地不灵的绝望感？

滔滔站在墙角盯着这个惹哭妈妈的陌生人，陌生人也盯着他，抖动着嘴唇，过来伸手抱他，他拼命挣脱开，扑进妈妈的怀抱。

汤姆说，事情都解决了，让她娘俩跟他回去，不去香港也没关系，他在樟木头买了套小房子。秋芬泪流不止，她曾像古代孟姜女一样千里寻夫，上穷碧落下黄泉，以为他死了，不在这个世界上了，可他偏偏又出现了。她恨透了他。可是，看到他就知道，自己还是会乖乖跟他走。

秋芬在樟木头住了一年，带着滔滔，那是她唯一在家专职带儿子的一年，给一家人做饭，收拾屋子。汤姆换了公司，以前的债务都清了，他说。以后他们在一起，再不要分开了。

可是，到底狗改不了吃屎的本性，一段时间后，他手又痒了——跟他带她回来时承诺得不一样——哪儿能改掉呢？起先偷偷摸摸，后来也就不隐瞒了。

他的运气就跟过山车一样，到最后，樟木头的房子保不住了。

秋芬又回到了宜宾。

这次他俩办了离婚。

"你不用躲着我，我不会去找你了。"秋芬冷冷地说。她曾经多次在找不到人的噩梦里醒来。噩梦训练了她。

"相信我，我一定会赚回来的。"

嗜赌的人无法通向光明。

秋芬果真没有再找过汤姆，但汤姆却总在消失一段时间后又联系上她。他见过滔滔，说虽然离婚了，但滔滔还是他的孩子，还跟他姓，他要为滔滔的将来努力挣钱。

"你永远不准打扰滔滔。这是我对你的唯一要求，不然我会杀了你。"秋芬眼里透出狼一样的光芒。

从地铁口出来，上到地面，在许留仙糖水店门口，汤姆站在那里抽烟。样子都变了，完全是个老头，很瘦，头发秃了一圈，灰色 T 恤，黑色西裤，白耐克球鞋，他一直穿这个牌子。第一次见他时就是这副打扮。二十多年过去了。那时，他多么帅气，体贴温柔。

汤姆看见秋芬，眯起眼，掐灭烟头扔进旁边的垃圾桶。

"刚下班？"

秋芬穿着白色铁路服务员制服，还没来得及换。制服让她看起来年轻、整洁。这么多年，她的身材还像没发育的姑娘一般苗条。

"我们去吉野家吃个饭吧。"

秋芬跟在他身后，有一阵恍惚。每次和他哪怕分隔多久见面，都好像从来没有分开一样。前世或许欠了这个人。年少时的遇见的确不同于人生中的其他阶段。

一份和风牛肉饭，一杯奶茶。他要的是牛肉鸡肉双拼饭，一杯柠檬水。

秋芬大口地吃着。

"你现在也吃得惯了。"他讨好的口吻。

"你不要去见滔滔，我说过的，你去找他，我会杀了你。"秋芬恶狠狠地说，眼里闪过一道凶狠的蓝光，瞬间就变成一头母豹子。

约他来就是警告他的，不要来打扰他们，不要打扰滔滔。这个人简直阴魂不散。

"你和那人什么时候结婚？"

"关你屁事。"

"谢谢他替我照顾儿子。"

"儿子——你有什么资格提。"

汤姆眼神里有一抹歉疚。

"我只是想看一看他。"汤姆垂下头，"我得了肺癌，晚期。最近查出的。"

秋芬脸色骤变，嘴唇抖了抖，"你不要骗我——我没有钱。"

汤姆讪笑了一下。

"你不信我，是对的，我以前对不起你太多。"他咳了一下，一咳就停不下来，不得不弯下腰，捂住口，怕影响到别人。

一种疼痛的感觉在心里愈来愈烈，秋芬咬住嘴唇。

结束了掏心刮肺的咳嗽，好不容易平静下来。他说，很长一段时间，他一直都有去港科大，知道儿子在那里上学，即便见不到心里也高兴。这成了他生活里唯一的乐趣。打听到滔滔上课学习以及活动地点费了他不少工夫。不过，他从来没去打扰，没和他说过话，他在暗处，滔滔不知道他。说到这里，他得意地笑了一下。

"这孩子多数时候总一个人，喜欢去图书馆，有时会在池塘边的蓝花楹树下看手机……那里环境真好……没想到我儿子可以考上港科大……我那天鼓足勇气上前和他说话，他好惊奇，像认识我，又像不认识……他不同我吃饭，我不怪他，我终于和他说上一句话了……"汤姆抹了一下眼睛。"他长得像你，秀气，聪明……"

"不，他像你！知道吗？游戏人生！"秋芬悲愤。

我是混蛋，我知道你恨我，这辈子，我对不起你们母子。

"'赌'这个字在我们家曾是个地雷，提都不要提。小时候，我和邻居仔玩牌都被我妈妈打。她不准我沾任何跟赌博相关的东西，看都不准看。因为我父亲——他就是赌博赌没命的。我们家五十年代来香港的，从潮汕过来，妈妈是米行大小姐，家里有钱，嫁给我父亲。他们做生意的来到香港，那时还比较容易，香港也需要劳动力。本来我们家是做着小本生意，有个小小的档口。但我爸爸迷上了赌博，最后家产输光，吞了一把安眠药自尽了。我妈妈一个人做工，养大我们弟兄，供我们念书。她最怕的是我们沾上赌。可是，一样东西你越禁就越有吸引力。有什么能和这个相比呢？赌博不外两种结果：成功和失败，各有百分之五十的概率，只要玩一票，就有可能翻身。在香港，我们这样的人想出头还有什么办法呢？我想挣上一笔，孝敬我吃一辈子苦的妈。一赌就收不了手，赌马、博六合彩……

"后来遇见你，那是我一生最开心的日子，不瞒你说，我真的差不多就忘记了赌博，因为你就是老天给我最大的六合彩，年轻、漂亮、单纯、朴素又能干，这样的姑娘在香港找不到的，当然，香港姑娘也看不上我。我第一眼就喜欢你了。可是，后来你回家生孩子，我又忍不住了，我想给你好日子，我知道你吃的苦多，只要赚一票就收手……唉，我这人活该没记性，一沾上，哪能收手呢？就跟吸毒一样，戒不掉，大概也跟遗传有关，我父亲基因带来的。我住在破旧的唐楼里，幻想着有一天我能挣上一笔买个房，把你和儿子接过来，好好过活。滔仔可怜，他和我一样，有爸爸等于没有爸爸。我想见他一面，告诉他，不要学他老爸……"

汤姆擦了擦浑浊的眼睛。

"现在说这些有什么用？！你去治啊！"

"晚了，治什么治，白花钱。"汤姆摇摇头。他加入了一个教会，在会堂里忏悔，祈祷。香港像他这样因赌博妻离子散的人很多。

"我要谢你，让我有后代，滔滔上了港科大，他有出息，你放心，他不会像我的。"汤姆又擦了下眼睛。

"宜宾的房子拆掉了，我可以拿到一笔，你治病需要的话。"

汤姆说用不着了，那个你留着。那是他唯一为她娘俩做的好事。没想到，当年那点小钱会变成那样大的利益。"治不了，没得治了，只求你别恨我。"汤姆递给秋芬一只红绳子栓的小玉佩，"这个不值什么钱，是我一点心意，新年去大屿山撞大运得的，送给你。"

7

秋芬没想到自己有一天会变成千万富翁。

房子是两年前拆的，宜宾城改，她先前郊区买的那套房子属于拆迁范围，要建大商业圈，那会儿，她已经到了香港，周围的人都拿到了赔偿金纷纷搬走，她因为不在当地，很难及时办理，一来二去成了钉子户，又涉及香港人士，开发商不敢造次。后来，终于联系上了，就和秋芬协商，签了合同，两种方案，一种是补她赔偿款，分期支付，一种是给她四间铺头，由政府代租管理。

秋芬选择了第二个方案。

因为这件事，秋芬被父亲哥哥骂了个狗血淋头。他们怪她为什么不拿钱，非要铺头？导致他们家里人手里拿不到现款。

秋芬的财产不属于秋芬，属于娘家。这是她们那里天经地义的逻辑。哥哥找她借钱买车，二姐在安徽，儿子生了疾病，需要用钱，三姐这么多年，没有买社保，孩子要成家，没有钱……

他们个个朝她伸手。秋芬挣的钱一大半都给他们了。他们都以为，她在香港过的是天堂的日子。

秋芬当时选择第二个方案是下意识的选择，只觉得自己不方便回来。过后，她也有些奇怪，为什么不直接拿钱？那样的话，她可以在内地买上梦寐以求的大房子。

原来，她还是要出来。她曾那么厌憎的香港，其实早已离不开了。这一生当你见过辽阔的世界，就再也不会甘于在那个小小的天地里了。她的血脉，她的爱恨情仇都与香港分不开了。

她答应租金和家人一起分享，签了字据。她宁愿继续住在香港破旧的唐楼里，他们不会懂得她的。

她们四川农村出门打工谋生的女人太多了，在深圳也非常多，做工厂女工，当家政工，做到儿女大了，再回家带孙子孙女，然后下一代再继续进城打工。她却糊里糊涂地嫁了一个香港人，改变了一生的轨迹。

短短几十年，好像活了别人几辈子，魔幻般辗转在迥异的时空里，上天拣选了她，虽然跌跌撞撞，几经生死，却也像野蛮生长的蒲草一样，终于存活了下来。她不后悔认识汤姆，毕竟他扩大她生命的半径，让她看到一个不同维度的世界，最重要的是，给了她滔滔。

"和你说个事儿。"秋芬哑着嗓子对正在聚精会神坐在电脑前的滔滔说。

滔滔没听见一样。他在玩"绝地求生"，屏幕上一个背着包端着枪全副武装的战士，正猫腰在一个空旷的城墙上谨慎前行。

这时候要叫他停下来，等于瞎子点灯——白费蜡。

可是，她没有办法。

"和你说个事儿。"她又喊了两遍。

"等下。"滔滔不耐烦地回复了一句。

秋芬咬着牙紧盯着滔滔的背影。他像他老子，背影、声音都像。

华仔都快要下班回来了，她希望能在华仔回来之前，和儿子说这件事。

"你能不能停下来！"秋芬提高声调。

滔滔紧盯电脑，快速地用力地连续按鼠标，高分贝对他无效，他仿佛装了自动屏蔽装置，秋芬的话不在接受范围。

秋芬一把夺过鼠标。

"别打了，你老子都要死了！"

滔滔正在酣战，冷不丁鼠标被拽下来，如同天崩地陷：一张从没见过的愤怒变形的脸，他双手抱头，然后一秒钟工夫一拳击在显示屏上。

秋芬被滔滔的态度吓着了，她知道自己犯了大忌，又被儿子的暴烈举动气得发抖，"狼心狗肺！报应啊……"接着又软下口气哀求，"是真的呀，你爸他，你亲生的爸，我们去看一看好不好？最后看一眼……"

"滚！你滚！"

像锋利的尖刀扎中胸口，悲哀绝望的凉水浸透全身。

好吧，不去也罢。儿子沉迷游戏的劲头和汤姆沉迷赌博如出一辙。这就是报应，报应。在沉迷者眼里，再也看不见别的人别的事。汤姆，你活该没人送终。

她退到门边，被挡了一下，华仔正好进来。他脸色铁青，嘴唇抖动着。

"你，你们……我……白对你们好……走，都走啊……"他冲她咆哮，扔掉了手里正拿着的一沓报纸，花花绿绿满地都是。

秋芬羞愧地冲下了楼。夜色阑珊，天空看不见星星，只有城市的灯火依旧在闪烁。许多年前，在乡下，村子里动不动停电，她就追逐着萤火虫，将它们收集在小瓶子里，当灯火用。她希望到一个永远有电有光的地方生活。她实现了小时候的梦想，生活在一个不夜城里。可现在置身于这如炽的灯火中，她心底一片漆黑茫然。她是个罪人，失败的母亲，失败的妻子。儿子让她滚，华仔让她滚。他们都恨她。她做什么都是错。

夜晚的街道，行人稀少，不夜城也有歇息的时候，小店铺一家一家都拉上了卷闸门。香港虽说是大都会，这样的小铺面在九龙也随处可见，像极了内地的老旧小城，比起那些华丽高贵的商城，让她感到亲切安全，没那么拒人千里。卖菜的当铺收了摊子，地面有些湿腻腻的痕迹。秋芬绕过去，跨过街道十字路口，走到对面的公共图书馆，那里有一小块小花园，种着蜘蛛兰、鸡蛋花和红绣球。秋芬在花坛前的石凳子上坐了下来，也不知坐了多久。

滔滔过来的时候，秋芬仿佛陷入了寒冷的梦境，抱着膝盖石化了。

"你在这里干吗？我们回家去吧。"滔滔怯怯地站在她面前拉她。

石化的雕像复活了，瑟瑟发抖起来。他的语气多像几年前和华仔来四川让她回去的语气。

那个十七岁的儿子，哭着让她回去，她没有跟他回去。

她的儿子！

秋芬哭了，这一哭眼泪就刹不住。

滔滔也被逼出了眼泪。"妈妈，你不要这样，我错了还不行吗？我跟你去，跟你去见那个人……可是，他怎么就是我爸爸呢？我有爸爸吗？从小到大，老师每次布置作文，写我的爸爸，我就胡诌……那次，他来找我，我其实一眼就认出来了，可是，我恨……我不愿意承认……"滔滔浑身颤抖。

秋芬拿出纸巾给滔滔擦眼泪，他个子好高，她须仰着头才够着，可是，那么高的儿子，流着泪就变成了一个小孩儿。

"对不起，妈妈对你不起。"秋芬扇自己的耳光。

滔滔拉住秋芬的手，"我不要你这样……求你，妈妈……"滔滔哭得伤心又委屈，"小时候，我老做噩梦，梦见你说着话就不见了……我知道你不愿我玩游戏，可是，只有在那里有人陪我啊，那里面不孤独……"

秋芬眼泪泗流。

"你怎么知道我在这儿？"回去的路上，秋芬问。

"叔叔和我分头找的。他把我电脑屏幕换好了，说他不该发火，他以为你要带我离开他，我告诉他不是的。"

秋芬眼泪再次流了下来。她懂他的害怕，他和她都曾被命运抛弃过。

"我找了好多圈，后来想到你爱看花，图书馆门口有花圃。"

秋芬带滔滔见过汤姆最后一面。他走的时候很安详。

"即使预见所有的悲伤，但我依然愿意前往。所有降临的，即是有意义的存在。"

8

维多利亚港湾。

农历大年初二，新年贺岁烟火正璀璨燃放。尖沙咀的星光大道挤满了观看的市民。华仔、滔滔和秋芬也在人群里，他们占到一个比较好的位置。

这是他们一家三口第一次来看新年烟火。华仔拿到公屋申请，明年他们就可以住进去了，他们要正式补办一个结婚证。

一团一团的烟花伴着"财神到"的音乐，从海面上腾空绽放，像绣球，像流星，像急雨，像一个个妙不可言的美梦。对岸的中银大厦、花旗银行、汇丰总行、长江实业，这些高楼被银行映照得格外俊美。海水明亮摇曳，波光闪闪。

> 月儿弯弯的海港
> 夜色深深灯火闪亮
> 东方之珠整夜未眠
> 守着沧海桑田变幻的诺言
> 让海风吹拂了五千年
> 每一滴泪珠仿佛都说出你的尊严

秋芬不由地放开嗓子唱起来，她站在华仔和滔滔中间，紧紧地抓住这俩人的手。

萍　聚

1

一只灰黑色小鸟惊慌飞落在九里香枝头，这是一栋高层住宅外围，九里香树篱依着铁栅栏密密匝匝围了一圈，里面挨着几株紫荆树。纷繁的树叶覆盖在小鸟四周，做了掩护，不大容易被发现。吴楷文刚好路过瞅见了。这个高度连三年级的小学生都能抓到它，淘气的孩子见到一定不会放过。小鸟大约也知自己身处险境，身体颤颤巍巍，头朝里，尾朝外，没勇气面对。吴楷文趋步上前，想帮它挪到高处。应该是刚出窝没多久的稚儿，由于受到惊吓，腿脚都软了，再没力量飞起来，只一个劲蜷缩在那瑟瑟发抖。吴楷文刚伸出手，就听到头顶上传来一串尖厉的叫声，吓他一跳。原来离小鸟不高的紫荆树上还栖着一只虎视眈眈的大鸟，正紧张地瞅着他。"别怕，我是帮它。"当他再次把手伸过去的时候，高处的鸟又开始嘶叫起来，凌厉凶悍，瞪着愤怒溜圆的小眼睛，吴楷文从没听见过这样尖厉至变调的叫声。它在警告吴楷文，远离它的孩子。吴楷文感叹了一下，只得作罢。

又经过一排树，这排行道树叫波罗蜜，树叶厚而圆，叶面像涂了一层油膏，树干上结着黄绿色瘤状凸体的果实。波罗蜜，这名字透着香甜和异域味，让他想起奶奶念过的《心经》：般若波罗密……果然是来自印度的树，原产印度西高止山。吴楷文在手机里查的，自从小蝶教会他使用"形色"软件，他知道了不少树名，大叶榕、小叶榕、紫荆……深圳的植物可真多，眼睛都忙不过来。小蝶说这些树她老家都有，广西和广东有很多相像的地方，气候、植被、方言甚至长相。小蝶还说她老家有大片的森林，她小时候就住在大山边的一个小村子里。吴楷文没去过广西，他来自白山黑水的东北，他们那里也有松树、钻天杨、柳树，还有身上长满眼睛的白桦林。但那里不像深圳，一年四季都苍翠丰饶。他们那儿的树独立安静，到了秋冬除了松柏，其余叶子早就掉光了，荒凉得很，人也少得可怜。他觉得深圳这座城市就是个大森林，富饶的大森林，从没有见过一个地方有那么多铺天盖地的树木花卉，满眼泼墨的绿色，像绿海，那一个个行走的人则是游在深海里的鱼，只不知他们四面八方往哪里游去。

约好的时间，小蝶还没有到。再等一刻钟，如果还不出来，他就得走了。波罗蜜树下砌着方形隔离台，他搓着手，坐下来。这儿离小蝶上班的康华广场不太远。康华广场是以卖医药、养生保健用品为主的商场，顾客不多。小蝶上班的"清雅苑"设在广场最里面一角。清雅苑做美容养生，女老板唐姐租了这块场地，经营二十年了。康华广场生意冷清，租金是一笔进项，为了增加收入，另有两小块地方一个租给了水果摊，一个租给打印复印证件照经营点。那两个铺位设在商场出口处左右两侧。商场上午十点才开门，小蝶她们有后面小偏门钥匙。早班七点钟就得过来，养身保健讲究时辰，许多项目早上做比下午好，有的女客户很会安排时间，早上在这里做个两小时再去上班。当然，也有的晚上才有空。清雅苑尽量满足客户需要，现在美容业竞争厉害，她们只能在服务上加强。

"有客户早上五点要过来做脐疗呢。"小蝶一边笑一边打呵欠。那次他俩比谁辛苦。吴楷文认输，他那里再忙，也没有顾客早上五点来足疗的。

半年前，他来康华广场买活血止痛帖，那天一觉醒来脖子突然不能动了，像被点了穴位。

小蝶在广场门口给他递了一张花花绿绿的广告单，说她们清雅苑搞活动，回馈新老顾客。

吴楷文梗着脖子，心道，这小丫头真不会看人，他像那种吃饱了撑的有钱人吗。

"试试呗，过来体验一下，你脖子一定是受了风寒，我给你热敷试试。"她露出殷勤微笑。另一个小女孩在旁边接过她手里的宣传单，让她领着吴楷文去体验。

78

那当儿，她大概急于想找来一个人帮助她展示她们的优惠活动。吴楷文就被当作试验品拉了过来，她在他的脖子上细心地敷了艾条。

吴楷文的脖子当天就好了，不知是活血止痛贴的作用，还是艾条的热敷。

他们互加微信是在第二次遇见。

那天傍晚，吴楷文在街边饺子店吃了碗三鲜水饺出来——预约的客户临时取消，肚子饿得不行，插空先垫垫。

天说暗就暗下来，小汽车亮着尾灯一辆接一辆龟行，是下班高峰期，城区里的路本来就不宽，还曲里拐弯，每到这个点格外拥挤。嗨，再好的车也抵不上一双脚。

一个七八岁大的小男孩在人行道上就像红孩儿脚踏风火轮一样，踏着脚板轮滑快速驶过来，吓得行人赶紧避让。有个姑娘却很呆，全然不理会外界，一边走路一边低头刷屏，小男孩刹不住，大叫着冲了上来。吴楷文一把将姑娘拽过，另一只手扶住小男孩。小男孩站稳了，手足无措，惊慌地看着他们。"小家伙，你这么骑太危险了，晓得不？人行道不能骑轮滑。"小男孩耷拉着脑袋一副任罚的表情，吴楷文对他挥挥手，"走吧，没事了，回去吧，可别在人行道上骑了。"

"大街上也不能骑哦，那么多车，危险。"姑娘跟着补充了一句。

小男孩点头获释般地抱着轮滑离开了，走了不到二十米，又骑了上去，一溜烟就不见了。

吴楷文叹息，"真淘气啊。"

"可不是么。"姑娘接嘴道，然后转过脸对吴楷文展颜一笑，"谢谢你啊，没想到在这遇见你。"这姑娘就是上次给他做热敷的小蝶。

"不怪人家小男孩，你走路看手机不看道。"

小蝶不好意思地摸了摸胳膊，刚才被吴楷文拽住的那只，好大力，生疼。

"和家里人说话说忘了，喂，你怎么在这？"

"我在附近上班。"

"哦，我过来超市买点东西。"

他们互相加了微信，成为微友。

"原来你也是这行的。"知道他身份后，小蝶似乎有点难以置信。

"不像么？"吴楷文反问。

"不怎么像！"

吴楷文瞥了一眼自己的微信头像。长方形国字脸，浓眉剑目，鼻梁挺直，唇部棱角分明，头发是烫了的，潇洒地耸在头顶，这是他模仿一位炙手可热的男明星发型。许多人说他长得像那个明星。他就贴了这张耍酷的图像，黑色紧身T恤，显出良好的没有赘肉的身板。

师兄开玩笑，说他客户多。女人也是好色的，愿意找好看的男人。

有的女客户一开始只是做足疗，后来发展为身体——肩颈、背部、腰椎。别的师傅们常常费很多口舌都劝不动一个女客户，他倒省大得很，客户多得做都做不过来。

和清雅苑清一色的美容小姐姐相反，他们"益生堂"清一色男师傅。这是他们的策略，反其道而行之，他们以"医师"自称。如果说清雅苑是阴，益生堂就是阳。他们对女客户说，"阴阳互补，十女九寒，女人其实就应该找男人来做，这样可以补充体内阳气，达到阴阳平衡。"

"你在挖我们的客户哩。"小蝶知道一些客户跑到益生堂开卡后，不满道。

"这就叫竞争。"

"不害臊。"

小蝶不知是骂他，还是骂那些来找男人做足疗和养生的女客户。

他那些女客户就很大方，她们的脚、腿、背甚至胸都让他大大方方地捏、推、揉、按。

他也曾害羞过，几年前第一次给一个乳腺增生的女客户做胸部保养，眼不敢睁，汗如雨下。女客户还说，她的胸只给老公看过。师傅教导他，他们就是医生，医生眼里看到的不是一具具肉体而是骨骼经络穴位，不能想歪，想歪饭碗就砸了，一旦客户投诉，这个圈子就混不下去了。刚进这一行的时候，入职培训，老师也讲了许多事例。

所幸，来保健的女客户大多都上了年纪的，身材通常都走了样，要不肥胖，要不干瘦，那样的身体也不容易让人想歪。他嫌弃她们，也嫌弃自己，年轻茂盛的身体和这些老女人纠结在一起，他需要自渎才能排解。

深圳是崭新的一座城市，他来这里还不满一年。公司是全国连锁，人员也是根据需要进行调配。大老板也是东北人，一般人都见不到他。他还投资了酒店、地产等行业。现在许多行业不景气，保健养生倒是缺口大，有"钱途"，人们健康意识增强，越来越重视身体了。老板顺应形势调整战略，重点转移到养生这块。不过抢滩的也太多了，鱼龙混杂。光他所在的这个社区，就有好多家养生机构。琉璃世界养生馆、瑜伽馆、鱼美人中医减肥、汤师傅足浴池、丝悦养发养身、清雅苑……要想在这些遍地开花的养生战场上分一杯羹，益生堂不得不绞尽脑汁。策略之一，就是将店面设在超市旁边，那里人多，买菜、买商品的大妈阿姨多，人来人往，许多客户就是这样给拉拢来的。先是让爱占便宜的阿姨大妈们免费体验，师傅一边揉按，一边凭三寸不烂之舌说得阿姨动心，然后成功使她们开卡。策略二就是使用清一色的男师傅。这年头除了孩子，就是女人钱好赚，女人比男人怕老，身体也比男性更多麻烦，因而更重视保养。许多美容机构喜欢招聘任用美容小姐，益生堂独辟蹊径任用男师傅，讲究的是阴阳调配。这一招还真好，他们的店开张不多久，客户就超过清雅苑了。

难怪小蝶不服气。

"我们那环境比你强，客户比你们素质高，颜值也比你们的好……"

"是的咯，你们那里还比我们这儿香呢。"吴楷文笑着支持她对清雅苑的捍卫。

清雅苑的确是香的，艾叶的馨香，他记得很清楚，还有女孩子身上飘来的香气。吧台上有香插、富贵竹、奇异石，中式的木门、茶几、屏风。穿着绿色衣服脑后束着发髻的小姑娘们进进出出，像一个散发香气的古老女儿国。吴楷文曾有个女客户，就是清雅苑的常客，那女客户比较了一下，说，清雅苑让人安心安静，她在那里都可以放心睡觉，不像"你们"。女客户做了几次就再也没来了。

女客户说起"你们"时的那个鄙夷神态让吴楷文难忘。她嫌益生堂的师傅用力过猛，人糙且唠叨。每次把她说得通身是病，拼命游说她进一步充钱，做更多项目。实话实说，这也的确挺招人烦，吴楷文也不屑那些太能忽悠的师兄们，他们挣钱心切，多发展一个，可以多拿一份提成。可是欲速则不达，这个道理他们竟然不懂。吴楷文从来不那么大费口舌，点到即止。人家是来放松疗愈的，不是听你聒噪。吴楷文原本就不是爱说话的人，经理一开始还担心他性格内向，不利于发展客户，但很快就放心了。他凭的是技艺和态度，不偷工减料，不缺分少秒。所以，尽管他不言不语，找他做的客户也比别人还多些。

"一定是看你长得帅呗。"小蝶讥笑。

她的说法和师兄一样。

2

一共有五棵波罗蜜树，每棵相距五米左右，每棵树都呆护得很好，树下砌了牢固的方形隔离台。深圳是台风多发地，他算是见识到了。这年夏天，史上最强烈的十一号台风横扫深圳，那情形如同世界末日来临，一夜醒来大地仿佛战争废墟，枯枝败叶满目疮痍，龇牙咧嘴的断木都挡住了人行道，人们猫腰前行，像穿越丛林。吴楷文长这么大，头一回见到这么壮观的台风，太嚣张了，在这样坚固缜密的城市里肆意大闹一场，然后扬长而去，简直霸道却又潇洒极了。益生堂放了一天假，清雅苑也放了假。这是台风带来的"福利"。

那天，小蝶兴奋给他打电话，"你在哪？"

"在——和平——街上——"吴楷文的话给台风吹得断断续续。

"我——过——来——找——你——"她已经跑出来了。

大街上几乎没人，只有个别艰难骑车的外卖小哥身影。

师兄们在屋子开涮火锅，不上班可以好好撮一顿，平常没有时间凑在一起吃火锅，台风简直就是"天赐节日"。隔壁的超市早都被抢购一空了，人们囤足了食物，备"战"备"荒"。吴楷文以买纸巾为名溜了出来，城区空空荡荡，唯有风声鹤唳，树叶疾飞。

远远地，小蝶就像被风卷过来的一片叶子，飞落到他面前，头发吹成狂乱的音符，人笑得像一朵花，上气不接下气。

吴楷文眯着眼，赶紧扶住她，"还真出来啊，不怕被风刮飞了。"

"不怕！我要飞得更高……"小蝶笑着张开手臂，有点疯。

吴楷文感染了她的兴奋，那一刻风力托着，他也有胁下生翼要飞翔起来的感觉。

大树摇晃不止，灰蒙蒙的天空下，只有坚强的高楼大厦如同城市哨兵，在迎风挺立，严阵以待。

"危险，这么大风，赶紧回去，我送你回。"

"天塌下来高个子顶着，台风来了，有胖子稳着——"她竟还有心开玩笑，

"不过，你也不胖，高还蛮高。"

吴楷文哭笑不得。这女孩和台风一样有点任性。

最大的风力是夜晚来临的，吴楷文赶在这之前将小蝶送回住处。他在城市客栈的大堂里度过一夜。过后听说许多人躲在地下停车场，不少大楼发生了摇晃，有的人家飘窗整体脱落。

"千万等台风过了你才可以离开。"小蝶在微信里反复叮嘱，"你们北方人不晓得台风厉害。我小时候可是经常躲广场的。"

"既然知道危险，为啥还要跑出来？"

"一时激动没忍住。唉，告诉你，我其实蛮想约你去大梅沙瞧瞧呢。"

真是疯丫头。

第二天，有人传出视频，大梅沙海水倒灌冲进酒店了，情侣们爱在那里拍照的"天长地久"雕塑也裂开了。

"原来外面砌的是水泥，里面包的竟是红砖头。"小蝶十分遗憾。

小蝶爱玩，微信个性签名是"云游四方"。可是，他们这样的人，哪能云游四方？要钱没钱，要时间没时间。

比如他，一个月休息两天，人手紧时，两天也达不到。刚来那会儿，有天晚上下班早一点，几个师兄约着一起去红树林。徒步过去的，走了一个小时。夜色中的红树林，点点灯火，风带着咸腥的味道，他见到夜色中的海。

"那不是真正的海，得空咱们去大梅沙，来深圳，总得去那里看看。"小蝶一心记挂着。

她给他看微信头像，大红围巾包着头和半张脸，身后是一片蓝色的海。"不是海，是羊湖"。小蝶自豪地说，在西藏拍的。她五月份休假一个人去了一趟西藏。

"一个人！厉害了！有没有高反？"吴楷文不由对这女孩刮目。新一届的打工妹果然不一样啊。

"有啊，好严重的，我第一天去，不知死活，穿了短袖，结果着凉感冒了，在青海那里。我是先到青海，从青海去的西藏。"

"听说去西藏最怕感冒。"

"可不是！受老罪了，还好佛祖保佑！活着回来了。"

"命大！"

"客户给了我红景天，吃了也不管用，到那里又买了好些药吃。"

"怎么想起来一个人去西藏？"

"小时候听过一首《回到拉萨》，不知怎么的，就特别想去。"

"得花不少钱吧？去一趟。"

"差不多有一万。"

十天花一万，够节俭的，不过，对一个打工妹来说，应算是笔不小的开支吧。小蝶说，在青海遇到一个姐姐，一路搭伴，合住民宿，有的景点只在外面看看，比如布达拉宫都没有进去。穷有穷的玩法。

"等有足够的钱了我要去很多地方，新疆、大理、西双版纳……统统都要去……喂，说说你都去哪里旅游过？"

吴楷文苦笑，他去过大连、山东、惠州，不过却是从一家洗脚店到另一家洗脚店而已。他看的风景是造型各异的脚、背、臀。

唯一的一次，是海南三亚，那年他十一岁。父亲在那里当出租车司机，过年没回家，父亲两年都没有回家了。妈妈带他过来玩，坐了三天两夜的火车。

从冰天雪地的东北一下子到了亚热带海岛，像是来到另一个世界。吴楷文第一次见到大海，第一次看到椰子树。

"你也去过三亚？"小蝶眼睛一亮，"我可在那里待了好几年呢。"

"你在那里待过？"

"是啊，我父母在那打工。你爸爸也在那打工？"

"他在那里当过兵。"吴楷文记忆里的父亲是模糊的，他没有和父亲长期相处的经验，父亲在海南当过工程兵，之后跟人一起炒房产，那会儿他们东北有句口号，"海南有房，人生辉煌"，他父亲把积蓄都投了进去，结果血本无归，就在那里开起了出租车，为了挣回亏空，两年没回家。

那年去海南算是和父亲最亲密的一次接触了。父亲带他们去了"鹿回头"，还给他们讲鹿回头的传说。

相传，古代一位英俊的黎族青年猎手手持弓箭，从五指山翻越九十九座山，涉过九十九条河，紧追一只坡鹿来到南海之滨。山崖之下是无路可走的茫茫大海，那只坡鹿突然停步，站在山崖处回过头来，鹿的目光清澈美丽，含着哀求，青年猎手张弓搭箭的手放下。忽见火光一闪，烟雾腾空，坡鹿回过头变成一位美丽的黎族少女，两个人遂相爱结为夫妻并定居下来，此山因而被称为"鹿回头"。三亚市也因此得名"鹿城"。

这个美丽的传说他一直忘不了。

天热，在路边，一个熙熙攘攘的菜市口，父亲给他买了一支雪糕，他吮吸着雪糕，舍不得一下子吃完，路边一个黧黑的几岁大的小女孩眼巴巴地看着他，面前摆着一堆青菜，一个装零钱的小铁盒子。他又得意又怜悯，把手中的雪糕递给了那小女孩。

走了好几步，回头发现那女孩还在看着他们。

"你爸爸后来还在海南吗？"小蝶问。

吴楷文脸色暗淡下来，那次之后，他们回东北，不久传来父亲的噩耗，他开车与人发生纠葛，斗殴致死。

小蝶发现吴楷文脸色不对劲，知道自己问了蠢话，赶忙改口打岔，"听说深圳有个鹿嘴山庄，就是周星驰拍摄《美人鱼》的地方，我客户说，那里好漂亮，就是路难走，车子都开不进去，可以租单车。几时我们攒个空一起去？"

吴楷文沉默着，仿佛没有听见。

波罗蜜树下的隔离台，台面铺了红褐色木条。吴楷文在最靠近马路崖的树下坐着，另外几棵树的隔离台都躺了人。他们呼呼睡大觉，看样子有点像建筑工、装修工之类。高层小区管理严格，中午不准作业，工人们随便找地方休憩。他有个老乡在这附近做工，干些装修杂活，给人刷墙、铲灰、批荡。有一回，他来锦绣小区找老乡，坐电梯上了三十二层，那户人家重新装修，刚刚打墙拆成毛坯房，老乡在里干活，反穿着一件黑红格子护兜大褂子，站在飞扬的灰尘中像一个造型奇异的灰巨人。三十二层高楼，窗户卸下来了，像一副巨大的镜框，吴楷文头晕目眩地望着没有遮挡的窗外巨幅画卷，天空连着大海连着山脉，白云滔滔，老乡指着对面朦朦胧胧的低矮建筑，说那是香港。他带着先来者的自豪口吻告诉吴楷文，这是真正的海景房。老乡的确有理由骄傲，来深多年挣了不少，在家乡盖了楼，城里也买了房，在当地小有名气。吴楷文来深圳的时候，人家给了他老乡的电话。老乡刚出道时，从收垃圾做起，发展到疏通下水管道、搬家、打墙、刷墙，经营范围不断扩大，社区许多人认识他，老婆也跟着他一起，在计划生育放开前又生了个小的，在插花地租了房，算是老深圳了。他告诉吴楷文，自己眼光还是不够，早些年哪怕借债在这里买房，现在也都发了，成为深圳业主了，如今在家乡买的那几套房子不值这里的一个洗手间。人心总是这样，穷的想富，富的想更富，深圳把人的欲望越喂越大。

那天吴楷文宿舍下水道堵了，问老乡借工具，顺便去看看他只能远观不能近瞧的高层。尘土飞扬中正在作业的老乡眉毛、睫毛、鼻毛全是白的，估计肺都给染白了。

吴楷文心想，也别羡慕老乡，这钱他挣不了，他的力气也只够给人洗洗脚、捶捶背。

昨天给老乡打电话，电话响了好久才接，老乡有气无力的声音像变了个人，原来是躺港大医院了，骑电动车运货被一辆宝马撞了，头破血流，牙磕了三颗，颈椎骨裂。小车全赔，住院不要钱，但电动车给没收了。

还算好，留了条命。吴楷文安慰他，大难不死必有后福。这次没工夫去看他了。

一辆蓝色的玛莎拉蒂气度不凡地驶过去。

睡在隔离台上的人纹丝不动，安详得像睡在自家床板上。

大城市就是这样的，随处可憩，流浪汉也比别处多，天桥底下都有睡觉的人。人往高处走水往低处流，流浪汉也是要流到大城市的。干净的街道，优美的环境，空气清新，只要要求不高，随时找份活也是饿不死的。难怪家乡都没什么年轻人了，都进城了，给城里人收垃圾、刷墙壁、通下水道、洗脚、搓背、当流浪汉……城里营生多。

吴楷文没试过露天睡觉。这座城市，他好歹拥有两平方米的栖息地，有一张可以休憩的床。

红湾区最边缘的东部，在这个高档社区，有一些还没来得及拆迁的多层石头房。公司给他们租的是两房两厅。大房和客厅上、下铺一共住了八人，小房两个。住小房的是店长和年纪最大的一个师傅。吴楷文睡客厅的上铺。小蝶说，她也是上铺，她喜欢上铺，在学校念书时她就住上铺。小蝶住在红湾区的西边，那边也有未拆迁的老房子。从东到西隔挺远的路，走下来少说也得花一个小时。小蝶偶尔下了早班，会到东部超市买点东西，她经过益生堂，不大容易看得到吴楷文，吴楷文一般都在里面忙，也看不到手机。他们上工不准带手机。

有一天，他刚给一个客户做完足疗，出来倒洗脚水，感觉背后一双亮晶晶的眼睛盯着他，一转头，果然是小蝶。她正坐在旁边体验室的沙发上，让做售前的老张给洗脚。益生堂在超市门口给每个有潜质的客户发体验券，体验不要钱，是诱饵。小蝶拿了券过来。益生堂很少有这么年轻的女孩来体验。一双瘦伶伶的细腿和小脚，在老张手里捏弄着，"痛则不通，通则不痛。小妹，你腿部僵硬，跟你年纪不相符啊。"老张凭着三寸不烂之舌在游说着，这是老张惯常的声音，他对每个来体验的客人都这么说，区别仅仅是根据年纪换个称呼，他一般称呼的都是"姐"。这次他称呼的是"小妹"。"小妹，你这么年轻，得注意身体了，这里，痛吗？"

"痛！"小蝶看到出来倒水的吴楷文痛得眼泪都出来了。

吴楷文停顿了五秒钟，转过身给下一个客户足疗去了。

那双瘦伶伶的腿和脚一直在吴楷文的眼前晃。

"他们给我体验券，我就过来体验一把，以为恰好能遇着你给做呢。"

"老张做售前，负责拉客户，我们售后做疗程。"吴楷文冷冷地说。

"改行吧！不要给人洗脚了。深圳有别的机会。"

"不是洗脚，是足疗！"吴楷文正色地纠正。

"一样的。在我们那里，男人是天，男孩子是不给人洗脚的。"小蝶固执地说。

吴楷文不吭声。

他想起另一个女人的声音。"为什么要给人洗脚？你干什么不好？"

吴楷文露出蔑视的笑容，黑暗中没人看到他的笑，也没人看到他眼里隐藏的泪光。

3

十五年前的那个冬天。

一个老乡从北京回来，在他家土炕上和吴楷文聊了好长时间的天。吴楷文终于做出了决定。

村子里年轻人差不多都走光了，像他这样十八岁还窝在家里的几乎没有。

冬日里的荒原像死了一般，年关热闹了一阵的村子又变得死寂。春天已经来了好久了，他们这儿还在沉睡。柴火垛上覆盖着上一场的积雪，红砖土墙上挂着干辣椒和干萝卜条。

奶奶在灶台上烧柴火饭。

小黑寸步不离地跟着他，仿佛知道他要离开似的。

小黑是母亲临走时送给他的，来的时候还很小，现在已经长成青壮年了。

母亲是跟一个在城里做生意的老男人走的。奶奶喝了二锅头就会骂人，自从父亲出事后，母亲就成了奶奶酒后咒骂的对象。她骂母亲"丧门星""克夫"，后来又增添了一个新名称"浪货"。

吴楷文从小听惯了村子里老人的叫骂。他看见母亲漆黑的眼睛里隐忍的泪水，就会冲过去，把奶奶的酒给倒掉。奶奶不喝酒的时候对母亲还好，会说媳妇一个人种田辛苦。

村里种地的都是老人，四月份育苗，五月份才开始插秧，一年也就忙活几个月，全世界都在搞钱发财。那年，母亲原本也是决定要去海南打工了，可是偏偏父亲出了事。

"你个丧门星，你咋不早点去。"奶奶哭骂。

自那时起母亲就跟奶奶一样抽起了土烟袋。吴楷文有一种恐惧，母亲会离开他。五月的乡村，田地里还到处是冰碴子和未融化尽的残雪，在炕头，她用冻得开裂的手摩挲着他的脑袋。

母亲终于进城了。

那会儿她一个月回家一次，给他带糖吃，还给他买鞋和衣服。

"我也要去城里。"

母亲走的时候，他拽住母亲衣角不放。

"你好好读书，等你将来考上了大学，就去城里了。"

母亲再后来是两个月、半年才回来一次，她去了更大的城市，回来时穿着打扮像个城里人。

他听到村子里小伙伴嗤笑，"他妈妈在城里给人洗脚。"

"洗脚"两个字，就像一块不洁的香口胶，谁也不愿沾上。

过了几年，母亲再婚了。

她给了奶奶一笔钱，又往吴楷文口袋里塞了一千块，让他存着买自己喜欢的东西。吴楷文把钱扔地上。母亲哭了。

她离开的时候眼睛是肿的，小黑是她带来的刚出生的土狗。吴楷文从小就想养一条小狗，母亲把小黑送给他。

母亲走了，吴楷文抱着瑟瑟发抖的小黑。

村子里中学很差，只有极个别的能考到城里上高中。初一到初三，学生一年比一年少，能找到活的都出去找活做了。村里人想得明白，上了大学又怎样？白花钱，毕业就等于失业，不如早早出去打工。

吴楷文不出去的原因是奶奶，也是小黑，他不放心他们。小黑每天就睡在他床边，早上负责叫醒他，送他上学，一直送到村口，下午放学在同样的地方迎他。每次见面恨不得把他扑倒在地，亲热得不得了。

小黑眼睛又黑又亮，像母亲的眼睛。

"仔，你莫不放心，有你老叔在，还有小黑。"奶奶端上炖好的蘑菇鸡汤。她眼睛蒙着一层翳，看东西都模模糊糊的，自从爸爸出事后，她的眼睛就开始坏了，但她从来不会撞倒东西。她的耳朵可以感知一切。她现在不喝酒也不抽烟了，念起了《心经》，堂屋里摆了尊观世音塑像，初一、十五都要上香吃素。

"什么时候带你去县城做白内障手术，现在做这个手术不要钱。"

"不做。"奶奶坚决地说。

"出去多学点手艺，技不压身。等过个几年，攒些钱，也好娶房媳妇了。"奶奶露出缺了牙的笑容，皱纹像被石头击中的湖水涟漪。

奶奶不知道他是出去做给人洗脚的行当，就跟她儿媳当年一样。他没告诉奶奶。

但母亲知道了。

母亲婚后每年回来一次，给他们带钱，她来的时候，只有小黑对她表示欢迎。

那年冻土还没融化的春天，母亲回来了。

他告诉了她，将要去的地方和将要做的工作。

吴楷文一辈子忘不了母亲那顿时变得煞白灰败的表情。

"为什么要给人洗脚？你做什么不好啊？"

"不跟你一样吗？"吴楷文简洁地回答。

母亲哑口无言。

他内心有一阵报复后的快感。

4

脚有点木，吴楷文弯下腰捏了捏腿部的穴位。长久一个姿势，血液循环受阻，细胞供养不足，就会麻木，手也坏了，时不时腱鞘炎发作。医不自医，他们整天帮别人治疗，却无法治疗自己。偶尔空闲的时候，师兄们也会互相帮着按一按。但那也只限于背部，他们不会相互按脚，男人的脚不比女人，味儿大。

去过一次洗脚屋，最便宜的一家。那天他实在累够呛，一天做了八个客户，收工的时候全身都僵硬了。

师兄们介绍了美食街旁的洗脚处。

一个房间已有三个客人，三个洗脚女正在埋头搓洗，两个客人睡着了，一个在看电视，电视正放着一部时尚新剧。小屋里空气有一股黏稠的不清爽味。

吴楷文在最旁边的空铺坐下，一个模样秀丽、头发束在脑后、穿着黑色制服、看着并不年轻的女人端着一次性塑料包着的木脚盆过来，问他洗哪一种，要不要加中药。吴楷文说不要，就是最普通的那种。

女人让他先转过身坐脚凳那边泡脚，她先给他捶背，松一松骨。另两个洗脚妹，一边洗，一边聊天，有时回头看一下电视。太不敬业了。其间一个还出去接了电话。在益生堂，技师不允许带手机，也不允许客户睡着。他们要了解客户反应，他们的力气都在穴位上，不像这里。一看就没使上力。便宜没好货，真是的。吴楷文也不指望达到多少疗效，就是太累了，休息会。

黑衣女给他捶了一会儿，然后倒水，用毛巾包脚擦干。这当儿，她手机响了，接电话，听到那边传来一个孩子的声音，她说了几句，然后道，"你乖乖的，等下妈再给回电话。"就放下了。

吴楷文本来想提醒一下她们，干活要专心，不该接手机，听到电话那边孩子的声音就默然了。

从同伴和她的聊天中得知，她是两个孩子的妈，一个上中学，一个在小学。孩子在河南老家。

"孩子那么小，你就放心出来？"吴楷文不由问道。

"有什么办法嘛，要挣钱哪。"

然后她不再搭理他，开始给他剪指甲、去死皮。他的脚感觉到她的鼻息，似乎有点感冒，不时吸一下鼻子，他知道自己的脚很糙，捂了一天，味儿也不好。她的手很糙，应该是长年浸泡劳作的结果。吴楷文不由想起母亲，不由一阵难受，缩了缩脚。

"我弄痛你了吗？"黑衣女赶紧问。

吴楷文闭上眼睛，"没有"。他说。

吴楷文去过一次后再也没去了。

"你去找小姐洗脚了？"小蝶得知后，气呼呼地问。

"不是'小姐'！"吴楷文凶狠地回敬。

小蝶被吴楷文的态度吓着了，"洗脚"这两个字就像他的逆鳞，不能碰，可他不也干这行的吗？

小蝶终于出现了。穿着淡绿色的 T 恤、长裤，是工作装。直发垂肩——她上工的时候头发是束起来的。她嫌自己脸庞大，和他见面喜欢把头发披垂下来，把面部遮去一点。眉毛乌黑，是画过的。眉毛下的一双眼睛是她整张脸部最生动的地方，像弯弯的豆荚，她弄了双眼皮贴，其实不贴这个也挺好看。她还画了口红，涂了睫毛膏，像城里那些爱俏的姑娘一样。

小蝶笑盈盈地奔过来。相识半年来，他们线下见面次数并不多，都没有什么休息天。小蝶因为去过一趟西藏，假期份额都用完了，余下的休息天又要攒起来回家过年了。吴楷文也是一样。他要攒着日子回家看奶奶和小黑。

他一周打一次视频电话回去，给老叔，老叔会去奶奶家，让奶奶在手机里看他，还有小黑。小黑每次看到他恨不得冲进手机里扑到他怀里，让他止不住笑出眼泪。

离开家那年小黑不到五岁，现在差不多快二十了，相当于一个九十八岁的老人，比奶奶年纪还大。

是的，小黑老了。

一开始出去的那个时候离家还不太远，一有空就要跑回去。小黑见到他开心得不行，寸步不离地跟着他，走路都差点要被他绊倒。每次和小黑告别都很艰难，奶奶得把小黑死死抱住。小黑泪水涟涟，凄惨地看着他。

这辈子总是经历肝肠寸断的时刻。

小蝶说，他的感情都给了小黑，而不是人类。

小黑的确分量很重，这个无情的世界里，对他好得毫无保留的不只有小黑和奶奶吗？

这两年明显地感觉到小黑的衰老，跳跃起来更加费力。像过去一样，它依偎在吴楷文的脚边，神情忧郁，动作迟缓，叫它，才慢慢地抬一下头，眼角总是湿湿的，就像人衰老后泪腺不受控的样子。

昨晚老叔告诉他，"小黑可能快不行了，你和它说说话吧，让它看看你。"

小黑在视频里见到吴楷文，它支撑着想要站起来，两只前爪费力地伸出，要扑过来，口里发出呜咽的叫声。

吴楷文眼泪哗哗直流，恨不得立即飞到小黑身边。

回程机票打折也要一千多，要洗多少双脚才能换得回。

可是，不回去恐怕就再也见不到陪伴他长大的小黑了。

一咬牙到底买了机票。

是下午的飞机。

他现在来和小蝶告别。

小蝶让同事顶半天工。她很开心，吴楷文一般从不主动约她。

那次小蝶故意去益生堂洗脚。吴楷文几天没搭理她。

后来小蝶得到了客户给的两张世界之窗票，就约吴楷文一起去，各自请半天假。

吴楷文说没时间。小蝶很不高兴，骂吴楷文不知好歹。

晚上还是见了面。

那天下了工，天已经黑了。吴楷文脱下白色工作服，穿着自己的休闲 T 恤，小蝶走在他身边，一开始分开走的，后来，小蝶主动挽起吴楷文的胳膊。吴楷文没有推开，他原本是想推开的，可是，这样年轻活泼的女孩，这样温柔迷人的夜色，这样寂寞而又人海汹涌的城市，他无法推开。他和她，两个异乡人，突然有了属于自己的短暂时刻，像大街上那些无数执手的情侣一样。他们甚至还赚取了不少回头率。

"人家肯定以为我们是一对儿。"小蝶笑着说。

他们步行到白州区，那里离红湾区地铁两站路，他们不坐地铁，就是步行。白州区虽然毗邻高档的红湾区，却完全是另一个世界，作为深圳有名的插花地，这里消费水准比红湾区要低许多。

他们在小肥羊火锅吃了麻辣涮，点的是鸳鸯锅，吴楷文不吃辣。

牛肉卷、猪红、豆腐、冬瓜、海带……很丰盛。

喝着带茶梗的茶渣，小蝶仿佛喝了酒，脸红红的。她给吴楷文讲她的过去。

她二十岁来深圳的，之前在东莞打过几年工。后来报了美容培训班，就开始做这一行。三年了。

去年谈了个男朋友，是在网络上发"抖音"认识的。那男孩在科技园一家公司上班，做人力资源，本科生。

"三个月，我们只处了三个月，就分开了。"小蝶故作轻松地笑道，"他嫌我做这个行业，嫌我周末没时间陪他。我也没办法啊，我们这行，你知道的，周末最忙。哼，瞧不起我，自己也不过是个二本，要是我能念到书，肯定比他强。我妹妹都上到了一本。"

"那你为什么不上学？"

"没学费，我爸不给我学费。高一那年，我爸说我那个破中学，念不念无所谓，白花钱。但我想念书啊，开学两周了，在家里看见同学们都背着书包上学，就打电话求我爸给钱，他不给，还骂我，让我有本事自己挣。我后来就出来了，出来的路费是借我姨的。"

小蝶眼睛有点湿润。

吴楷文心里疼了一下，他们俩倒真有点同病相怜了。投胎是个技术活，他们不幸投在乡下，遇着这样的父母。人与人的差距有时真不是努力就可缩短的，更多的时候取决于你出生在哪里。就像在某篇文章上看到的一样，农村人奋斗了十八年，也许才可以在城里喝上一杯咖啡。

"那他都供你妹妹念大学。"吴楷文替她打抱不平。

"我妹学习比我好，人也比我乖。而且，我出来挣钱后，家里经济状况就好一点了。"

"你真不容易，得对自己好一点。"吴楷文由衷地说。

"当然啦，我会的。唉，我怎么觉得你就像我哥，干脆我就叫你哥得了。咱们结拜兄妹好不好？"

小蝶就自作主张地认吴楷文为哥。

吴楷文哭笑不得地接受了这种缔结的兄妹关系。在这个绚丽繁华的大都会，他原本就像一粒跟别人毫不相干的原子，如今，他不仅有份工作，有张床铺，还有个妹妹了。

"哥，你谈过女朋友没有？"

"谈过，也不算，就是喜欢过，一个女同学，后来人家也是嫌弃他给人洗脚，就吹了。"

"对不起，我不是嫌弃。我是觉得……"

"甭解释。我并不在乎。"

他们俩沿着深南大道走，一路逛到了世界之窗。小蝶说，世界之窗外面来过无数次，里面一次没有去过。

埃菲尔铁塔的灯光璀璨夺目。

"你有票，可以进去玩。"

"一个人玩没劲。"小蝶瞅着繁华的建筑说道。

"你不是一个人连西藏都去了？"

"那倒是。"

一阵风吹过，带点寒意，那已经是十月末了。吴楷文判断那风是从他的家乡吹过来的，跨越辽阔的中原大地，一路吹到南海边。他打了个冷战。

"你的未来不是我，我的未来也不是你。"吴楷文在心里悲哀地说。

他们见面的机会很少。

有时候小蝶会打他视频电话，宿舍有人吴楷文通常都挂掉。

"打字吧，不要影响别人。"

"我想看着你说话。"

"你又不是小黑，看不懂汉字。"吴楷文笑她。

吴楷文经常和小蝶聊小黑，从小黑小时候聊到大。这个时候的吴楷文就像换了个人，絮叨、热情、幽默，不急于收声。

"我宁愿是你们家的小黑。"

5

"你要回去？马上就走？还回来不？"

小蝶惊愕地看着吴楷文，这个人多可笑，为了一条狗，说走就走。

吴楷文嘴角动了动，右手托着左手，这两天腱鞘炎又犯了。

他曾说过，他每座城市待不到半年，就想离开。因为厌恶，厌恶那里的环境，厌恶天天面对的脚。深圳，他待的时间算长的，都快一年了。

这两天手疼得厉害，前天，做完第四个客户，在一间客房躺着休息。没有客人的情况下，他们可以躺一躺。

躺了不到一个时辰，就被店长叫醒，让他起来。一个梳爆炸头的女客户正在前台发飚，指定让吴楷文来给她足疗，说约好了的，不要别人代替。吴楷文不记得那女客户有预约过。店长看他那天实在手疼得厉害，安排了另一个师傅，但那女客户不依不饶，一定要他做。

那女客户气呼呼地质问，"你们做服务的，难道不是客户至上吗？"

店长赔着笑脸，端上一次性茶杯，让吴楷文赶紧去打盆水。

他戴着一次性手套，在打水的房间端盆接水，水流得很慢。

"怎么到现在人也不来？"爆炸头不高兴地走出来。

吴楷文将水盆端了进来。

"小伙子，你为什么板着脸？我是花钱来养身，不是讨不开心，你们这种态度，又怎能让客户心情愉快起到保健作用呢？"爆炸头看见吴楷文一言不发，越发生气。

吴楷文深吸了一口气，他努力压下心头的怒火。"您试试水温，看行不行？"

"不够热。"

吴楷文转身又去接了一瓢烫水。

那双长了角拐的脚令他厌恶。

"能再大力一些吗？"女人不满吴楷文的表现。

手胀痛得厉害。

吴楷文一言不发，加大了力度。女客户终于满意了。

下工的时候，他打了一针封闭。

好了，暂时告一段落了。

吴楷文送了小蝶一个红色绳子镶了银珠子的手环，就在益生堂旁边那家银饰店里买的。今年是她本命年，算是一个祝福，也不枉她叫了他一声哥。

"那我送什么给你呢？这么突然，我都没什么准备。"小蝶憋着泪。

她请了半天的假，不好再回到清雅苑，却又没地方可去。吴楷文不让她送机场。

他的样子就像一个忧郁王子。如果他不是洗脚的，一定有许多女孩子喜欢。她清楚地知道自己对他的喜欢不是兄妹的那种喜欢，他就像她认识已久的一个熟人。只是，她嘴里不肯承认，心里也拒绝承认。在别人的城市里，哪有她们这样的人随意喜欢人的权力呢？

一群大雁在天空排着"人"字队形飞过。和大雁一样，他们这些打工的也是候鸟。候鸟向着暖和的地方飞，他们是奔着有钱的地方去。

6

五岁那年，小蝶在三亚，住铁皮屋。

一排一排的铁皮房子，菜农们集中住在那里。海南夏天长，没有空调，电风扇吹出来的是热风，外面三十几度，里面就有四十多度，像个闷罐子，睡着了能热醒。热狠了就来一场台风，那地方台风频繁，半夜三更地被叫起来避台风是常有的事，揉着惺忪睡眼，跟家人跌跌撞撞被安置到附近学校的风雨广场。一场大台风可以把铁皮屋掀翻，椰子树摇晃得像女人发了疯。台风过后重建家园，坏损的铁皮房重新买铁皮加固。在那样的房子她住了三四年，和父母妹妹一起。

六岁，她在当地读民工小学。

有一天，带着三岁的妹妹一起去学校，保安不让进。她叮嘱妹妹在校门口等她。上了一天课下来，她把妹妹给忘掉了。

妈妈下工回来不见妹妹，冲到学校，正瞧见一个中年女人牵着小女儿走在马路上。她疯了一样追过去，夺回小女儿。中年妇人说，"这孩子在这里好久了，我刚要送她去派出所。"

小蝶回去挨了一顿暴打。妈妈很少打她，她觉得打得好，后来每次看到街上那些残疾的乞丐儿，就很后怕。

九岁那年，她和妹妹回广西老家，弟弟出生了。

他们那个村子，没有男孩子要被看不起的。

在海南的时候，她曾有过一个弟弟，出生没多久就夭折了。

那是个炎热的夏天。刚生产完的母亲热晕了，奄奄一息躺在铁皮屋里。小蝶帮着照看脸色发紫的弟弟。隔壁的一个老阿姨打了一碗糖水，摇头叹息。

弟弟没有保住。

妈妈再次怀孕的时候，花钱找人验证是男孩后，全家决定回广西待产。这期间，在东莞待了一段时间，小蝶的舅舅、舅妈还有外公都在那打工，他们让她去那里做小工，生产了，也有人照顾。

住了几个月，也是天热，孕期反应大，还是回广西去了。

那是小蝶记忆中最开心的一年，妈妈在身边。

这样的日子过到弟弟九个月大结束了。

妈妈带着不到一岁的弟弟又去了海南。多了一张嘴，必须要挣更多的钱。

她和妹妹寄居在姑婆家。

妈妈一年回来一次。在镇子上坐绿皮火车离开，小蝶和妹妹手挽着手，追随着渐渐远去的火车，直到火车看不见。妈妈离开后的空落落让姐妹俩回家后好半天不能说话。

每周妈妈会打过来一次电话，在村头的代销店里，开店的女人是妈妈一个村子里出来的。

接电话那天，她俩早早等在小店的门外，铃声一响，兴奋地跑过去，有时候是别人打来的，有时候比预定的时间要晚。但不管多晚，她们一定可以等得到。

在姑婆家，她和妹妹种玉米、水稻，喂鸭子。

鸭子喜欢吃水里的河蚌。她下到水潭里捞河蚌。水塘底下，有铁皮、石头子、玻璃碴，她的脚出来经常带着伤，有时还有一腿的蚂蟥。对付蚂蟥她很有经验，用刀片在腿上轻轻一铲，就全掉下来了。

十四岁开始她就打暑期工了。那时妈妈在东莞的一家制衣厂打工，做外贸包包和衣服。小蝶帮着剪线头，一个月下来，可以挣些零花钱。

十七岁正式出来打工。

挣的钱除了添置必要的衣物，其余全部上交妈妈。用钱的地方太多，妹妹学习比她好，要供她将来上大学。妹妹后来果然上了大学。还有弟弟要培养。

前年，妈妈对她说，以后你挣钱自己攒着吧。

母亲面容粗糙，比她那些同龄的客户老很多。

父亲还在海南，小蝶不愿意想到他。

那年，她还小，有一回她和妹妹要开学了，到了给姑婆寄学费和生活费时间。母亲将藏在枕头底下的信封拿出来，准备去邮局汇款，一打开傻眼了。里面存的三千块钱一分没有了。

那天母亲没上工，没吃饭，什么都做不了，提着菜刀等丈夫回来，要剁掉他手指。

邻居们把刀夺了下来。

"为什么你要嫁给爸爸，为什么不离婚？"小蝶听母亲说起这事时，悲愤地质问。母亲摇摇头，离婚在她们那个比全世界都走得慢的村子里是遭人耻笑的。

"他有钱赌博，却没钱给我念书。"小蝶不能原谅。

十九岁开始，母亲就催她相亲了。

"像你那样吗？在老家随便嫁个人，生了孩子，完了再出去打工，让孩子待在家里，再成为留守儿童。"

"不，我不要！"

在深圳的这些年，她见识了许多，她不想回去。她攒了一年的钱，去了一趟向往已久的西藏。

她要过自己想过的生活。不幸谈了一场失败的恋爱，城市教训了她，又让她遇见了吴楷文。他才是她真正喜欢的样子，每次和他微信后，她都会凝视一番那张英俊的头像很久，仿佛好早就认识。

7

小黑死在吴楷文的怀里，它是撑到他回来才瞑目的。见到吴楷文的那一刹那，小黑使尽了全身力气站了起来，然后心满意足地扑倒在最后的归宿里。

吴楷文紧紧搂着身体还温热的小黑泪流满面。

他在村子后头小山坡下埋葬了小黑，那里有松柏，小黑这只中华田园犬安静地沉睡了。师兄们来电慰问，笑他痴傻，问他什么时候回。吴楷文还没想好。

十天后奶奶去世。奶奶和小黑互相嵌入得太深，实际上小黑的离去就带走了她的灵魂。

母亲回来了，和他一起安葬了奶奶。

母亲样子变了很多，皮肤又黑又糙，脸上增添了很多皱纹。走路的时候一条腿好像还有点不得劲。

吴楷文和母亲没多少话。那些天，他精神恍惚，神情忧伤。世界上最爱他的人和动物离去了，他觉得自己成了孤儿。

"人老了总是要去的，奶奶和小黑都那么大年纪了，也算是喜丧。倒是你，年纪轻轻，得好好振作起来。"母亲安抚他。她收拾着屋子，做饭给他吃，小鸡炖蘑菇、油豆角炖排骨，是他小时候最爱吃的味道。这个家，她头一次像个女主人，忙前忙后。

从前一直渴望的景象，可是来得太晚了，晚到不需要了。

冬天的荒野死寂一片。屋子里空空荡荡，母亲来过又走了，她要随她的丈夫去开拉车，她想让吴楷文跟她一起去城里找事做。

吴楷文还没有想好自己下一步怎么过。

奶奶临走前，让他别恨母亲。

"你叔他不是大老板，他只是一个开拉车的。"母亲说，"拉车你听说过吗？就是长长的大货车，上面载着许多需要运输的小车，从北到南，从东到西，跑一段行程得好多天，在车上吃住。开拉车的时候要给他准备好几条烟提神。一趟下来，可以挣不少，当然，这个钱不好挣，一般人开不了拉车。事先都签了协议，车辆受损得自己赔，还得交给公司一部分钱。"

他是洗脚认识母亲的，母亲没提这一茬。他们认识后，母亲不再洗脚了，她跟着这男人跑遍了全国各地。

"走习惯了，不走心里就憋得慌，老想东想西的。"她从祖国的鸡头跑到鸡尾，见识了许许多多的风景人物，她原来也是个心大的人，曾经很想跟着爸爸一起去海南的，只是因为那时他太小，舍不得。

"妈妈存了钱，给你存的，统统给你，以后买房子娶媳妇。你找份别的事做做。"

"不，我不要你的钱。"他推开母亲试图拉他的手。

他想起小时候村子里小伙伴的嘲笑，在放学的路上，那些孩子故意堵住他的路，朝他扔石子，吐唾沫。

"我知道你怨我、恨我……可我是你娘呀……你还小的时候，我常把路边的孩子认错，追过去……"母亲抹着眼泪。

他不想听到这些。

安葬了小黑和奶奶，吴楷文去了趟云南，是偶然动念的。他在一张画报上看到那里的景物，突然就决定去了。

念湖，也有零下十几度，他戴着绒线鸭舌帽，背着向同学借来的单反。这么多年来，他第一次出来旅游。空气真好，湖水清澈，瓦蓝的天空飘着彩云，世界好像回到原初。

不出去走走，不知道世界之大。他想到了小蝶。那个笑起来眼睛眯成月牙、喊他"哥"的小女孩。

8

再次回到深圳，已经是五个月后的初夏了。

他回来，小蝶却离开了。他们一直没有联系，没发微信，也没打过电话。这也是移民城市深圳人的做派，哪怕相处很久，很熟的关系，一旦分开，就音讯全无，绝不拖泥带水。因为知道不可能，所以也懒得浪费情感和精力。

清雅苑还在老地方。康华广场，那些小区、高楼、建筑都没有变。城市的运作自有一种强大而理性的力量，不会在意任何一个细小人物的到来和离开。

又有一批新的女孩出现在清雅苑。

吴楷文认出了一个老员工，是小蝶的老乡阿甘，第一次她给他敷艾条时，跟他介绍过的。小蝶说，她来这里就是通过这个阿甘介绍的。阿甘手法很好，不过，现在不做了，当店长，专门搞管理，在这里待的时间最长，都有孩子了，放在广西老家，由奶奶带着。她经常给她们看孩子视频。唐姐给她的工资比她们都高。小蝶说阿甘是个长情的女人，很忠于唐姐。但每次看到阿甘和孩子视频，心里就难受，"要是我有孩子，绝不会把孩子扔下。"也许，小蝶回家了，结婚了，生孩子了。吴楷文猜测。这个年纪的女孩子变数大。

吴楷文走出康华广场，经过那个围了九里香树篱的小区，紫荆花姹紫嫣红开到荼蘼，花瓣落了一地，像铺了鲜艳的地毯。吴楷文小心自己的步子尽量不踩到花瓣。在小区外面角落一家儿童学艺机构旁边平安银行背面的台阶上，吴楷文意外地看见了老乡，正蹲在那里，脖子上围了个坚硬的塑料颈托，像尊活雕塑。去年年底他离开的时候，老乡被车撞了，在医院里，没来得及去看老乡。

"康叔。"他喊了一声，走上前去。

老康绽出笑容，露出一口白牙。"你来了？"

吴楷文点点头。"咋样？好利索了没？还戴这哪。"

"好多了，这东西医生说要围半年，马上就可以甩掉了。"

"生意还好吧？"

"还行，就是重活做得少了点。以前搬家一趟可以扛三百斤，现在不行了。"

"您老也挣够了，差不多就行了。"

老康笑，"挣钱哪有个够，趁着还有力气再多干几年，还有儿子要养呢。"

正聊着，手机响了，有人找他通下水道，还有个妇女过来招呼老康去她家收废报纸。

看来不仅老康离不开这里，这里也离不开老康呢。

两个人笑着道别，老康的小三轮车停放在台阶前，上面一张白底红字的牌子，写着"回收家电废品、墙面翻新、涂刷油漆、大小车搬家、搬厂、拉货、加雪种、疏通下水管道、打孔"，下面是他的电话号码。这都是他的业务，在此安营扎寨许多年，他蹲在台阶的样子自有一种不容轻慢的威武之感。

一只胖乎乎的黑身小鸟尖叫着"我饿我饿"从头顶飞过，这独一无二的叫声是深圳春天才可以听得到的，它的名字叫噪鹛。吴楷文想起去年他曾看见的那只颤巍巍的小稚鸟，长大了吧，但愿它没有被淘气小孩抓去。

半年，多么慢又多么快。

他原本是打算过完年即刻就回深圳的，奶奶和小黑都不在了，他可以无挂碍地走了。

继父突然给他打了电话，说他母亲膝盖不行，走不了路，看了医生，说要换半月板，他要出去开拉车，无法照顾，还得麻烦他一下。

吴楷文回到母亲身边。那条腿青筋暴出，膝盖肿胀。母亲不愿意动手术，换一个关节起码要好几万，她舍不得花这个钱。

"不动手术。"吴楷文沉静地说。

那几个月，他除了替母亲治疗膝盖，还仔细研读了《本草纲目》和《黄帝内经》，对人体的经络、穴位了然于胸。以前入行的时候，学的就是一点皮毛，老板们就让他们仓促上岗。许多人其实是不专业的。

环跳穴、伏兔穴、风市穴、膝眼穴、委中穴、血海穴。每处穴位点按两分钟。

他的手按下去很疼，一般的客人都会喊叫起来，母亲一声不吭，有时候却会默默流泪。

每次推拿下来吴楷文满头大汗，这是很耗体力的。

"你小的时候很弱，我都担心养不活，村子里算命的说，这孩子有慧根，斯文人，将来可以吃学问饭，所以，拼了命也想供你念书，没想到还是干体力活。"母亲抹眼泪。

除了治疗，吴楷文不怎么和母亲说话。

他报了一个中医培训班，在中医大上课，晚上住校。他喜欢校园那里的建筑、氛围，一切都是那么投合心意，那些走在草地、湖边、树下的学生令他神驰。徜徉在这里，又觉得自己好像是一个不合时宜的闯入者，幸好，也没什么人在意他。

母亲腿基本好了，可以自如走动了。继父回来大加夸奖，说给他们省了一笔钱，还建议他将来自己开个中医治疗馆。他妈一听就摇头，说不现实，只希望儿子找一份不太累的活。她对洗脚——足疗（吴楷文纠正她）这一行心里有梗。

"现在有不累还可以挣到钱的吗？许多企业都不行，东北失业哗哗的一大片，哪有好活干。我上次开拉车，遇到一个开滴滴快车的，你知道吗，人家是大学毕业生，开公司倒了没事做，注册了网约车。这年头，黑猫、白猫，抓到老鼠就是好猫。凭劳动吃饭都光荣。"继父都快七十了，说话还中气十足。

继父还说他若开馆的话，他可以投资，自己寡老头一个，没有子女，他若不嫌弃，将来可以帮他打打杂。

母亲羞惭地摇摇头，这大话骗了她几十年，他好酒，酒一喝多就放大话。

继父确实喝多了，靠在仿皮的黑沙发上打起响亮的鼾来。

吴楷文说，"我要回深圳了。"

益生堂的经理一直催他，说这边缺人手，还有他曾经做过的客户都惦着他。他们是签了合同的，现代人讲究"契约"。老板拿这个词告诫他。

吴楷文终于回来了。深圳，这座待过就无法忘怀的城市，干净、年轻、生机勃勃。他知道那些精神焕发下的疲惫，那些七经八脉里的淤堵和病灶，他点按城市的穴位，看到别人经他的手变得容光焕发，心里会有一种被需要的满足感。继父有句话是对的，"凭劳动吃饭都光荣"，他不偷、不抢、不骗，有什么不好意思呢。虽然这话也老掉牙，有人是不信的，什么是"荣"？什么是"耻"？许多都颠倒了，但他还是信的。

而且，在这里，除了那些客户，他还有一个曾经叫他"哥哥"的妹妹——小蝶。

9

广西的冬天也是极冷。回来之后，母亲、亲眷们张罗着给小蝶相亲。二十四岁还未婚嫁，大家都很操心。小蝶的妹妹也有男朋友了，男友是她的学长，他们整天手机上聊天、打语音电话。对于这个大学生妹妹，家人都有一分纵容。她是他们家的上层人物，俨然脱离了所在的阶层。

小蝶不愿相亲。

"你小姨介绍的，就是城里那条街上的后生，在部队当士官，过两年就退伍，跟你同岁，很合适。"母亲苦口婆心。

"合不合适要相处，人家在部队里，相完亲就离开，又怎么知道好坏呢？"

"叫你去你就去！你这么大了，还赖在家里，像什么话！叫人看着不笑你。"父亲把眼一瞪，开始发话。

这一年，也只有到过年的时候，父亲才回家。父亲的声音向来是小蝶惧怕的声音，小的时候，每次听到父亲发火的声音，她就控制不住要发抖。因为伴随着这声音，父亲的拳头就会打过来。

在她的记忆里，父亲是与暴力联系在一起的。她做错事了会打，没做错也会打，完全看他心情。特别是他赌博，输了，她就是出气筒。他打人似乎是一种下意识动作，仿佛长了胳膊天生就是用来打人的。他打妈妈、妹妹、弟弟，打得最多的就是她。小时候她很想讨好父亲，有一回父亲下工回家，她端了一杯水递过去，父亲脱外衣，一不留神把杯子打翻了，抬手就是三耳光。自那以后，她再也不敢凑近父亲。

在深圳的时候，吴楷文给她看过一个视频，就是宝安一个小女孩挨父母暴打的视频，自己挨打从不哭的她看视频哭了。她没有告诉他，她也是那个小女孩。

父亲嘴一开一合地在骂她，嫌她丢人，问她描眉画眼的是不是在深圳做鸡。

小蝶"腾"地一下子站起来，冲到父亲面前，指着鼻子，一字一顿地说，"你凭什么说我！这么多年，你管过我？你供我念书了吗？赌博，赌得倾家荡产，动不动就会打人，我出门人家都指指点点，就是那个赌博佬家的孩子！我不知道，到底是你丢脸，还是我丢脸！你是父亲！你配吗？配吗？我们到底谁是笑话！"小蝶嗓子都喊哑了，多少年积压的愤怒委屈让她像死火山爆发。

全家人都惊呆了，父亲也惊呆了，他举起的拳头软了下来，脸成了猪肝色。

外面有"噼里啪啦"燃放的爆竹声，大年初五，家家户户都在送年。空中飘散着硫黄的香味，冷风凌厉。

元宵节过了，父亲又去了海南。那次吵架之后，他似乎委顿了不少，从过去厉害的角色一下子掉了个儿。

妹妹和弟弟都开学了。一个上大学，一个念中学。母亲照例陪着弟弟在城里读初三。弟弟处于青春期，又经历了海南、东莞、广西的多次转学，成绩很糟糕，情绪叛逆。母亲根本管不了。开学的家长会是小蝶去的，她沉痛地跟弟弟说，"你要好好读书，你看两个姐姐，哪一个值得效仿呢？"

弟弟似乎还听她的。

母亲白天给人家当家政工，腰劳损得厉害，小蝶就给她揉按。母亲流泪，说三姊妹中最对不起的就是她，没有培养她上大学，小小年纪就出来打工，伺候别人。她希望女儿能嫁个好人家，这辈子可别像她。

"我肯定不会像你啦，现在和你们那时不一样了，嫁得不好可以改嫁。不结婚也行。"小蝶说。

"胡扯。不结婚、不生孩子哪叫女人。"

"老观念。起码，我不会找爸爸那样的。你和爸爸也是人家介绍的吧？"

"你爸爸年轻时也没有赌那么凶，我们那个村子读到高中的没几个，他是其中之一。可念出去的人也好，没念出去的人也好，不少人挣到了钱，只有他发不到财。心里不平衡，染上了赌博，妄图一夜暴富。这人啊，一染上赌博就完了。"母亲叹了口气，"你不肯相亲，是不是在深圳有相好的？"

小蝶坚决地说，"没有。"

为了证明她的"没有"，年后，她没有回深圳。这边有许多的事，弟弟初三很关键，她要督促，人生念书和不念书大不一样，这道理弟弟小不懂，她懂。

她自己也报了个英语培训班，她喜欢旅游，将来挣够钱，还想出国去清迈玩一趟。另外，还给自己报了驾校，一科科考下来，得好几个月。她让自己充实，让自己满满当当，没有多余的时间去遐想和怀旧。吴楷文的形象偶尔浮现在脑海，仿佛上辈子的事了。他一直没有给她打电话、发微信。临走的时候，他说过，回深圳就联系她。他的朋友圈停在他离开的那个时候，一直没更新。她也是。人生漫长，每一段都会有几个浪花，她还没想好今后的路怎么走，可是，不管怎样，她的人生不会让别人来主宰。

那天晚上，她练完车回家，躺在床上翻手机，突然看到吴楷文发了一条朋友圈，有一张康华广场门前的照片，那里摆着服务摊位。他发了六个字，"又一年。我来了。"那一天是他们第一次相遇的日子。

晚上小蝶做了一个梦，梦见了吴楷文。他来到梦里，扬着一对好看的剑眉，对她说，"还不过来吗？我们一起创业，开一个养生馆。好不好？"

"好。"她在梦里笑了。

圣　　母

1

日落时分，马莉要去"塞纳河畔"用晚餐，她办了那里的会员卡，每次吃有八折优惠。从方舟花园出来，沿着城区小道，步行六七分钟，经过佳和超市。这家超市人气还可以，在"最贵城区"著称的滨湾地带，"佳和"反其道而行之，打亲民牌，走平价路线，吸引了一批会过日子的居民。这里的蔬菜尤其便宜，比农贸市场、山姆会员店、天虹、沃尔玛、百佳都要便宜，哪怕只便宜个一块两块、一毛两毛，也迅速被精明的老百姓察觉而趋之若鹜，尤其是那些不怕跑路、时间富裕的老头老太们。所以，别看这儿的房价那么贵，这里的人那么时髦，这里高大上的玩意儿那么多，普罗大众到底还是占多数，门面是唬人的，骨子里都计较着柴米油盐。

黄昏七点，佳和惯例，所有菜都特价销售。这秘密口口相传，因此，这个时段来客又形成一个小高峰。

马莉很少进去购物，她惧怕一切人多的场所。有一次她在七点的时候恰巧进去要买个急用的东西，在青菜摊边，发现一堆老太围在那儿，她们趁人不备，嚣张地把一棵棵上海青的外叶给扒光。那些剥下来的菜叶子，有的还非常新鲜，完全可以再变成一盆菜。穿着红色店服的员工也制止不过来，拿这些大妈没办法。马莉叹息着，觉得气闷，怒目以对地看那些人。没人在意她的目光。她后来再不愿意进到里面了。马莉有时就这样，有一种古怪的正义感。

此刻，马莉经过佳和。人照例熙熙攘攘，马莉瞥见后门前一个女人，骨瘦嶙峋地躺在一张肮脏的白色泡沫板上，身边放着一个脱了漆的搪瓷缸，里面有过路人丢的零钱。马莉是她的施主之一。只要这个世上有睡大街的、住地下室的、睡火车站的，她似乎就无法安心自己的富贵，就觉得自己该给些什么，不给就不好意思，仿佛自己有"救世主"的义务。她把零钱都收集起来，每次经过丢一枚。一枚钱不能解决什么，这个躺着的女人，钱对她失去意义，有人这么告诉马莉。可是，对她来说也成了习惯。

那个女人躺在那里，像医学标本用的骨头架子，初见到她的人都要吓一跳。不知她睡了有多少年了，从马莉搬过来起，她就一直在，仿佛那儿是她的家。据说起先也有人管过，警察、城管、保安等，结果无一例外统统都败下阵来。那女人虽然羸弱，却自有一股强蛮的力量叫人无可奈何，不管寒来暑往、雨打风吹，她风雨不动安如山地驻扎在那里。她面前有一张写满了毛笔字的状纸，上面交代着其悲惨遭遇，内容似乎是不断增加和修改的。她控诉的对象有欺骗她的家政公司、玩弄她的老雇主、打过她的保安……人家说她脑子坏了，有妄想症。可她哪住得起医院的，谁带她去治？福利院、收容站、监狱也不要她，只有大地敞开怀抱。

女人睡得安稳，面朝商场，背对大街，头发长而脏乱，一根橡皮圈松松地套住。有时眼闭，有时眼睁，并不真睡着。因长年蒙尘，面目模糊不清，若仔细端详，姿色也并不算很难看。两条腿细得像麻秆，直接连着上身，几乎没有屁股这个部位。她在状子里也是这样写着的，没有屁股，不能生育。不能坐，只能躺。她还说自己患有糖尿病，她的面前有一只喝水用的大茶缸。

路过的人都对她熟视无睹了，再骇人的东西，时间长了也就见怪不怪了，就好比路边一株忽略不计的树、杂物什么的，没人意识到她的存在。偶尔有冒失的小孩子走过来观看，立即被身旁的大人拉开。

"她靠什么活呢？她竟然还活着！"马莉每次遇见这个女人都要感叹一番。

"你要是同情她，那值得同情的人太多了，同情不过来。你们富贵的人不知道，底层的人命贱，有时候就像蟑螂，没那么容易死的，下水道都能过活，有点水，有脏东西吃，就 OK，你看蟑螂，被人踩，被人喷，被人追打，四处逃窜，还不照样活下来。所以，蟑螂又叫小强。"

说这话的是阿辉。想到阿辉，马莉嘴角溢出一个微笑。她加快了步子。

走过佳和超市，绕到它后面，进入一条创意园巷子，这儿是另一番景象。如果说佳和那里是下里巴人，这儿就是阳春白雪。后工业时代的建筑、艺术雕塑、画展、小众电影、个性书店、特色酒吧……这片过去老厂区改造成的创意园区集中了大量艺术爱好者、小资、白领、时尚达人。

塞纳河畔就坐落在这里。不大的西餐厅，掩映在一片小竹林里面，小竹林是刻意和上的，都市里的天然都是打造出来的，经营的就是一个情调，满足人的田园梦。

马莉起先就是看中这片小竹林而光顾的，幽静雅致，再然后是迷上了这里的自磨咖啡。白色瓷盘，托着精致彩釉咖啡杯、小钢勺，闻着醇厚浓郁的咖啡香味，所有的坏心情就烟消云散了。马莉喜欢到这里来。

塞纳河畔的顾客不是特别多，三三两两散落其中，它的布局费了点心思，曲里拐弯，被屏风、篾帘分隔出几块区间，每个区间都不大，适合人安静聊天谈情说爱。有不少老外也爱光顾此地。

马莉经常带着笔记本在这里一坐一下午。她是一个资深文青，中学时代曾在《少年文艺》发表过一篇文章，尽管这以后再没有发表过——这也是她苦恼的原因之一。但不妨碍她继续执着地爱着。

在这里，她认识了阿辉。

阿辉是咖啡店的服务生。他每次给马莉上柠檬水，换喝完的咖啡杯，没事的时候就背着手站在一旁，随时待命的样子，好像是她这个区域的专门服务员。

有一次，马莉在电脑上写的时间长，当她起身准备回去的时候，突然头一阵眩晕，身体不受控制地颤抖起来，原地转了半个圈，像要倒的样子。幸亏阿辉在旁，及时扶住了她。她抓住阿辉就像抓住救命稻草，稳了大概三十秒钟，马莉坐下来，就着水杯喝了一口水，然后从包里掏出一粒药丸，吞下去，才慢慢恢复了。她告诉阿辉，她有头晕症，刚才写字写久了，忘了吃药。

"你都写些什么呢？姐。"慢慢就熟了，人少的时候，阿辉会好奇地问上一句。他嘴巴甜，一声"姐"叫得格外亲热。

"瞎写。"马莉淡淡一笑。她原先不大正眼看阿辉，经过那次眩晕事件之后，她对他有了印象。这个小伙子二十多岁的样子，皮肤黑，眼睛细小，瘦精精的，有一对尖尖的耳朵，又总穿着一身黑色衣服，像只小老鼠。这么一联想，马莉不禁"噗嗤"笑起来。深圳服务行业是讲究颜值的，漂亮的男孩女孩太多，不知相貌一般甚至有几分丑陋的阿辉怎么入的行。大约他格外具有一种殷勤体谅的本领吧。

阿辉对人非常照顾，笑起来也有一种说不上是讨好还是敬佩的内容在里面。这让马莉很受用。阿辉还崇拜她的写作。

"一看你就像个女作家。"阿辉由衷地说道。

"哦，是吗？我只小时候发表过文章。"马莉略带遗憾地说道。

"你可以在网上发表啊，不是有许多网络写手都这样火起来的。"他说出几个网络作家的名字。他竟然还知道网络作家。

"那个也不容易啊。网络作家都很年轻，天天写，天天更新，那是需要强大体力的。"马莉身体并不好。

"你可以取个好听的网名，有人名字叫得好，就一炮红了。"

"哈，这个你都知道？那你说说我取什么名字好？"马莉笑问道，这孩子还挺操心呢。

"玛利亚！就叫玛利亚！"阿辉很得意自己的创意，热切地建议，"这个名字跟你很接近，不是吗？"

马莉怔了一下，仿佛想起什么似的。

在阿辉的建议下马莉办了塞纳河畔的会员卡，消费打八折，马莉完全是为他才办打折卡的，这样他可以拿到一份提成。阿辉还说，他可以提供创作素材，"玛利亚"这个名字一定能火起来。

2

来到塞纳河畔，马莉照例去找最靠里的雅座，发现她的老地方被一个长头发女孩占了。店里其实还有一些空位的。

阿辉走过来，将她引到另一个光线有点偏暗的雅间。马莉皱着眉，不说话，也不看阿辉。她不知道为什么就有点生阿辉的气。

热热的哥伦比亚咖啡端上来，这是她每天必点的，阿辉不用招呼就知晓。今天却讨了个没趣。

"不要这个，请给我来杯热牛奶吧。"马莉冷冷地说道。

阿辉立即脸色发白，手足无措地站着，他以为已经非常了解的女主顾，原来根本不了解，有钱人都是反复无常的。

马莉看见阿辉的样子，挥了挥手，说，"算了吧。咖啡就咖啡。"

阿辉松了口气。就问她，"还要些什么？"

"你不知道吗？蔬菜沙拉啊！"

往常阿辉是直接给她端上的，可是，经过刚才的事，他不敢不问一声。

冷气很足，刚从外面进来的焦躁平息了，马莉将休闲包里的玫红色披肩拿出来，围在肩上，她穿的是件 V 领重磅蚕丝套裙，领口开得并不低，但由于丰满，很容易波涛就荡漾出来，马莉将围巾围好，挡在胸前，然后拿出手机来看。

"姐，你今天怎么来这么晚？也没带电脑。"

"下午有事。"马莉头也不抬。

"那女孩下午就来了，她偏要坐那儿，我也不好劝她走。"阿辉是个聪明的孩子，知道她的不高兴。

马莉放下手机，点点头。瞥了阿辉一眼，他穿着黑色制服，下身是一条半像裙子半像裤子的装束，眼睛细小，眨着可怜巴巴的光芒。这光芒总是没来由地唤起马莉的怜爱。

曾经有次闲聊中，阿辉说起自己的故事。十七岁那年，他带了八百元钱第一次闯深圳，下了长途绿皮火车，特别口渴，就去车站旁边的自来水龙头接水喝，结果箱子一转眼被人拎跑了，他的钱、衣物、证件都在里面。当时整个人就傻眼了，魂不在身，无头苍蝇似的没命狂追，哪里追得回来。证件丢了，找不到工作，也没办法回家，晚上就睡火车站里面，开始还能吃五元钱的盒饭，后来就一天一个馒头，再后来就喝自来水。给人当搬运工，三个小时挣五元钱。有一天，他看见一个人倒在大街上，身上盖了块黑布，苍蝇、臭虫、蛆爬满那人身体，眼睛未合。他突然害怕极了，怕自己也这样暴死街头……就萌生了回家的念头，没钱买车票，只好爬火车，装成送盒饭的，混进了车厢。

"姐，你不知道，那真是死里逃生啊，两天没合眼，站着睡觉，唯恐来查票，来了就躲厕所……唉，人就跟只蟑螂一样，命大，才能活下来。"

在马莉的人生里，这是无法想象的场景。

"姐，你要是把我的故事写下来一定大卖。"

马莉当时就感动了，她萌发了一个念头，要帮助他。那些睡大街的、住地下室的，她无能为力，但是，眼前这个小伙子，她可以做到。

阿辉每次说起自己的故事，总会让马莉唏嘘不已。他的经历确实可以写成书。

这孩子，他吃过多少苦啊。几年之后，他再次来深圳，干了很多行业，当过仓库保管员、工厂工人、推销员。在这间酒吧之前，他是这片厂区的一名模具工。

"我喜欢这儿，工厂拆了以后，就应聘到这里。"酒吧的老板是他一个同乡介绍的，他在颠沛流离的历练中学会了粤语，讲得比一般移民地道，又非常勤快能干，刚开始工资不高，没人愿意来，他就留下来了，一直做到现在。

马莉和阿辉经常在人少的时候聊天，两个人都已经很熟了，故此，马莉就有了一点任性，对刚才的位置被占心生不悦。不过，阿辉手足无措的样子驱散了她的不快，取而代之的是一种怜惜。马莉不懂分析自己，她为什么会有这种奇怪的心理，一方面特别不忍看阿辉可怜的样子，一方面却又受用这可怜巴巴，就好像一个母亲逗小孩儿。比如有时她故意冷淡，有时装着挑剔食品，阿辉都会显出无所适从的样子。她心就立马软化了，重新和颜悦色起来，施以加倍的好。

马莉坐在藤椅上，小口地喝着咖啡，阿辉赔着小心站在一旁。她说最近睡眠不太好，以后可以换红茶。阿辉喏喏地点点头。

马莉的手机响了一下，应该是来微信的声音。这手机是新换的，手机套也变成了粉红色。以前用的那台"苹果6"，阿辉给她调过。马莉说不喜欢每次来信息有声音，阿辉就帮她调了。这个操作十分简单。

"姐，你换手机了？"

"嗯，你再帮我调一下吧，不要声音。"

她不生气了，阿辉立即欣喜地拿起手机，帮她调好。

"你发一个试试。"

阿辉也就发了一个。他们是互加了微信好友的。

今晚顾客和平时一样，不多也不少，阿辉时常要出去招呼一下别人，但总是待在马莉身边最长。他们之间好像有一种默契。

阿辉绕了一圈回到马莉的旁边，却见餐桌上多了一个手机，就是先前用的那个苹果6。

"喜欢吗？这个送你了。"马莉望着阿辉说道。

"啊？"阿辉呆住了。这手机还八成新。

"嫌旧啊？要不我把这新的给你？"马莉不像开玩笑。

"哦，不是。你真的给我了？还很新哦，你可以给……"阿辉本来想说给儿子或者女儿，及时收住了口。

"拿着吧，我看你那个手机也旧了，都用好久了吧。"

"谢谢你，姐。"阿辉激动地接过手机。这一声"姐"喊得格外甜格外情真意切。他是真心实意想这么叫的。

马莉听出来了，她也被这个称呼打动了，茫茫人海，她愿意与这可怜的孩子缔结亲情。她曾经给红十字会、狮子会，给各种名目的受灾者、重病者、失学儿童捐过款捐过物，但那些东西到底有没有抵达所需要的人手里，她并不知晓。网上有些质疑的声音令她狐疑。现在的阿辉，却是实实在在的。她向阿辉表达了这个意愿。

阿辉惊讶万分又受宠若惊。"姐，你不嫌弃我……穷？"

"正是因为你穷，我才要帮你，我希望你好好地生活。"马莉说这句话时，心里有一种崇高的东西在涌动。施比受有福，不是吗？她沉闷单调的生活仿佛有了意义，这个意义是阿辉给她带来的。他带给她快乐，他让她觉得自己的重要。

两个人都沉浸在一种崭新的喜悦当中。

"姐，你这张图片好漂亮，是油画吧？"

第二天见面的时候，阿辉拿起马莉给的手机询问。那手机里有几张马莉没有删除的照片。其中一张是她的油画半身肖像。那是十八年前一个业余画家给她画的肖像，马莉用手机翻拍的，保留在相机里了。

"有点像蒙拉丽莎，不，像圣母玛利亚。"阿辉赞美道。

"玛利亚"这个名字再次从阿辉嘴里说出来了。

像一道闪电，马莉的心被迅疾照亮，击中。

3

马莉今年四十一岁，她从前比较秀气，有一种清澈的美，那时候还没现在这么胖。十八年前她和华韬旅行结婚，度蜜月，从黄山下来，住在一个叫"梅庄"的小村落。那座小村庄有点像世外桃源，四面环山，山里的泉水汇聚成河，蜿蜒交叉地流淌着，也有成片的洼地梯田，种着稻谷。村子里有一种宁静的气息。那个时候，梅庄还没有被开发成旅游地带，却也有人慕名而来，特别是一些艺术爱好者。那是初秋时节，叶子开始发黄，白墙青瓦的人家房前屋后窗台晒着野菊花、红辣椒、豆角、陈米，还有腊肉、火腿等令人垂涎欲滴的食材。河边有人洗着鸡、鸭、鱼、猪头肉。河水清澈，马莉站在桥头看着在青石板坞子上洗涤的妇女，那些流着动物血的脏东西让她有些心疼，怕它们污染了河水。她在桥头站了很久，却不知自己成了画框里的人物。当她移步下桥的时候，一个声音叫住了她，请求她再多站五分钟，他的画就要完工了。是个五十岁左右的中年男子，他一直在画她。梅庄有许多这样带着画架写生的人。马莉没想到，当她在看风景的时候，自己成了画中人。

那天，她穿了一件长袖白色棉麻裙，长发垂肩，像凌波仙子，超凡脱俗。当然，要不是这张画，她也不会记得十八年前自己穿的什么衣服了。画里面的这个女人眼帘低垂，面容沉静，有一种说不出的温柔和慈悲。二十三岁时的马莉身高一米六六，体重不到一百斤，但画中，她却身材丰满，雍容。画家说，你站在那里，给了我灵感，我画的既是你又不是你，你看，这幅画像里的人物，像不像一位圣母？

马莉见过西洋油画里的圣母图，那种恬淡柔美的光辉是她心仪的，尤其是童贞圣母和她的小婴孩耶稣在一起的样子，令她特别感动。

马莉将那幅画买了下来，不论是不是画家想赚钱忽悠奉承她，还是真的那么想。马莉毫不犹豫连折扣都不打就买下来了。她喜欢"圣母"这个称呼。

新婚的马莉还没有当母亲，但她以为很快就会成为母亲的。在她们那一代人中，她属于结婚早的。华韬是她哥哥的同学，中学就开始追她，等她长大，大学毕业，终于成为他的新娘。

马莉不记得自己有没有喜欢过别的男孩子,好像幼儿园的时候喜欢过一个。她整个的青春期是被华韬包围的，他比她亲哥对她还好。带她玩，送她喜欢看的书、连环画、冰激凌。还为她出过一次车祸。那是她读大学的时候，他去她那座城市找她，大概因为太性急，赶车被车撞了。

哥哥说，"如果你不嫁给他，保不准他还会出什么事。"

马莉于是就嫁给了这个人，从此一门心思地爱他，婚后跟华韬去了深圳。那个时候华韬在深圳一家外企工作，已经立下根基。

对马莉来说，这个婚姻是天经地义的。华韬就像是她命中注定的丈夫，那么，她也要命中注定为他生孩子。

不知是不是每个小女孩都有一个当母亲的情结。马莉小时候当过许多布娃娃的母亲，她给那些布娃娃编小辫、盖被子、穿衣服、讲故事、打针、做游戏。还让华韬当过那些小布娃娃的爸爸。呵，他们从前就已经扮演过一家子了。

可是，人生遗憾得很，马莉一直没有小孩。

这是当初买那幅肖像时的马莉所没想到的。

那张"圣母"画拿回家，马莉装裱后，挂在了客厅墙壁上。在深圳她搬了三次家，从宝安到龙华再到南山，这幅画总是被郑重地悬挂着。十八年过去了，画中人有了很大变化，甚至有做客的人去她家，都认不出里面的人是她。

阿辉却认出来了，这让马莉觉得意外和欣慰。

从梅庄回来后不久，马莉怀孕了。她相信是那幅画带来的好运，她会成为孩子的圣母。华韬也说，她怀孕后，身材胖了，更像那幅画。

4

"后来呢？"

阿辉追问。

这是另外一家咖啡馆，比塞纳河畔远一千米的一个很偏的小地方。马莉从家出发，走到这儿大约需要四十分钟。这个地方也是阿辉介绍的，他有个打工的朋友曾经在那里做过店员，说生意凋敝，快倒了，那地方接近城中村，小资们不爱光顾。

姐弟俩为了更方便地聊天，找到了这么个地方。

通常每个星期的周二阿辉休息，就会跟马莉在这里相会。一直以来都是他给别人端盘子、上水、上食物。如今，他也能享受别人的服务了。这个姐姐让他过上了尊贵的生活，他由衷地感谢马莉。

除了那台手机，马莉还给过阿辉钱夹、皮带、衬衫……都是新的。"姐夫不要吗？"

"他有。这衬衫他也穿不上，他胖，你穿刚刚好。"

马莉打量着换了新衬衫的阿辉，含笑说道。

"你今年多大了？"

"三十三岁了。"

"看上去顶多就像二十几。"

"哪有那么年轻？你看我的抬头纹。"

"如果我儿子活着，他也有十七岁了。"

马莉讲起她那段往事。

从梅庄回来，她怀孕了。

"我光知道前排要系安全带，没想到后排也要系。"这句话曾被马莉念叨过无数遍，就跟祥林嫂说春天也有狼一样。

那一次华韬开车带她去东莞参加一个朋友的宴会，马莉有点困，怀孕的人瞌睡大，就睡在后排的椅子上。没想到一辆车逆行开来，华韬一个急刹，车侧翻，马莉被抛到车外。孩子没了，她也受了重伤。

马莉语气有点哽咽，说不下去了。她已经好多年没有回忆这段经历了，一翻开来，伤口依然血淋淋的。

"姐，你命大，能活下来就好。"阿辉给马莉递上纸巾。

"可是，我再也没有自己的小孩了。"马莉呜咽起来。她很久没这样哭过了。

"姐，如果你不嫌弃，就当我是你的儿子吧。"

马莉"噗嗤"一笑，"我能生出你这么大的儿子吗？刚刚还叫我姐呢。"

阿辉望着马莉说，"只要你开心，我当什么都行。"

马莉用纸巾擦擦红了的鼻头，幽幽说道，"其实我有一个孩子。"

"啊？"

"领养的。"

"哦。"

"十年前就领养了，只是不生活在一起。我没有见过那孩子。"十年前，她还记得，那天，华韬跟她郑重地说了这个决定。"你不是一直想要一个孩子吗？"他说那孩子，他考察过了，非常健康。

"我们只是给他寄钱，每年的生活费。我去香港也会给他买奶粉、零食，包括衣服。"当然，这主要是华韬的钱。马莉曾经短暂地上过一段时间班，车祸之后，就一切停止了。

"我是个没用的人，自己都养不起自己，更不能养小孩。我同情我丈夫，他从来不要我工作。"

"那是理所当然的，他爱你，娶了你，就应该负责的。"

"可我什么也给不了他。我这样衣食无忧地过着，又有什么意思？"

"你可不要这么想，每个人来到这世上都不容易，你看我，九死一生，不也很好了吗？老天让我遇见你，你给了我人生的希望，你让我看见活着就总会有奇迹发生。"

"阿辉，谢谢你，你也让我好——开心。和你在一起，我心里好受多了。"

这是真心话，她一直都很寂寞，华韬虽然对她好，但他太忙了，作为外企高管，他满世界跑，他们聚少离多。她也没有什么朋友，大部分时候宅在家里，她从前是个文艺青年，喜欢写东西，现在也写，但车祸后，记忆力、思考力也大不如从前，还长年吃着一种药，不知是不是这药物的作用，她越来越胖。

她记得那一天，华韬跟她说，要养一个孩子，她多么惊喜。失去孩子之后，她一直想要，哪怕去福利院领养一个也好，她会全心全意爱他（她）。华韬知道她的心思，现在他答应了。马莉喜极而泣，当即就表示要和他一起看小孩。可是，华韬说她身体不好，放在身边养不合适。马莉呆住了，仿佛一瓢冷水浇过。"你可以给他买东西，他的尺寸、喜好，我都会告诉你……我们只是他名义上的父母……"华韬耐心地告诉她。"我一次也不能去看他吗？"马莉做最后的争取。华韬沉吟了一下，说，"不能。"马莉当时就哭了，用手捶打着胸口，责怪那场车祸为何不把她撞死！她疯狂的样子令华韬害怕，他抓住她的手，将她紧紧抱住，说，"你是母亲，我们的儿子——他会叫你妈妈，他会的。可你这个样子，怎么当妈妈呢？"马莉止住哭泣，"母亲"两个字仿佛具有神奇的魔力。她不哭了，她要保持良好的仪容来配得上这个称呼。

马莉后来养了条小土狗。华韬手下的人送给她的，她养了三个月，那小狗被她惯得不像样，咬蒲团，咬衣服，干各种各样淘气的事儿。每每马莉作势要打它，它立马一副知错的可怜样，卧在脚跟前。马莉就不忍心责罚了，满腔爱意地抱起来。小狗越发惯坏了。后来，狗还是被华韬退回去了。华韬是过敏体质，对狗毛、狗气味有反应，狗的胡作非为也让他无法忍受。小土狗的离去也是马莉心灵的一道创伤，至今想起，忍不住落泪。

"我是个无用的人，什么也养不了。"

马莉曾一度还想报名参加义工组织，却也被人婉拒了。是嫌她胖还是嫌她傻不能干呢？马莉想不明白，只觉得很难过。

5

在马莉狭小的朋友圈里，其实还收藏着一个人，那个人叫"千山暮雪"，马莉并不知道他的真名，他是一位"情感专家"。这名词从前没有的，专家各式各样，没见过专家前面冠"情感"的。所以，第一次听说这个称号，马莉很是惊讶一番。原来在今天互联网时代和商业语境下，情感已经成为一种产业，"情感专家"蓬勃兴起了。"神女应无恙，当惊世界殊"啊！马莉觉得这个专家来得及时。她确有许多情感方面的困惑需要导师的指引。她在网上追踪千山暮雪的专栏文章。那些文章名字都取得很吸引人，"婚前睁眼，婚后闭眼""亲密是孤独最好的解药""相逢的人会再相逢""我愿意用生命中所有的时光陪你"……光是听听这些句子，马莉就心悦诚服。她想，她写了半辈子，也写不出这样的文章。

她关注他的微博，购买了他出版的全套图书。他的微博粉丝有几十万，上面有他的 QQ 号、电话、微信号，他承诺解答各种情感问题和进行情感辅导。当然，那是付费的。他的顾客中不乏一些知名人物，有人曾好奇地问他，"女神也有困惑吗？"他说，"当然，每个女神背后都有个不肯再睡她的男人。"

马莉曾经付过一次咨询费，那一段时间，华韬有两个月没回家，她太寂寞了，又胡思乱想，猜测他另外有个家，甚至怀疑那个领养的孩子就是他和别的女人生的。她控制不住这个念头，就打了电话。

千山暮雪问了她的情况，了解了她的家庭，然后说她老公是爱她的，不要瞎猜疑，还给了她一个建议。他问她，男人最看重的是什么？马莉说是事业。他问，还有呢？孩子。马莉说孩子时心里一阵绞痛。还有呢？他继续问。马莉答不出，他说"性"。女人要抓住男人，不仅仅是满足男人的胃。

千山暮雪的建议让马莉犯难。她隐约觉得情感专家的话是对的，她想起年轻时华韬让人脸红的狂热。想起车祸痊愈之后，华韬依然不减的兴致。是什么开始淡了的呢，不知不觉，他们夫妻之间的事就消弭了。

她恨自己的肥胖，她认为正是这个导致了华韬对她失去了兴趣，她不再像过去那么美了，双下巴，脖子也肥腻腻的，变粗变短，胸、腹、臀，好像是压在身上的三座大山。

她开始了艰难的瘦身计划，买了跑步机，在家里练，照着电视课程学瑜伽，跳健美操，然而，收效甚微，她控制不住喜欢吃甜食，喜欢喝咖啡。她发现了喝咖啡的好去处，塞纳河畔。为了身型，她晚上几乎不吃主食，只吃点蔬菜或水果，然后步行回去。来回要走上一个小时。不是说散步减肥吗？一天走一万步，她给自己定的目标。

那一次听从情感专家的建议之后，马莉做了努力。她在华韬出差回家的那天，特地穿了件黑色绣着牡丹花的真丝睡裙，黑裙子让她看起来显得瘦一些，还点了烛台，身上喷了香水，卧房里放着轻柔的音乐，气氛如梦似幻，香气若隐若现，似乎真有催情作用。华韬冲完凉，看到这情形，愣了片刻，有些迷糊，然后，他吹灭烛光，挨向她……

可是，身体并不配合。

"睡吧。太累了。"他说。

"你是不是嫌弃我？"

"怎么会？不要瞎想。"他拍拍马莉的脸，翻身睡去。

第二天，马莉给华韬端上早餐，说美容院小姐推荐了一款瘦身仪，据说效果很好。

"锻炼身体可以，只是别给人骗了。"

华韬提醒道。大概因为马莉过去在这方面浪费了不少钱，华韬有责任叮嘱她。这年头骗子猖獗，天天都有贷款电话房地产电话各种莫名其妙的电话打来，无一例外指向人的腰包。华韬说，主要是现在社会转型了，不需要那么多工人、匠人、干体力活的，许多行业消失了，多出来的人总要找事啊，所以就诞生许多骗子，骗子也是一种行业，并且常常能成功。据说某地全城皆出产骗子，谁有本事骗到谁光荣。

"你可以参加小区里的健身舞蹈班，那样还可以多交些朋友打发时间。"

这话说了等于白说，马莉是从来不参加集体锻炼的，她见过那些健身的女人，那么苗条还要练，她自惭形秽。而且面对两个以上的人，她就容易心慌。

"你放心，你不想要，我也就不会买那种仪器的了。"马莉盯着丈夫说，跟十八年前相比，华韬也胖了许多。"得知他英年早婚，我曾伤心了很久，再见他时，已胖若两人"，这是马莉不知在哪里读到的一首诗，这诗句让她没来由地就悲伤起来，是的，现在，她和他都胖若两人了。其实，她买那些跑步机、健身器也为了丈夫。据说越忙的人越胖，因为无暇锻炼，那方面稀薄，恐怕也有这个原因。马莉自责自己不是个好妻子，不能跟随丈夫身边照顾他。他的手下、他的司机、他的秘书，做得都比她多。他却是她的衣食父母。她问华韬，有没有后悔娶她，她一无所长，简直是个废物，是个多余的人。

华韬说，"你总是胡思乱想。"

华韬说她想多了，情感专家也说她想多了。然而，她有那么多时间，无所事事，除了胡思乱想，还剩什么？

幸而遇见阿辉，让她有了倾诉的对象，让她可以帮到，让她感觉自己还有价值，有被需要被膜拜的感觉。茫茫人海，她与阿辉相遇，缔结了亲情。这是上帝给予她的美好馈赠。

可是，亲情后来的转向是马莉所没有想到的，惊涛骇浪猝不及防，简直要将人打翻淹没……

马莉无法分辨，她想求教千山暮雪，再次指点迷津。

6

事情是怎么发展到那一步的呢？

那个周二的晚上，马莉和阿辉照例在那个城中村快要倒闭的小咖啡店里用餐、聊天。他们俩在一起总有许多说不完的话。也许是马莉自闭得太久，一旦闸门放开，她可以滔滔不绝。她讲她小时候的故事、幼儿园的故事、扮家家的故事、她和华韬的故事，每一个故事，她都讲了许多次，每次都有新的内容添上去。阿辉是很好的听众，他不时地还会发出恰到好处的点评和提问。

那次讲到梅庄，阿辉插嘴说，他的老家其实就离那里不远。

"真的？原来你是那里人啊？"

阿辉说，他就是那个镇上的，那里现在已经成了热门的风景点，他们老家都拆了，政府统一规划修建复古建筑。马莉照相的那座桥还在，那里有两条十字交叉的河流，河边保留着明清的房舍祠堂，复古建筑就是以那儿为中心的。

"那儿有一条青石板路，河边有青苔，墙壁上还开着粉红的野蔷薇……"阿辉描述的家乡情景勾起了马莉对那次旅行的回忆，就是他描述的那样，青石板、苔藓、蔷薇花，流水潺潺。

阿辉说，他家里很穷，母亲在他八岁的时候就生病去世了，丢下他们兄妹仨，他是老大。父亲在镇里的砖窑厂上班，当库管。后来厂倒闭了，他十六岁，不上学了，出去打工，没想到第一次出门就被偷了箱子。

那个悲惨的故事，他也讲了多次。

每次听到这儿，马莉就柔情万分。

阿辉说，他也遇到过好人。那次爬火车的路途中，火车不能直接到达他家，中途要换乘，第一次他是装成卖盒饭的混上车，第二次装不了，就趁乱从一扇窗户跳进去，爬的时候还掉了一只鞋。火车上人特别多，没有空位，各个角落都站满了人，他站了两天，站着都能睡着觉，你能想象到吗？没钱买东西吃，饿得快昏了。后来，他旁边一个坐着吃鸡腿的旅客，递给他一块鸡腿。

"我口里说不要不要，手却已经伸出去了。没有办法，一种本能。"阿辉自嘲笑道，"那人很好，还给我留了一个电话号码，是他在广州开的一个厂，让我以后要是找工作就找他。"

"你没去找？"

"没有，我过了两年又到了深圳，我还是喜欢深圳，尽管这里被抢过箱子，被偷过、打过、驱赶过，但这里发达啊。让人过目不忘，到过深圳的人，别的地方就看不上了。"阿辉毫不掩饰他对深圳的热爱。

他说在深圳，由于没带身份证，曾被收容过三次。

"啊，收容？太可怕了。"

"不可怕，有的吃啊，一天管两顿。有些兄弟一没饭吃就希望被收容进来。每次关七天就放人。"

阿辉对收容所印象颇好，后来认识了一个来自江门的女友，那女的对他很好，让他用她哥哥的身份证进了工厂，做库管，跟他父亲曾经干的活一样，他就是那个时候学会了粤语。

"那女友你们后来怎么了呢？"

"她后来回老家结婚，我们就分手了。"

"唉，可惜。你不小了，也该结婚了。"

"我不急，得等挣一些钱回去，深圳的姑娘肯定是娶不起的。"

"回梅庄也很好，那地方干净漂亮。"

"下次有机会我带姐姐一起去我们家看看。我打算将来在梅庄也开个这样的小酒吧。"阿辉的小眼睛露出神往的光芒。

两个人聊着天，不觉就接近了子夜。这一次聊得时间长了。站起来的时候，马莉身体有些不稳，坐久了就这样。她差点又忘记吃药了。

阿辉送马莉回家。不短的一段距离。阿辉说，他不放心姐姐一个人回。马莉的膝盖那几天有些疼，她有轻微痛风。

那段路一个人走有点枯燥漫长，两个人走，不知不觉就到了。头顶上一弯月牙儿，夜空晴朗，行人也少。

到了方舟方园，这儿是半别墅区。阿辉扶着马莉上了楼。

这是阿辉第一次到马莉家，一切都很自然，没有觉得丝毫不妥。他已经是她弟弟，亲人一样，没什么不妥。

房子很大，富丽堂皇，真皮花梨木沙发，纯手工雕花点缀，五十六英寸的大电视，落地花瓶，插着高大艳丽的假花，玫瑰、百合、黄菊，具有欧式野外田园风格。洁白的墙壁上挂着几幅油画，其中一幅就是阿辉在手机看到的那张梅庄画像。油画比手机里的大多了，色彩有些淡了，白裙子，黑长发，背景是朦胧的小桥流水和山峦。

"你坐下，我给你倒水。"马莉略略有些气喘，长途步行，对她来说是辛苦的。

"姐，你坐，我自己来。"

"好吧，饮水机在那儿，你去接。那柜子里有水晶杯，消过毒的。给我也来一杯，桌子上的那只。"

阿辉接了两杯水。

"你坐啊。"马莉招呼道。阿辉的样子有点像手脚不知怎么安放，他大概从没有见过这样的豪宅。在他过往的生活里，有街头、地下室、野外公园、路边石凳、城中村破旧的小出租屋，那是他生活的阶层，现在仿佛一步登天了，震惊得非同小可。

"姐，你家真大，真漂亮。"

"大有什么用？再大也只睡一张床。"马莉无所谓地说。有钱人对钱没什么概念。

也确实，这么大的房子，只有一个人住，空旷得很，空旷得近乎荒凉。她老公新近又去了台湾。

休息了一会儿，阿辉告辞了。

这以后阿辉周二休息的时间都挪到马莉家来了。马莉会做一顿好吃的招待。她说一个人不想做饭，才去咖啡馆。她愿意做饭给他吃，对烹饪她一下子显示出强烈的兴趣和天赋来。大抵为一个喜欢的人做饭是女人的幸福吧。她一直无法施展这种幸福。

那天晚上，马莉煲了鱼头豆腐汤，高压锅炖了红烧猪手，清炒淮山黑木耳，手撕包菜。菜是她从网上一家农家菜公司订购的，比普通超市的好。

"姐，你的手艺真好，你看，我现在都吃胖了。"

"你哪里胖！太瘦了，我就是要给你加强营养。你在咖啡馆上班，总是熬夜，长不胖。"马莉爱怜地说。

阿辉吃得香，这孩子吃饭的样子就像一个几天没吃东西的饿鬼投胎，马莉看着既欣慰又心疼。她不由自主想起自己那失去的孩子。啊，她要给他做一百次一千次饭菜。

那天，马莉还拿出了一支小瓶装的法国红酒，她家酒柜里有许多红酒、洋酒。

阿辉喝酒上脸。平常吃完饭后，阿辉会抢着洗碗，那天，他身体有点软。马莉就让他在沙发上靠一会儿，自己收拾好碗碟。在厨房忙完，出来，看阿辉躺在沙发上，好像睡着了。马莉找了件薄浴巾给他搭上。她弯腰的时候，突然被阿辉一下子拉在怀里。"姐，姐……"他紧紧抱住她，口中不停地呼唤着，混着酒精的热气让马莉瞬间不能呼吸了。

"姐，姐，你真好，你是世上最好的人……你就是我的妈、妈——"马莉一下子融化了。她情不自禁地也紧紧抱住了阿辉。马莉的衣服被扯开了，阿辉双手捧着马莉硕大的乳房，拼命吮吸起来，马莉一阵抽搐，乳房里好像瞬间源源不断地涌出乳汁来。她紧紧搂着怀里这瘦小男子的头，好像要把他摁进自己的胸膛里。

这以后的日子，他们在一起了。马莉富饶的身体就像是专门喂养阿辉的。她肥硕的胸、腹、臀，是一片广袤肥沃的土壤。一个拼命索取，一个竭力给予。

"你们发生性关系了？"情感专家问。

……可是，那不是主要的，对马莉来说那不是主要的。她只喜欢听他醉心的呼唤。她会满足他的一切，他要什么，她给什么，她可怜的孩子。

马莉不知该如何回答情感专家的话，他问她是不是觉得对不起丈夫，他说出轨的女人，一开始以为寻找的是快乐，实际上最后是痛苦。

不，不，她不是出轨，她对阿辉的爱和对华韬是不一样的。

"夫人，你可以来读我的课程，我开了几个关于情感的培训班，或许可以解答你心中的疑惑。"千山暮雪建议道。

7

马莉和阿辉的最后一次见面是在这年的十二月。算起来，他们交往有三个月了。

马莉的丈夫华韬要去美国分公司一个月。这次他决定带马莉过去，西方的圣诞节快来了，他们这家外企这个时段不是很忙。

临走之前，她和阿辉见面。在那间破旧的快要倒闭的咖啡店。华韬在深圳的时候，阿辉就不好进家门，他已经有两周没有进过马莉家门了。他有点委屈，表现得像个吃醋的情人。

在角落的小卡座里坐下，阿辉低着头不发一言。

马莉坐在他身边，她没有坐在对面，宠爱地拍着阿辉的肩膀。

阿辉扭了一下身，将马莉的手甩下。他现在也敢对马莉要耍性子。

"怎么了？生气啊？"

"你不要我了。"

"傻孩子，怎么会不要你。"马莉满腔柔情，再次拉住阿辉的手。

那双骨节很大与他瘦小的身体不相匹配的手突然就野蛮地发怒般地揪住马莉的乳房，使劲地抓捏着。马莉疼得差点要叫起来，咖啡店没什么客人，店员埋着头在吧台玩手机。阿辉手继续发力搓揉。马莉疼得闭眼，她搂着那双手，又把那只头颅一起揽进来，外面大衣散开了。这是他们临别前的亲热，阿辉不管不顾，好吧，她要让他好好地亲吻。阿辉像个不讲理的饥渴婴孩那样使劲吮着咬着，马莉疼出了眼泪。她感觉胸前洇湿了一片，幸福的痛苦的涎水似乎要将人淹没融化。

好半晌，阿辉才松开，他把头从马莉的胸口移开，满脸泪痕，他也哭了。

"怎么了？小辉？又不是生离死别。"

"心里难受。"

"我又不是不回来。"

"可你回来还会要我吗？我们差别那么大！你和你丈夫在一起，你不会再理睬我的了。他不会让你接近我的。"

"傻孩子。这么大还这么黏人。"马莉捏捏他的鼻子。

"我想天天能看见你。"

"我也想。要不我和老公说我不去美国了。"

"那怎么好？你应该出去走走，我不能太自私。"阿辉平静下来，反过来又劝慰马莉，"我正好也要回梅庄一趟。"

"啊？"轮到马莉惊讶了。

阿辉低下头，显得心事重重。眼泪却一滴一滴掉下来。

"有什么事吗？"

"不想说。"

"对我有什么不好说的？"

"我父亲病了，刚刚检查出肺癌。"

"天哪。"

"现在在医院住院，可是，他没有钱动手术啊。"阿辉哭出声。

"什么时候的事？"

"知道消息有一个星期了，我弟弟打来的电话。我一直没跟你说，怕你为我担心。可是，现在你也要走了，我觉得好害怕。"

"啊，可怜的孩子。"马莉再次把阿辉抱在怀里。

"我需要钱，姐，我到哪儿才能弄到我父亲做手术的钱啊？"阿辉泣不成声。

"要多少？我先给你垫吧，二十万，够吗？"

阿辉抬起头，不敢相信似的，望着马莉。然后用力点点头，一把抱住马莉的双手，哽咽地说，"姐，我怎么报答你呢？"

"你回去了，这边工作怎么办？"

"已经跟老板请好假了，只请一周。老板也在网上朋友圈里给我筹了点钱。我回去把我父亲安顿好就过来，我弟弟妹妹在那边可以照顾我父亲。"

"等回来后，我托托我老公，看能不能给你找一份好工作，薪水高一点的。"

"姐，你放心，我已经有打算了。今年过完，明年我去另一家公司，有个朋友做得生意很大，让我去做库管，薪水丰厚。钱我一定会还给你的。"

"在深圳吗？"

"当然，就在南山，我不会离开深圳的，也不会离开你的。你就是我的亲人，再生父母。我要一辈子对你好。"阿辉说完，擦了擦泪痕，半跪在马莉面前，仰望着她。那样子就像一个仰望圣母的信徒。

那幅画面一直在马莉的脑海里忘不掉，她后来忘记许多事，却始终忘不了这一幕。

8

年关已过，春天到了，春天又走了。五月，天热起来，深圳总是比全国大部分地方提前进入夏季。

已经有半年没有见到阿辉了。

从美国一回来，马莉就去了塞纳河畔，阿辉不在。她给他打电话，电话告知"对不起，您拨打的这个号码是空号"。马莉心想，一定是他父亲生病花太多的钱，他没有及时付费了。她给那个号码充了一百元话费，却还是打不通。

"难道他遇到什么问题了吗？他的父亲怎样了呢？他还在老家吗？他一定非常痛苦吧？"

马莉天天去塞纳河畔，期望阿辉能突然出现，告诉她一切。

她也不好意思问里面的服务生。给她端盘子的换了一个小男孩，看上去比阿辉还年轻，估计不到二十岁。

终于有一天，她憋不住，叫住那个小男孩，问他，知不知道阿辉去哪儿了。

那小男孩说，他不认识阿辉，他刚来几个月。不过听人说过有这么个人。

"是吗？那他去哪儿，你知道吗？你的同事知道吗？"

"不知道，大家都不知道。"小男孩笑道，"听说他本事很大，认识了一个有钱大妈，无条件提供他经济援助。"

那小男孩吐吐舌头，露出蛮羡慕的神情。

咖啡差点泼出来，马莉想掩饰自己的失态，双手捧着杯子，手却抖得厉害，幸好那小男孩去别处了。

天哪，天哪。

马莉觉得大地都在摇晃。

她挣扎着，找店里的老板，老板不在。

直到第三天，她才见到老板。老板说阿辉早辞工不干了。

"他家里出事了吗？"

"出什么事？"

"他父亲得了肺癌。"

"这个没听说。"

马莉变成了一块石头，僵住了。

马莉不甘心，她又疾步走到那家破落的小咖啡店。小咖啡店已经没了，那儿夷为平地，堆了一堆乱石。

怎么才短短的一个多月，一切都变了呢？马莉彻底糊涂了。这个地方，她和阿辉每周二常常相会的地方，怎么说没就没了呢？就在她不在深圳的一个月，谁改变了这一切？

"我不会离开深圳的，也不会离开你。你就是我的亲人，再生父母。我要一辈子对你好。"阿辉的话犹在耳边，他曾半跪在她面前，仰望着她，像仰望圣母。

她在茫茫人海里结识的这个人，她与他有肌肤之亲，他就像是她身体里长出来的人，怎么突然间人间蒸发无影无踪呢？

马莉身体状况很不好，华韬给她请了个保姆。那二十万是马莉的私房钱，华韬还不知道。过去请保姆马莉总是不愿意，她不喜欢家里有外人，也不喜欢看着别人劳动，而她没事可做。现在，她没有办法了，因为她记忆力变得很坏，烧饭不记得关火，自来水流了一地，才发现龙头没关。她已经不去塞纳河畔了，去那儿，她会变得狂躁。

有一天，她在家里，保姆喊她喝刚煲好的天麻山药乳鸽汤。

马莉将乳鸽捞起来，用盘子装上递给保姆。她不吃肉类，每次煲好都这样。

保姆道了谢，捧着小盘吃了，一边吃，一边望着沙发前的画像说，"小姐，这幅画好漂亮啊。"

126

"你猜她是谁？"

"看不出。我不认识几个明星。"

"不是明星，仔细看。"

"哦，哦，我瞧出来了。"保姆又望了马莉一眼，不敢确认似的。"神啊，谁能认得出哦！"

可是，有一个人曾经一眼就认出的。那个人称这幅画中人是圣母玛利亚。

那个人去哪儿了呢？马莉头又痛起来。

9

又是九月。

佳和超市门口照例熙熙攘攘。那个扁平邋遢的女人还在那里。有些人会消失，有些人却永远像个钉子一样杵在那里。

那女人现在很稀罕地没有躺下，她坐在肮脏的白色泡沫垫上，精神很好地看着来来往往的车辆和行人，脸上有一种无所畏惧的表情，与整个世界作对抗衡的表情，一副谁也奈何不了的表情。

有一次，阿辉还在的时候，他俩一起经过那女人身边。马莉随手丢进去一枚硬币。

阿辉瞅着那女人说，"如果我像她那样，你也会丢一枚硬币给我吧？你会带我回家吗？你一定会看不起我吧？"

马莉说，"胡说，你怎么会像她那样？她没有劳动能力，所以乞讨，而你好好的呀，一直很努力上进啊。"

"可是，我怎么上进也不会变成你们这样的人。我和你——你们隔着十万八千里。有劳动能力又怎样？你以为这个世界劳动就能致富吗？"阿辉当时说这话时，语气里有一丝仇恨，好像马莉突然变成她的敌人似的。马莉当时并没有多想，她把他的不满啊，闹情绪啊，都看成孩子气。

现在，不知为什么，看到那脏女人，阿辉仇恨的表情突然一闪而过。他和这个女人的神情此刻仿佛非常相像，他们像一对孪生兄妹。马莉没来由地震动了一下。她突然意识到，原来，阿辉是恨她的，他那么贪婪地占有她强暴她，不是爱，其实是恨，是恨哪！

马莉站立不稳，赶紧掏出一粒药丸。

这一带最近有些传闻，说有个智力有问题的富婆被人骗了。大家口口相传互相提醒着别上坏人的当。据说，这个最富裕的城区周围集中了许多骗子。良家寂寞妇女是骗子的首选目标。

马莉并没有听到这个传闻，她只是看到这个脏女人，被她那瞬间仇恨的表情惊到了。她正打算去一个地方。不久前，她在康复中心结识了一个大姐，那女的总会过来给病人们发一种印得粗糙的小册子。那个姐姐还放了一首歌给她听。歌词大意是这样的：

> 全然的美丽的善良的温柔的圣母玛利亚
>
> 你犹如那一条清澈的溪水从未被污垢点花
>
> 你在人间如同那一颗明亮的星照耀着我们
>
> 你犹如那一朵美丽鲜花　永远绽放无暇
>
> 圣母玛利亚　亲爱的妈妈
>
> 请你保佑我吧亲爱的妈妈

歌曲韵律安静，犹如一条清澈的溪水，带着花瓣的芬芳，从马莉的心坎漫过。

歌声让马莉流下了眼泪。

很久之后的某一天，马莉突然收到一条蹊跷的短信，短信里只有一句话，"圣母，您好。"那个号码，她打过去是一片忙音。

野　桃　酒

1

年轻的时候，我曾在庐城的科技大学校园里住过一段时间。那时毕业没多久，刚步入社会，有点像断奶的孩子，对校园有种天然的依恋，仿佛在那能嗅到母乳的芳香，获得一丝丝安慰。房子是男朋友租的，他毕业于这所学校。租在校园的好处，一是安全，二是吃饭可以蹭食堂。我们偶尔也自己动手做，虽有点麻烦，却能得到一份真正过日子的感觉，我们期盼着有一天建立一个真正属于自己的家。

这间租屋属于校舍老居民楼中的某栋某个单元，红砖瓦房墙壁都斑驳掉色了，上下两层，我们住楼下，地面是裸露的黑土，经年踩踏磨得油光发亮，像岁月抛光镀上一层釉。房子左右结构，一大一小两间，外带一厨一卫，都极简陋，卫生间没装热水器——那会儿家装热水器还没普及，洗脸池也没有，只有一个自来水龙头，我们接了根橡皮管，地上放了洗漱用的塑料盆和水桶。厨房也无灶台厨具，只有一个水泥砌的水池和一张白瓷砖台面。我们买了电饭锅和小电炉——就是那种一圈一圈电阻丝通上电就发红的小圆砖。过去大学生在宿舍里开小灶也曾偷用过这类东西。烧水用"热得快"，一根长长的发热装置插在水瓶里，听到"咕噜咕噜"冒泡声，水就烧开了。我们和另一对小年轻合租，共用厨房和卫生间。房子有前后门，前门开在厨房，隔壁俩人从厨房进来，经过卫生间，然后直接进到他们的大房间，门一关，就是他们的世界。我们房间小一点，但后面有一扇门，可以直接进屋子，这样，我们从外面看是一户人家，实际上可以各不干扰，各走各门。

　　房间虽然破陋，但校园的美补偿了一切。房子偏于学校西南一隅，打开小屋门，门前有两株高大的梧桐树，像我们天然的庭院，我们在两棵树间拴根麻绳晾晒衣服和被单。左手边不远处是大学的附属幼儿园。偶尔不上班的宁静早晨，会被一阵欢乐的儿歌唤醒，那歌声有围墙隔着，显得遥远又贴近，倒也并不相扰。因为这个角落离教学区挺远，孩子们的欢笑声更凸显校园的静谧。闲暇的时候，我喜欢在校园里散步，或者找个安静的地方写生，校园里可入画的景物太多了。房门外，两条分叉的小径，一条通往学校的科学广场和正大门，另一条通往第二食堂，小径再分叉可以通往图书馆和专家楼。和所有的校园一样，绿化都十分好，到处花木葱茏，沿着任何一条小路，沿途都会有各种景色让你驻足欣赏，玫瑰花坛、野桃树林、草坪、小山坡、小桥、碧湖。春天，通往科学广场的小径两旁樱花树开得如雪如霞，一阵风夹就扑簌簌飘下盛大的花雨，能让人发好一阵呆。我一直想把这景象画下来，可总差强人意。靠近科学广场那边的绿树掩映下有一尊郭沫若铜像——这所学校校名就是由他题写的。缤纷而又庄严的校园，以及散落其间快乐的学生——在我眼里他们是快乐的——有什么理由不快乐呢？踏上社会才知道，大学时光乃是最美的时光。而能考上这所国内顶尖大学的，则更是人中之龙凤。和我念书的省属美专相比，这些孩子脸上有种不同一般的气质——这种气质很难说得清——他们来自全国各地，具有某种杂糅的大气，又因为天生的智力优越，显出别人所没有的自信和单纯。男朋友打动我的地方，也在于此吧。有一次出门在校园闲逛，正巧见一群孩子在郭沫若雕塑旁举行十八岁成人宣誓。原来是少年班的学生们。男朋友说，这所学校的学生百分之六七十将来都是要出国的。

　　由于托福成绩欠佳，好学校的奖学金申请不到，男朋友放弃了去国外——那个年代没有多少人可以自费读得起外国名校的。他分配在庐城社科研究院，工作两年了。出国不成，又不甘寂寞。人在年轻的时候总是不安分的，总想着找一条最好的、最能实现自己梦想和抱负的道路。为此，男朋友决定辞职南下深圳。

　　因为男朋友的缘故，我放弃了家乡一个相当不错的文化单位，在庐城一家初级中学当代课老师，教美术。那时真是勇气可嘉，没有什么好担心的，只要有爱情，怎样都行。代课老师待遇很一般，住宿就是在办公室安一张折叠床。

男朋友因而租了科大小屋，"寒窑虽破能避风雨"，我们栖居于此，也自有一份甜蜜。直到他离开，留下我一人。

2

城市的好处之一，就是没人在意你的个人空间。如果在老家，那是断然不可能的。二十世纪九十年代，风气虽然已经开放了，某些方面观念还是相当保守。这也是我哪怕不在体制内也要留在城市的原因，要的就是那份自由。

我没有告诉其他人这间小屋，唯一的例外就是陈默。

说来也巧，和陈默是偶然相遇在科大，当时老徐——陈默这样称呼我男朋友——还没有南下。

陈默成了我们小屋迎接的第一位客人。

我和陈默是高中同学，高中时我们没讲过多少话，我只知道他考上北方的一所大学，却不知他那时已经毕业分配在庐城了。

他乡遇故知，我们自然兴奋得很。

知道这么个住处后，陈默就时不时过来玩。他和老徐一见如故，很能聊得来，他们身上有不少共同点，年纪也一样大。陈默来自农村，上学晚，徐浩天小学跳过级。他们倒更像一对同学。

印象里，陈默就像他的名字，沉默寡言。而今才发现并非如此，原来他很健谈，说话也挺逗，尤其口音令人发笑。几年的大学生活并没有让他普通话更标准一些，时不时夹杂着家乡的土音。我们那地儿方言复杂，大约古代丘陵地区交通阻隔之故，十里不同音，百里不同俗。陈默如果说起地道的家乡话，估计班里没几个同学能听懂。这也是上学时陈默沉默寡言的原因之一，怕被同学取笑。他说，学普通话比英语还难，他的英语过了六级，普通话连二乙都达不到。

同窗三载，我和陈默说的话加起来不如现在多。跳出农门的他颇爱忆苦思甜。我们回忆起高中往事——在我看来，高中生活乏善可陈，大家都铆足了劲对付高考。不过，他说起一段小插曲，倒令我感到诧异和有趣。看上去严肃沉默的老同学，原来也曾心思荡漾过。

"她那时就坐我前面，不知你有没印象？抽屉里经常放着本《读者》或《青年文摘》。"陈默神游往昔，嘴角浮出笑意，"那时候这些杂志好高端啊，我们乡下人根本见不着。"

他说的是我们班团委书记郑灿，干部子弟，家境不错，长相也飒，为人干练，落落大方，喜欢她的人很多。

"我有自知之明，她太高了，女神一样，高不可攀。"陈默解释他为什么没有显露出一点迹象。他见过太多优秀的农村孩子考到城里，因为各种诱惑，最后没考上大学、返回农村的情况，所以根本不敢掉以轻心。陈默是个有意志力的人，这一点倒是真的。每天一千二百米长跑，风雨无阻。

"你后来转去文科班，原来是追随郑灿啊。"我开他玩笑，陈默数理化更突出。

陈默摆手，"那倒不是，我在宿舍里睡觉，一个高年级学长把我哭醒了。那人达到大学分数录取线，因为体检色盲，没录取。他要是学文科，就不存在这个问题了。"

陈默色弱，惊吓不小，于是果断弃理从文。学校对他网开一面，同意了他临时改弦更张，那时候高三已经开学两周了。我们当时都很吃惊，都什么时候了，时间那么宝贵，谁经得起这样折腾。

好在，陈默聪明，学文并不费事。

"郑灿知道我喜欢看《读者》，就经常带到学校来。放抽屉里，任我借看。"陈默说到这里，脸上带着满意的笑容。

"我这老同学明明有女朋友了，还惦记着郑灿。"陈默走后，我跟男朋友笑道。

"白玫瑰红玫瑰嘛。"男朋友顺口道，那会儿我们刚巧看了陈冲演的《白玫瑰与红玫瑰》。里面有段经典台词。

"也许每一个男子全都有过这样的两个女人，至少两个。娶了红玫瑰，久而久之，红的变了墙上的一抹蚊子血，白的还是'床前明月光'；娶了白玫瑰，白的便是衣服上沾的一粒饭粘子，红的却是心口上的一颗朱砂痣。"

我问老徐是否心中也有个"白玫瑰"。男朋友笑而否认，我觉得他那样子可疑，大约历史没那么清白。毕竟，他年纪比我长，我不相信他在我之前没有过心仪对象，暗恋女生。

男朋友被我烦不过，举手发誓要是有那样的事天打雷劈。

"以后也不许有。"我霸道地要求。老徐满口答应。

郑灿的故事我们听了不下 N 遍，而陈默每次都新鲜得像是头一次爆料。这又令我们好笑半天。

我们习惯了陈默的吹牛，也知悉了他大学时期的风流韵事：如何骑着自行车带校花在郊外拉风，如何被学姐邀请学跳交谊舞，又如何在如水夜晚吹竹箫诉说乡愁，引来女同学与他静坐在星空下……

我想象不出土里吧唧的老同学陈默有如此浪漫的一面。

陈默再次过来时还真带来了他那根大学时代保留下来的竹箫，当场表演了一番，证明所说非虚。老徐也兴之所至，吹起了口琴。一时我们小屋里丝竹萦耳，雅韵绵绵，甚为欢乐。我很佩服他们，都没学过五线谱，却还能吹出曲子来。不愧是学霸。

陈默女朋友是他低两级的学妹，同一个系，大专班的，他们同年毕业，女朋友分配在家乡镇上当老师。陈默本来可以保本校研，但他想读慕名已久的科大政法系（这所大学屈指可数的文科专业）。报考差了几分，于是选择进了庐城的一家肉联厂——当时庐城要人的单位也不多，肉联厂效益还可以，先缓解一下经济压力，准备一边工作一边备考。

在庐城，每逢闲暇，陈默就到这所心仪的大学来"朝圣"。我们的相遇正是发生在他来庐城不久的一次闲逛。

那天我和老徐从市区回来，恰巧在大门口迎面碰见陈默。

我和陈默几乎同时停下脚步。他当时的样子眯缝着眼睛，脑袋后仰，仿佛在确认，是不是眼花了。

我欣喜地给老徐介绍，老徐也难以置信。怎么这么巧，早走一步，或晚走一步，大家就错过了。

我们将陈默拦截下来，在学校的食堂宴请他，饭后带他光顾了我们的小屋。陈默显出一副见到豪宅的艳羡表情。

他在肉联厂住的是集体宿舍。

这以后陈默有空就过来玩。

有时候我们在小屋里用电炉炒菜招待他，老徐买来啤酒，俩人喝酒聊很长的天。他们都是知识面很广的人，天文地理、时事政治，无所不及，像暗恋郑灿这样的话题不过是沧海一粟。我有时听得都打哈欠了，陈默还不肯走。老徐有一辆二手自行车，聊晚了，没公交了，陈默就骑回去。后来老徐去深圳了，自行车就丢给陈默了。

"我不在，以后有什么困难，就喊陈默帮忙。"老徐交代，我有时竟产生错觉，他们才是同学。

老徐走后，我一个人很空落。那会儿手机尚未普及，出租屋里也没装电话，深圳那么遥远，我们只能通过写信来诉说衷情，闲暇时画画打发时光。

有一段时间，我在小屋住得很不踏实，晾晒在外面的衣服总不翼而飞，不是什么太值钱的，主要是些内衣内裤之类的。我不相信风能吹得那么精确。不由暗揣，堂堂高等学府难道也藏着变态狂？

那阵子原来和我们合租的那对小年轻，因为男的外派北京出差一段时间，女孩子也就没过来住了。这栋陈旧的、散发着霉味的房子里只有我一个人。尽管是在大学校园，可这偏于一隅的地方，在夜晚也显得过分安静。

有天晚上，我在卫生间洗澡，烧好了热水，又用皮管接凉水，忙活了半天，猛一抬头，发现卫生间的纱窗上趴着一个人形黑影。吓得我大叫一声，赶紧抱着衣服躲进小房间。老半天惊魂不定。

陈默带了工具箱过来，裁了一块旧床单，给卫生间的纱窗装上窗帘。这屋子简陋，纱窗平时也没去擦抹，积了厚厚的一层灰，纵然从外面偷窥也看不到什么，可是装上窗帘毕竟安心一点。陈默又仔细检查了门锁，确定无恙，方才放下心来。

"楼上住的什么人？"

"好像是校工。"

"你们打过交道吗？"

我摇摇头，又想起来，曾经在校工家接过老徐的电话。那男的很热情。

"你以后小心点就是了，防人之心不可无。"陈默告诫。

我脑海里浮现出校工殷勤的笑容，他瘦削的身形和那天趴在卫生间纱窗后的影子重叠起来。尽管仅仅是怀疑，也足够我抽一口冷气了。

陈默再次来的时候带了根铁棍，说防身备用。我哑然失笑，这铁家伙，我拿不称手，别到时反而受制于人。陈默皱起眉头。看他苦恼急躁的样子，我反过来安慰他，没事的，在校园里，人家不敢怎样，以后小心就是了。

那天修缮好门窗，我请他去食堂吃饭。老徐离开后，我的小电炉也基本弃之不用了。

那时节已入秋了，吹到身上的风提醒了季节的转换。毕业已经一年多，老徐离开也快半年了。小径上走着三三两两的学子，我们比那些学生也大不了多少，却已是社会上的人。时光最是无情。有三两片黄叶从树上飘下来，在地上打着旋。经过野桃林，陈默随手摘了个毛茸茸的小野桃。

"不能吃的。"我制止道，这家伙有时手贱嘴馋，三月里校园里结的小枇杷果，他也摘起不擦就往嘴里送。

"小时候在农村，我们经常靠这些东西充饥。"他举着小野桃，兴致勃勃地说，"这个东西泡酒，味道不错，补充维生素。"

"是吗？"我一听也来了兴致。于是我们又摘了几颗。我嘱咐他，回去做好毛桃酒带来。

下一次他果真带来了一壶野桃酒，还带来些牛肉松、猪肉松，是他们肉联厂的福利。我特地启用了久违的电炉炒了俩菜，土豆丝和青菜。

野桃酒佐餐，味道确实不错，一点点酸一点点甜，让普通的低度白酒变得品质不凡，也算是我喝得最早的果酒吧。

我喝酒上脸，也上情绪。天寒凉了，这种前途未卜、寄居的临时日子，容易让人自怜自伤。以前老徐在，我们仨一起好热闹啊，他现在身在繁华世界，丢下我一个人在这间小屋。不由眼泪欲滴。

陈默自从老徐走了，话匣子也收了起来，只顾品酒吃菜，好像那盘土豆丝和青菜是什么值得研究的东西，需要全神贯注地对付。

我吹起老徐弃下的口琴，呕呀嘈杂不成曲调，陈默笑了，拿起搁在这里的竹箫也吹了起来。不管多么欢乐的歌，缺乏口琴的轻松和悠扬调和，箫声就变成了呜咽。

过了一些日子，我合租的那对小年轻打算结婚了，要搬迁新居，将会出去蜜月旅行，他们把钥匙交给我，说还会暂时租一段时间，放些东西，又说，如果我家里来人，住他们那间房没有问题。

我想到了陈默。那当儿陈默正想着要在科大附近短期租个房子，好复习攻关。他告诉我，单位宿舍根本看不了书，几个人合住，还经常来人打牌喝酒，吵死了，只能晚上躲到办公室看书。

和陈默成为一个屋檐下的人，这情形多少有点古怪。出于某种原因，我连老徐都没告诉。

　　当然，陈默并不每天都能来，通常是周末才过来，集中精力复习。我们各走各门，互不相扰。他学习的劲头不亚于高考。周末我有时出去一个人看场电影、逛个街什么的。晚上回来吃饭约上陈默，他这人，不喊他，就经常会错过食堂饭点的。

　　一起去食堂来回，也是陈默劳累之后的放松时刻，不论是对食物还是沿途的风景，他又变得话痨起来，回忆自己念高中时从家里带碎米换粮票的经历。他说，他念书是全家人节衣缩食供的，他必须要回报。

　　他和老徐有很大的不同，同是学霸，一个轻灵，一个沉重。老徐是那种单纯对学问本身感兴趣的人，而陈默的奋斗中带有改变命运的苦大仇深。这可能是出身所带来的差异吧。

　　陈默的一句口头禅就是"你们城里人，没吃过苦……"

　　对于这老一套忆苦思甜的话，我耳朵都听出老茧了，不过，好歹有个伴打发周末无聊时光，人没那么寂寞了，而且也更有安全感。

　　有天晚上八九点的光景，突然停电，我正在屋子里看日本水彩画家长谷川隆的画册。我极喜欢他的画，用色清淡却富有层次，喜欢描绘田园间的恬淡风景，有一种宁静淡然的美。看得正起劲，突然间外面一片漆黑。那天不是周末，小屋就我一个人，大学里停电很罕见，此刻连根蜡烛和火柴都找不到。正慌乱着，听得门外陈默喊我的名字。我大喜，陈默来得真及时。

　　"今天正好出来公干，离大学不远，吃饭应酬，搞晚了，就打算歇科大。进校园这还没走一段路，发现这边房子突然漆黑，想着你一个人肯定害怕，赶紧跑了来。"陈默气喘着说道。他点燃了打火机。

　　"没蜡烛，怎么办？谁想到学校里会停电。"

　　"估计哪根线路短路了，学校教学楼那边都好好的。"

　　"看来以后还得备点火柴、蜡烛，真要命。可是，就算有蜡烛也怪吓人的，幸亏你来得及时。"

　　"这种情况应该不会经常发生，你不用怕，校园里是安全的。一会儿肯定就会来电。"

　　陈默还点着打火机站在门边。小火苗被风吹得歪歪斜斜，快要燃到手指上了。

"关掉吧，现在我不怕了。"我笑道。

夜空其实挺明亮的。

我拿了两只塑料小板凳，和陈默坐在院子里，等待着来电。

月亮高悬，门前的梧桐树披着透亮的光芒。没有灯光的夜，清澈如水，刚才一刹那的停电，我过于紧张了。

我们坐在外面聊了会儿天。电很快就来了。

晚上我睡在床上，门缝里透出橘黄的光，陈默在学习。那光亮使我踏实，慢慢就进入了梦乡。

这之后，门缝里的光亮见得比以前多了，他时常下班很晚了，也过来这边。这自然也是研究生考试临近之故，但另一方面，我也觉得，他大概考虑到我一个人胆小，怕再遇到停电之类的什么事吧。他来得晚，我们也不会碰面，可是，睡前那门缝里还透出的亮光，总让我心安。

这样的日子持续了几个月，我终于离开了庐城，去了深圳。而陈默那年也考上了科大。

3

和陈默再次见面，四年过去了。

没想到陈默也会来深圳安家落户。深圳是个电子之城、科技之城，最受待见的是老徐那类学计算机、搞软件技术开发的人才。文科生并不吃香。那时候深圳还戴着"文化沙漠"的帽子。

陈默进了深圳一家很火的法制报社。我原先也很想进报社，怎奈学历不过硬，又是女性，被挡在门槛之外。在庐城做代课教师的经历使我不想再去学校，高不成低不就。最后还是老徐托人，进了一家通信公司，在里面做职工阅览室管理员兼报纸收发。

陈默说深圳是座新城、改革之城，也应是法治之城。市场经济就是法治经济，必须有健全的法制保障，才能正常持久运行。他学的是政法，正好有用武之地。

事实上也如此，我们见面的时候，他已经是编辑部主任了。陈默赞扬深圳不拘一格的用人方式，不论资排辈，不靠关系。他说，刚来试工时，主编考验他，让他就当时的一起经济案件写个评论，他不到一千字的文章受到激赏，以后连续写了报社的几则社评，影响很好。加之他名校硕士文凭，很快就得到了重用。目前，手里有个主打栏目，叫"默眼观法"，既编且写，在报界和法律圈都小有名气，同时还受邀为好几家企业的法律顾问。自然，经济收入也不低。那也是纸媒的黄金时代。

相隔四年，陈默有所变化，比过去胖了点，看上去结实许多，衣服不像以前松松地挂着，都撑了起来，衬衫系在西服裤里，腰间系着品质上好的皮带。

士别三日当刮目相待。我责备他，来深圳这么久了，居然一直不联系。要不是我在单位的报纸上恰好留意到他的专栏，打电话去问，还不知他已过来呢。

他解释道，"刚来的一年太忙，单位事多，跑新闻，日夜采写，兼又忙着帮老婆联系学校，搞调动，一直脱不开身，这不，眼下搞得差不多了，正好想找你们叙一叙，你电话就来了。"他的口音依然带着浓重的家乡土味，与他蛮有精英范儿的外形很不相搭。

对于陈默的到来，老徐也是既高兴又意外，以前他俩在一起谈前程未来时，陈默曾明确表示过自己不想来深圳，最想去的是北京，其次就留在庐城。

事实上，研究生毕业，真的有去北京或留在庐城的机会，相关的单位也挺不错，但陈默最后还是选择来了深圳。

那会儿流行一句顺口溜，不到北京不知道自己官小，不到深圳不知道自己钱少，不到海南不知道自己肾不好。陈默说起这个段子，表示，他对当官没什么兴趣，更看重的是"钱途"。他不能不看重这个，全家都在农村，是家人节衣缩食供的他，他必须反哺。

陈默再次忆苦思甜起来。过去熟悉的话匣子又打开了。

陈默老婆也过来了，我们两家欢聚。

听过无数遍阿霞的名字，总算第一次见到真容。乌黑的头发，黑亮的眼眸，小麦色皮肤，这过于醒目的深色特点，以至于人忽视了她其余的优点：身材适中，脸庞容长，相貌端秀。她和陈默相识、相爱的故事我们早已透熟。经过了漫长的爱情马拉松，俩人终于在深圳安居下来。

陈默对阿霞很体贴照顾，吃饭时帮她刷碗、夹菜，还不停和她咬耳朵说悄悄话，毫不介意在我们面前秀恩爱。

阿霞看上去比较严肃，黑眼珠总有一种不安和警觉，话也不多。如果不是陈默逗她，就一直不声不响坐着。

她的忧郁也是有理由的。虽然和陈默夫妻团圆了，可两岁的孩子还在农村老家，她刚进学校做代课教师，压力也大，暂时还没有能力把孩子接过来。

那一阵子，我们两家经常聚，看得出陈默想方设法哄阿霞开心。我们一起爬大南山，逛蛇口海上世界，去大梅沙看海，凡是不要钱的公园景点，我们都逛了个遍。

阿霞和我熟悉起来，话也变多了，谈得最多的是她儿子，其次就是排揎老公和深圳，说陈默如何如何不顾家，说深圳语言如何不通、蔬菜如何如何老、天如何如何热、住处又多么多么吵。陈默有时听到老婆的指控大叫冤枉，他俩就开始斗嘴争辩起来。一边吵着，又一边遇到山坡坑洼又拉着上来，感觉就像一对撒娇吵闹的小朋友，一路卿卿我我。

如此幸福的一对夫妻，谁会想到后来会遭遇那样的变故。

"是我不好，我不该那个夜晚不在家。她打我三遍电话，我在外面应酬，没有听见……"很长一段时间，陈默祥林嫂一样，痛悔地重复这句话。

多年以后，陈默谈到前妻之事，已经很平静了，依然自责。"不该带她来深圳"。他说，晓霞其实是希望他留北京或者庐城，那样离她老家近一点。她不喜欢南方，南方的气候，南方的生活。深圳加剧了她的抑郁症。

那一段时间，我和老徐轮流抽时间陪他，陈默的老父亲也从农村赶来陪儿子。陈默瘦成人干，比高中念书那会儿还可怜。

4

两年后陈默再婚，新妻子小刘是他报社的一位朋友介绍的，小他八岁，圆圆的脸，圆圆的鼻头，额头圆润，相书上说这是旺夫的相。

也确实很旺夫，不久就给陈默再添一儿，在计划生育政策还没有放开之时，陈默拥有令人羡慕的一双儿女。

小刘对我和老徐也非常尊敬，亲热地叫"大哥"和"大姐"，比阿霞活泼许多。

我们后来聚得也不多，一来大家都忙，再一个，我也有了小媛。

小媛的到来并没有给我们这个家增添想象中的无穷欢乐，相反，却带来无数意想不到的麻烦和辛酸。

我们怎么也没想到，这个盼望已久才得到的像小天使一样美丽的小媛竟然是个脑瘫儿。

她不能像别的婴儿那样会爬、会站、会有力地蹬腿，抱在怀里软塌塌的，嘴角流着涎水。当我们得到医生的确切诊断，心都碎了。

有几年时间，我抱着小媛到处求医问药，从广州到上海到北京，做各种千奇百怪的矫正，运动疗法、物理疗法，还有神经电刺激疗法、水疗，看了无数专家，花了无数金钱。

我和老徐也因此吵了无数回架。我们互相怨怼，他责怪我怀孕的时候没有注意，着凉感冒，我说是他不健康，酒精中毒，最后发展到诅咒对方的基因。

他反对我乱投医，折腾孩子。我骂他没心没肺，不管孩子死活。

婆婆刚开始也在我们家帮带，她劝我们再要一个，像我们这样的情况，是可以生二胎的。老徐也有此意。我坚决不同意，关在屋子里，我歇斯底里地冲老徐叫道，"你休想，休想放弃小媛。你不要她，我可以带着她一起死……"

老徐被我的样子吓怕了。他从此不敢再提另要孩子。

婆婆也回了老家，她本来就觉得我是享了他儿子的福才能生活在深圳，才能住上一百多平方米的大房子，才能开上奔驰。没有生儿子也就罢了，还生了个有缺陷的孩子。"不孝有三无后为大"，要是在过去，早一纸休书将我休了。

老徐把更多的精力投入工作中。我知道，他只是想逃避我，逃避小媛，逃避这个家。在公司的联欢会上，或者其他什么可以带家属出席的宴会上，他从不带我和女儿。一个有缺陷的孩子，让他在外人面前抬不起头，而这个有缺陷的孩子是我生的，他是在怪罪于我。

老徐越来越忙，他所在公司规模越来越大，业务不断拓展，作为深圳的一家民营企业，在市场中艰难地杀出一条血路，殊不容易。商场如战场，员工们被灌以狼性文化，充满逆水行舟不进则退的危机意识。他们加班加点，公司大楼永远彻夜通明。当然，这也获得极大的回报，公司的业绩持续增高，市场占有额越来越大，也越来越受到国家重视，成为民企标杆。他们的工资比一般国企要高很多，员工可以按资历获得相应股份。老徐从开始搞研发，到跑销售，到最后做部门管理，也算是身经百战，为了签下一单合同，拿到一条线路，得到一个批文，老徐喝下的酒大约可以漂起一艘船。

代价是，三高有了两高，头发不到四十就全白了。他成了一名工作狂，机器人。他乐意这样，用事业的成功弥补家庭的不幸。

到了上学的年纪，我和老徐为了小媛的入学——进不进特殊教育学校又爆发了争吵。

老徐主张去特校，认为那是所专业学校，有一套成熟的应对特殊儿童的教育方法，"以生为本，育残成才"，教育、康复、就业训练一体化办学模式，而且全寄宿，也能把我们解放出来。

我不能听"残"这个字眼，不能接受我的小媛和那些智障的孩子在一起。我在机构给小媛测过智商，她刚好有七十，她不是弱智……

"你让她和普通正常的孩子在一起，她反而会受歧视，小孩子们是不讲道理的……"老徐说。

"不，我绝不会让小媛受别人欺负。"

我坚定地说。

老徐没有办法说服我。"好吧，那你负责吧！"他铁青着脸。

我轻蔑地笑道，"指望过你吗？你本来就不想负责，只想把小媛送走了事。"

"我是为你考虑，你看你这些年过得……"

是的，我过得不好，很不好，自从小媛出世后，我就没有安逸过，为了小媛，就连那份差强人意的工作也丢了。我没有自己的生活，不化妆、不交际，甚至连一场电影都没再看过。

小媛就读普通学校，我的确更忙，为了保证她的学习跟得上，我要每天把老师讲过的内容重讲一遍，一个字、一个字地辅导作业。为了小媛不受歧视，我请老师们吃饭，给他们送礼，跟班里孩子们说好话，甚至不惜多次去学校探班……有一回看见几个女生学小媛走路，夸张地用脚尖点地，曲着一条胳膊，然后爆发一阵大笑。我心如刀绞。老徐说得对，在正常孩子的学校，受歧视是不可避免的，即便老师关照得再好，孩子们还是不太懂事的，这也是个小小的动物世界，弱肉强食。

但我不后悔，小媛总体还是跟上的，她和那些普通的孩子并没有太大的差异，而且，她还被发掘出了绘画的天赋。

这得感谢陈默。他有次来我们家玩，看见小媛随手涂鸦的那些画，很是夸奖。他选了两幅，在报纸的儿童教育天地栏目发表出来。

"她色彩感好，又有不同于常人的想象力，你好好培养。这一点也许继承了你的天赋。"陈默对我说。

我把那天刊登小媛画作的报纸一下子买了许多，有些得意地对老徐说，"你看，没有错吧，我们小媛是有才能的。"

老徐瞟了一眼，不以为意道，"那是你同学帮忙，鼓励你，你还真当回事啊。"

我气结，这个人多么会泼冷水啊，这么多年，我付出那么多，他只会在一旁说风凉话，他一点看不到小媛的进步。他还算是父亲吗？

"陈默都说了，小媛画得好，有绘画才能。"

"你整天陈默、陈默，你赞赏他、羡慕他，你当初怎么不嫁给他……"

"你才羡慕他，不是吗？你羡慕他升官发财死老婆，你恨不得我死，好再找一个，替你生儿子……"气愤让我口不择言。

从热战到冷战，我们的感情在婚姻的坟墓里消失殆尽。

5

老徐后来的出轨也是意料中的。

对象是他属下，一个做财务的，离了婚的并不年轻的女人。我是无意中在他忘了关闭的 QQ 聊天记录里看到的。一些照片，一些肉麻的话。

我并没有太过震惊，只是心里一片哀凉。这些年，我和他的关系早已名存实亡，他在那女人那里获得安慰、崇拜，当然，还有性。

我提出离婚。

老徐死活不同意。他承认错误，承认对不起我和小媛，说他不想失去我，失去这个家，他说他并不爱那个女人，是那女人主动的。

我爆笑，"你是个男人吗？是男人怎么那么怂？既然敢做就要敢当，睡了人家，还说不爱人家……我宁愿你是爱上，那证明你还有爱的能力……"我笑得停不下来。

老徐握着我的肩，捏得死死的，那眼神恨不得杀了我。

我决定诉诸法律，请律师帮忙打离婚官司，那当儿，陈默早已离开法制报了，和人合伙开了律师事务所。

像老徐那样的，过错在先，判离婚应该净身出户。我有很大的把握。

陈默却坚决地阻止我，"就算老徐净身出户，你得了空洞的大房子，又能怎么样？你没有工作，年纪也不小了。"

我悲从中来，这是现实，这么多年，我为了这个家，早失去自我，如今却落下被弃的局面。

眼泪扑簌簌流下来。

我们在律所外面的一家小咖啡店。

"我有手有脚，总能找到事，不会饿死的，小媛也大了。"我哽咽地说。

"不要说气话。这些年我打过多少离婚官司，离婚总体来说，对女人比男人伤害大。而且，老徐，他不是不爱你……"

"不要说'爱'这个字眼。爱，早就消失了。况且，我也不爱他了。"是的。我可以确定这一点。

陈默看着我，说，"你不了解你自己，你先冷静，不要意气用事。你只看到自己这一边，你有没有替老徐想一想呢？你说你累，可是，你看上去依然年轻，而老徐，满头白发，像个老头，你把怨气都撒他身上，不和他交流，不给他温暖，你想想，他也是血肉之躯啊，你关心过他吗？有一次我看到他，裤子皱了吧唧，衬衫扣子还掉了一颗，以前他多潇洒，多帅……你要是把对小媛的四分之一的心，用在他身上，也不至于……"

我眼泪流得更多。

陈默说得也是，这些年，我怨恨着老徐，几乎不管他的任何事情，不给他熨烫衣服，没有特地为他煲过汤水，不问候他的冷暖，有时，他想和我出去吃顿饭，我也以要陪小媛拒绝了。

我和老徐到底没有离成婚。我承认，我内心其实是惧怕失婚的，想到要和老徐分开变成陌路，心就撕裂般地疼痛。我也注意过身边一些离异女人，她们大多过得不怎么好，明显地比别人自卑，也老得更快，而且性格也变得古怪。这个社会对失婚女人的眼光总不那么友好，我不想变成人们同情的对象。

老徐主动调离到公司里的另一个分部，属于决策研究方面的，没以前那么忙，回家也变得正常，不再动不动加班和没完没了地应酬，他也能拿出更多的时间和小媛交流。还把小媛的画纸打印成册，说，"将来给我们小媛出一本真正的画册。"

小媛其实是个很聪明的孩子，她比我们更怕家庭分裂。她现在黏着老徐的时间比我还多，这又令我感慨。现在每逢假期，老徐还会攒出年假，开车带我们出去旅游。

还有什么好说的呢？

这失而复得的亲情，尽管每每想起老徐的过错，想起他曾和另一个女人发生过那种关系，心里依然难以平复，但还是不得不承认，我们的婚姻经历了那些惊涛骇浪，终于进入了平稳的河床。

那个时候，我也给自己找到了事。

这里依然要感谢陈默的帮忙，他原来认识的一家文苑杂志，缺一个美编，就推荐了我。我重拾起绘画的爱好，既编也画。我给杂志配的插图受到好评，更多的报纸杂志来约稿。

我有了收入，更重要的是，我又找到了久违的快乐和自信。

老徐把一间空置的杂物间整理成画室，摆了一大一小的两幅画架。除了工作需要的漫画素描，我继续钻研最爱的水彩画，我画了许多风景，房屋、街渠、田野、森林、大海、帆船、花卉、水果、人物……

家里的墙壁上挂着我和小媛装裱起来的画。

陈默有一次过来玩，惊叹进了艺术长廊。他还要去了一幅我的画，那是我根据一张科大樱花林老照片画出来的。一条弯弯的水泥小径，两旁是盛大的樱花树，花开如织，地上也铺满吹落的樱花。我还在科大小屋居住的时候就画过，但总觉得没画好。如今，我增添了想象，带着不同往日的心境，调得色彩明艳，用白、粉、紫堆砌出春天最盛的景象，就像我们最美好的青春。陈默说这幅画令他想到往昔，有身临其境之感。不知那条樱花大道还在不在？希望有一天故地重游。

6

樱花大道还在，已经成了庐城人打卡的网红地。

我没想到在离开二十多年后，会重新来到这儿。

山水总相逢，来日皆可期。

这是陈默的临别赠言。

是的，我们大家谁也没有预料到，在绕了一大圈之后，又回到出发地。

那是某一天的下午，陈默打电话给我，劈面就问，"你知道老徐去哪儿了吗？"

我纳闷，"去哪儿？不是上班去了吗？"

"他已经停职很久了，你不知道吗？"

陈默的话吓我一跳。

如我前面所说，那个时候的我，沉浸在失而复得的平静幸福之中，每天工作，时而作画，老徐也总按时归家。他每个月都把工资汇到我的账户上。

"怎么会停职呢？你是说他不上班了？怎么可能？那他每天夹着公文包出门，到点回来，是去干什么了？"我大骇。

"他已经不工作两个月了，怕你担心，每天还是像上班的样子出门……"

陈默说，他起先也不知道，找老徐有事约见面，老徐吞吞吐吐，后来还是见了，在一家 COSTA 咖啡馆。老徐告诉陈默，因为一项投资项目的失败，导致公司的损失，他作为投资部的负责人必须引咎辞职。本来公司那会儿因为贸易战已处于艰难境地，高层震荡，部门要重新整顿调整，像他一样的老员工也有不少面临裁员、转岗……

我倒抽一口冷气，原来，我的丈夫，每天背着包出门，仅仅是一种假象。

而，他，竟然没有跟我——应该是最亲密的人说。

"不想让你担心，好几次话到口边，想和你说，可是看到你脸上满足的微笑，看到你在画室里专心地画画，就忍不住收了回去。"老徐垂着头，不敢看我。

我注视着他满头的白发，脸颊旁边浮现出暗褐色的老人斑和不再挺拔的脊背，走上去握住他的手。"你应该早告诉我的。"

老徐休息了一段时间，调养身体。这么多年，他埋头工作，每年的体检都没时间，总说自己身体很好。

陪他去做了全面检查，大的问题倒也没有，可是积累的毛病也不少，血脂血糖偏高、骨质疏松、脑部双侧基底节区缺血，最吓人的是冠状动脉钙化，他的动脉走向有点异形……如果不注意，发展下去最严重的后果是心脏骤停。

我脸徒然变色，老徐安慰道，"医生都会把严重后果陈述出来，实际上，这种概率是很小的。"

我很难过，也为这么多年对他的疏于关心而后悔，他的劳累，我视而不见，只想着自己的委屈，我为什么不盯着他早去检查？早做锻炼、早些预防……如果不是这次停职，他说不定会累倒在工作岗位。事实上，他们这个企业就发生过好几次"过劳死"事件。

"你要照顾好老徐啊。老伴老伴，老来做伴，你可别搞得老了没老头子陪。"陈默说话也挺吓唬人，想到他担心我老了，没人陪，又不禁哑然失笑。

在家休养的这段时间，有好几个猎头公司的人打来电话，没想到奔五的人，还有市场。不过，也都不是特别有吸引力的职位。深圳到底是年轻人的天下。老徐的黄金时间已经过去了。又觉得这世界蛮残酷，一个为企业发展拼过命的人，说撇下就撇下了。

我们又回到了庐城。

说实在的，在深圳奋斗了二十多年，离开自然有很大的不舍，深圳早已成为我们的第二故乡，而小媛，她是地地道道深圳出生长大的孩子。

老徐在做了各方面考量之后，还是选择了庐城。他科大的老友召唤他，一家研制、生产无人机的新公司正缺人手。

庐城这些年发展势头不错，政府也特别支持科技创新产业，在财务地皮等诸方面给予优惠政策。以老徐的资历和高级工程师职务，还可以帮助企业获得政府产业基金的支持。

那会儿小媛已经考取了广州的一所艺术学院，和我一样也是美术专业。她很刻苦，在学校里每天六点就起床跑步，如果不仔细看，真注意不到她的手臂还有点不自觉的弯曲。每次看到她发来的跑步视频，我觉得很自豪，我的小媛好样的，她是女阿甘。

好了，我不再担心什么了。

回去并不意味失败，何况，就算失败，又有什么呢？只要人好好的，只要我们还在一起。

庐城与我们念书那会儿变化很大，许多道路、许多建筑，我都不认识了。

当然，熟悉的地方也没有全部消失，比如科大，就还在那儿。

有时休息天，我和老徐来科大校园散步。看见一些年轻的孩子徜徉其间，不由想到当年的我们，宛若昨日重现。也看到斜阳下有相携散步的银发老人，我注意到一个有趣的现象，一些老年夫妻，他们的面容越看越相像，也许是多年的共同生活让他们面目趋同吧。

两个人变成一种相貌，岁月是如何促成的？

老徐说，"人家看我们是不是也越来越像？"

我呸道，"那你可占便宜了。"

老徐不甘示弱地反驳道，"不知谁占谁便宜呢。"在相貌上，老徐还是自信的。

我想起许多年前第一次见到俊逸脱俗的老徐。

哇，多少年过去了？

一年纸婚，五年木婚，十年锡婚，十五年水晶婚，二十年瓷婚，二十五年银婚……

我们都快银婚了。毫无疑问，将来还有金婚、钻石婚……

我挽着老徐的手，不由想起新近读过的一首辛波斯卡的诗。

金婚纪念日

他们一定有过不同之处，

水与火，相互远离，

在欲望中偷窃并赠予，

攻击彼此的差异。

紧紧抱住，那么久，

他们占用、剥夺彼此，

即使只有空气留在他们怀里，

透明，如闪电之后。

某一天，无须回答，他们就领会了彼此的问题。

某一夜，在黑暗中，他们透过

沉默的种类，猜测彼此的眼神。

性别消退、神秘溃散，

各种差异在雷同中遇见彼此。

一如所有的颜色在白色中变得一致。

这两人谁翻倍了，谁消失了？

谁以两种笑容微笑？

谁的声音形成了两种音质？

谁以两个脑袋点头，又是谁同意？

谁的手势将茶匙举向两人的唇边？

谁剥夺了另一个人的生命？

谁活着，谁也死去，

缠绕与某人的掌纹中？

他们凝视彼此的眼睛，逐渐成了孪生子。

熟稔是最完美的母亲——

不偏爱任何一个孩子，

几乎不能记住谁是谁。

在这个节日，他们的金婚纪念日。

他们一起看见，一只鸽子栖止于窗台。

我和老徐经过曾经租过房子的地方，那里旧房子已经不在了，幼儿园已消失了，变成一块平整的带有日晷的花坛。樱花树却保留了下来。

我想起在这里度过的时光，那间简陋的砖瓦小屋，也想到了陈默。

临离开深圳时，陈默为我们饯行。

他说，"我追随你们来深圳，你们倒好，把我丢下又回去了。"

他和老徐碰了碰酒杯，喝干了。又和我碰杯。

我们又照例回忆起高中时代，他还是很饶舌，忆苦思甜地说了一番，又感叹，这一拨老同学，能够一直在一起，距离那么近的，也就我了。

是啊，算起来，这么多年，一直也就这么个老同学在身边。我们也算一起共度过一生最美好、最动荡、最艰难的岁月，见证和陪伴过彼此。

熟人看不出变老。每次看到陈默，不管他担任报社主任、老总，还是大律师，都觉得他还是当年那青涩时期的少年。

岁月无痕。

有一年，我回老家，高中同学小范围聚会，我遇到多年未见的郑灿，她已经是弋江市财政局计划处处长。大家一看到我，就自然连带着问起陈默，因为只有我们俩在深圳。陈默告诉我，他回去也是，同学看到他，就会问起我。郑灿喝酒很爽，还是一副女中豪杰的样子，我不由向她说起陈默曾经对她的仰慕。她笑道，怎么会，别听他瞎说，他心目中的仙女是你，我们都知道的。他宿舍里室友还开他玩笑呢，不信你问他。

我当然不会问。陈默可从来没有吐露过。

有时我也奇怪，每当我遇到难题时，陈默总在身边。他无数次地帮助过我。

我不清楚陈默对我是怎么想的，他一直表现得像一个君子，如果他有想法，不是没有机会的，在科大我们单独在一起的时候，在老徐和我婚姻出问题的时候。

我仔细回想起来，确定他看我的目光，有时会有一种闪烁的深意。那是什么，我没有深究。因为仅仅是一刹那，便过去了。

事实上，他总是在挽救我的婚姻。

我很庆幸，我和陈默这样的一种关系，一直没有破坏，没有变质。在这么多年的岁月里，未尝没有遇过充满诱惑的险滩，所幸，我们避免了，也都平安地超越了。陈默也该非常庆幸吧。

人生有多种多样的情缘。像我和老徐这样是一种，刻骨的爱、恨、伤害、背叛，痛彻心扉，彼此深深嵌入，打断骨头连着筋。

和陈默之间未尝不是一种更好的缘。隔着距离，守望相助，彼此不亵渎，不越轨，一直让对方保存在优雅圣洁的光环里。每每想起来，温暖隽永，那一点点酸、一点点甜，就如他当初送我的野桃酒。

凤 凰 山 下

1

小时候我们四个人常常一起玩。我说的是我、梁玉凰、玉凰她姐梁玉凤，还有我小舅赵成华。我和玉凰同龄，玉凤和小舅同龄，他俩既是邻居又是同学。小舅成华只比我大四岁，私下里我们一起玩的时候，我从不喊他小舅。有一次，在外公家吃饭，我喊，"成华，给我盛一碗饭。"被我妈听见了，将我痛骂一顿，"没大没小。"成华小舅笑着得意扬扬朝我扮鬼脸。他平时并不介意我没大没小，只偶尔我惹到他了，才摆着一副舅舅的款儿居高临下教训我，"我是你舅……"

但小舅真没有小舅的样子，他上房揭瓦，下河捉虾，淘气得没边，妈妈家人都称他"发物头子"（方言，就是带头胡闹的那种人），也是从小缺乏管教的缘故。谁管他呢？我外公八个子女，不算夭折的一个，送人的一个，菠萝结蒂一大串，他要养活全家老小，整天没日没夜在外面干活，小孩子们顾不过来，全都散养。外公信奉老话"上等人自成人，中等人打骂成人，下等人打骂也不成人"，他心慈手软对孩子打不下手，但小舅太淘气了，是家中唯一的例外，没少挨打。不过，打也没用，小舅不长记性，照样闯祸。外公因而气愤地断定这个老幺儿将来就是个"下等人"。我妈说，小舅出世时很可怜，整天就睡在草席子上，头都睡扁了，也没人抱他起来玩一玩。那会儿妈妈已工作了，白天都不在家，其余的弟妹能干活的也都出去找活了，剩下几个小的，也指望不上。

草席子就是稻草做的床，床下面垫的也都是稻草。

我和小伙伴在家对门的菜市场晒的稻草堆上玩过，回来身上抓得满是红点。

婴儿要是尿了床，湿稻草可不好受。

"有什么办法，那时谁买得起棉花絮，想都别想。"妈妈说，稻草可是好东西，那时南门外人家大多住的都是草房子，用竹条捆扎稻草盖顶，切成草茎和泥糊墙，扎成草把引火做饭……每年外公都还要扛回来新稻草加盖房顶，不然屋子就会漏雨漏风。

"你现在看到外公家的新瓦屋也不过没多久的事，原先的草房子政府建血防站征去了，给了回补，在凤凰山脚下盖了这三间瓦屋。"

我很同情睡在草垫上的成华小舅。

"晚外婆呢？她也不管？"

"都已经疯了。"妈妈叹口气。

关于我妈家的故事，我听了无数遍了，百听不厌，一次次让她重复，她记错的地方，我还帮她修正，但我总搞不清楚，晚外婆到底是什么时候疯的，妈妈嘴里也常有差池。

每次来外公家，疯了的晚外婆（方言，母亲的继母）总让我莫名地好奇和畏惧。其实她不打人，看上去还斯文干净，瘦精精的高挑身材，面容像戏剧里的女旦，盘着乌油油的发髻（即便疯了，头发也梳得一丝不乱），穿着蓝竹布碎花斜襟褂子，端直地坐在八仙桌边，要么沉默不语，仿佛在思考什么艰深问题，要么碎碎念说出一句接一句毫无意义的词语，不管你怎么竖着耳朵使劲听，也捕捉不出一句意思完整的话来。她讲着讲着有时嘴角上扬笑起来，有时又皱起眉头，目露凶光——每逢这个时候，我就十分惧怕，怕她一下子发起疯了，打我，撵我走（我熟知妈妈姊妹几个与她的个人恩怨）。我揣测她是认识我的，知道我是谁的孩子。有时我似乎听到她口里吐出"槐子"（我妈小名）的字眼。这更加剧了我的恐惧。在我们春谷街上，时常会出现打人的武疯子，妈妈平时告诫我，走路遇到疯子，不要盯着看，躲远点。我却不能自己地盯着晚外婆，是我的目光被她感应了，她才会产生那样的反应？成华在场的话，见我畏惧，就会把晚外婆拉到厢房里去，他一点也不怕她。晚外婆被成华拉起的时候，不管前一秒有多凶，后一秒脸色就和缓下来，嘴角浮现出笑靥，乖乖听话地进里屋了。我怀疑，她其实并没有太疯。她知道谁是谁。

关于我外公家，若是我有能力非写一部大书不可。这里先一笔带过吧。我在外公家如鱼得水。当然陪我玩得最多的是小舅成华。小舅虽然自小就没人管，睡稻草席子，可怜得紧，但那是他没有行动能力的时候，等他可以走路了，就厉害起来，显示出了不同凡响的泼皮习性来，野得没边没际。什么都敢尝试，上房揭瓦，下河捞虾，无所不为，连人人惧怕的毒蛇也敢抓一抓。有一次他又犯了什么错，外公要打他，他一下子就猴到树上去了，外公拿着扫把站在下面，气得干瞪眼。还有一次，过年边上，他弄到了一个小爆竹，把它放玻璃瓶里点燃，结果"啪"的一声，玻璃瓶炸得粉碎，碎玻璃飞到他脸上，血流满面，至今眼角处还有一小块疤痕。他干下的危险事掰着脚趾头都数不过来。也正是如此，我很乐意跟他后面玩，太有趣，太刺激了。

外公家对我来说很有吸引力，成华小舅是原因之一。除此之外，玉凤、玉凰那对姐妹花，也是好玩伴。而我们也都是成华小舅的忠实跟班。

与外公家子女众多不同，玉凰家只有姊妹俩，她父母大概格外宝贝，或许也是图省事，干脆就拿家门口旁边的凤凰山来命名，一个叫"凤"，一个叫"凰"。据玉凰告诉我，她和姐姐玉凤之间应该有个男孩，由于生产意外，没有保住。在那个普遍多子女的年代，玉凰家这样的比较少见。也因此，养育负担少一些，梁家比周围的人日子要好过一点。不过，那时的普通人家好也好不到哪儿去，不外乎能多吃上一点点肉，衣服稍微新一点。也就这点点新，玉凰和玉凤的穿着打扮在凤凰山脚下那片穷人窝里，显得比较亮眼。

小孩子对美有一种天然的崇拜。在我眼里，玉凰也就罢了，姐姐玉凤实在太好看了，天生丹凤眼，真正这个"凤"字没白叫，五官清秀水灵，身材不见得有多高，还削肩，但挺拔神气，走起路来有一种弹性，显得轻盈活泼，招人喜爱，老天还偏心地给了她一副好嗓子，声音清脆动听，会无师自通地唱许多歌，不像我一开口就跑调。她唱歌的时候，成华小舅吹口哨伴奏——吹口哨是他一绝。这样的合奏是我和玉凰的艺术享受。

"喂，要是他俩好了，你可得管我叫舅母哦。"玉凰人小鬼大地对我说。

这个问题让我比较棘手，我自然很希望他俩好，但一想到玉凰要骑我头上，荣登为我长辈心里就很不服气，太吃亏了不是？

2

不要怪我和玉凰人小鬼大，操心起那俩人的婚姻问题。因为看的才子佳人戏太多了。过去的乡土社会，人们接受的文化教育不是来自课堂，而是民间戏剧。人情世故，伦理道德，戏文上都有，一代代传承下来。

我们之所以能看到那么多戏，也是得益于玉凤。她在十二岁还是十三岁的时候被选拔进了我们春谷县的戏剧团。

春谷戏剧团是我们县最有名的文艺单位，在老百姓眼里那可是高高在上的艺术殿堂，戏剧演员那会儿红极一时，就像今天的流量明星一样。大戏院坐落在我们县城的中心位置，一九四九年前那儿原是一座庙宇，名为仙姑庙，改建成大戏院，气象焕然一新。玉凤被选拔进剧团的时候"文革"已经结束，文化生活日渐丰富，传统春剧老戏又开始红火起来了，戏剧团发展壮大，要培养接班人，就从学校里选拔好苗子充实后备力量。玉凤被一眼相中，人美声甜，简直就是天生为唱戏而生。成华小舅其实也在选拔之列，忘了告诉你们了，我小舅成华浓眉大眼，鼻直口方，美男子是不消说的，不过他最大的遗憾是沙嗓子，变声期简直就像公鸭在叫。妈妈说，是小时候没人理，哭坏的。戏剧团选拔组非常可惜，有人提出，可以收进来培养演武戏。这个倒挺对胃口的，成华本来就爱舞枪耍棒。玉凤也积极巴望成华和她能一起进剧团，有个伴儿。但小舅去了两天，就死活不去了，他嫌那里规矩多，约束紧，而且，那种练功方式不是他喜欢的。他不愿吃那个苦，受那个罪，他是个野惯了的人。

玉凤只得一个人进了剧团。当然，她刚进去，还不能上台，整天就是练基本功，学习唱、念、做、打。我们一起玩的时候，她时不时耍给我们看，玉凤姐腰身真软，可以朝后不费事就弯成一个球，头和脚相连，单腿站立另一条腿可以直直地踢到额尖。我非常羡慕，跟后面学了不少动作。玉凤姐走路时，走着走着会不知不觉袅袅婷婷摆出舞台小旦的做派来。还成天价吊嗓子，"咿咿呀呀"地唱一些正在学习的戏文。

成华有时很烦玉凤戏痴那样唱个不停，"烦人得很，说话都不会好好说了"。有次我们去凤凰山里玩。山就在外公家旁边，我们抬脚就上去了。靠山吃山，妈妈说凤凰山是养育赵家的大恩人。小时候她经常带着弟妹上山砍茅柴，扳笋子，挖野菜。凤凰山是春谷城海拔最高处，登在山顶，可以一览全城风貌。凤凰山还是英雄的山，抗日战争和解放战争的炮火曾经纷飞在凤凰山头，新四军三支队司令部旧址就在春谷的中分村，凤凰山建有革命烈士陵园，八十年代陵园重新修建，竖了一块巨大的石碑，上面刻着许多革命英烈的名字，书写着春

153

谷光荣的革命历史。

对我来说，凤凰山是童年的大游乐园，每次来外公家，必去凤凰山报一下到。大山也是成华小舅施展拳脚的好地方，他能一口气冲上山顶，再一口气奔跑下来，不会摔跤，不打磕绊。我们模仿两军对垒，各人找坑凹，互扔泥巴子弹。当然我们也不是纯淘气，进山都带任务的，拾柴火，挖能吃的野菜，秋天打毛栗，补贴家用，那个年代小孩子都是要干活的。春天，凤凰山最美，漫山遍野盛开着映山红，我们采摘来一大捧，带回家，把所有的瓶瓶罐罐都插满，玉凤灵巧，还教我们用映山红涂指甲、嘴唇和脸蛋。

玉凤进了戏剧团之后，爬山次数少了，她变得忙碌起来。有个周末，终于有机会我们又一起进山了，那当儿正好是映山红开遍的春天。玉凤忍不住唱起来，"过了一山又一山，前面就是凤凰山，凤凰山上花开遍，可惜中间缺牡丹……"整个山野都回荡着她清脆的歌声，她一发不可收拾，一首接一首唱，把所学的春剧戏文都拿出来唱。好不容易进山一回，她不跟大家玩打仗，光顾着吊嗓子，成华决定捉弄一下。他告诉我们，凤凰山有个好去处，那里有个仙人洞，他找到了。凤凰山传奇很多，据说，凤凰曾栖息于此，化身为山，故而得名凤凰山。而那个神秘的仙人洞，也为人们津津乐道，传闻洞里可以看到一个人形塑像，是千年狐仙幻化而成的，幸运的人要是看到了，可幸运一生。我们一直在山里玩，从来也没这个幸运发现。听成华说得神乎其神，就跟着成华走，来到一处灌木掩映的深坑前，成华说，这就是仙人洞。"仙人在哪里呢？"玉凤不唱歌了，好奇地盯着坑问成华。成华说，"在那呢。"一边说一边猛地把玉凤朝下一推。玉凤当即吓哭了，其实在推的同时，成华就拉住她，只不过吓唬她一下。但这么一推显然吓得玉凤够呛，她哭得很厉害，我和玉凰都责备成华太过分了。成华头一次看见玉凤这么哭，不由也紧张起来，赔着笑脸拉着玉凤说对不起，玉凤甩开他的手，继续抽抽搭搭地哭。第二天听说玉凤病了，我怀疑是吓病的，我小时候受了惊吓，妈妈会在我睡觉的时候喊魂。成华大约很过意不去，他悄悄买了一瓶"雅霜"雪花膏让我送给玉凤赔不是。这倒令我意外，他竟然还知道"雅霜"，外公家的孩子们不管男还是女，清水洗脸，从不涂抹任何东西的。再一个，他哪儿弄得零花钱呢？外公家穷得叮当响，小孩子从没有零花钱的。他怎么攒下来的？这个问题他一直没告诉我。我送给玉凤的时候，玉凤已经好了，她笑着收了下来，说，这个牌子的香味好闻，她们剧团的许多女演员用。

这以后成华对玉凤不太敢造次了，不过，这不代表他对别人不敢。那会儿他已经上初中了。他所在的初中是我们县的第二中学，城关境内好一点的学生大多进了重点中学，就是春谷一中。二中在北郊，外公家在城南，他上学，要从最南头走到最北边，几乎贯穿整个小城的经线。那会儿县城也没有公交，这样的长途跋涉令他不开心，有时拖拉机"隆隆"驶过，他一个飞跃扑上去，扒在车后面跟上一截，再跳下来，十分胆大，这成为他上学途中发掘的乐趣之一。二中的师资和生源都不咋的，他和一些无心向学的孩子纠结一起，打架斗殴无事生非，有一次竟和物理老师打起来。他上课睡觉，物理老师用教鞭敲他头，他醒了一脸惊诧，物理老师发怒将他赶出教室外。他清醒过来，不愿意出去，就和老师拉扯起来，教室外面是个土坡，不知咋的，物理老师居然被成华推倒坡下，眼镜都跌碎了。这件事被学校通报批评记大过，小舅因此更不愿意来学校了，就此辍了学。

成华辍学，在我外公家也不算什么事儿。初二学历，算高的了。我妈妈只读了两年学，是在当时凤凰山脚下的圣公会学堂（后来改为县医院），她亲生母亲去世后，就失了学。对外公一家来说，能活下来，能解决温饱问题才是第一要务。外公说"认几个门面字"就够了。因此外公家的女孩子通常只上两年学，男孩子好一点，能上到小学毕业，我大舅成材，二舅成军都是这样。大舅成绩不错，初一读了半年，就休学回家跟一个篾匠师傅后面学手艺，当时学堂里的老师觉得可惜，来到家做思想工作。当老师一进家门，看见外公家一大串遢里遢遢的小孩便知难而退了。二舅小学时处于"文革"期间，毕业之后，也没继续念了，跟人后面学木匠。外公有句老话，饿不死手艺人。他让儿子们都学门手艺。

成华不念书了，游手好闲的日子也结束了，他不得不跟在我二姨夫，也就是他二姐夫后面当学徒。

3

我二姨夫是漆匠，也算是个有才的人，会雕刻公章，写得一手好毛笔字。原来在工艺社上班，改革开放后，突然吃香起来，凭手艺自找外快，源源不断地接活，名气渐大，春谷县大街小巷的许多门头招牌差不多都被他包下来了，连县政府的牌匾也是他所写，人称"大先生"。他油漆的家具人们更是交口称赞，花床、大橱、八仙桌，那些原色粗坯的家具，到他手里变得精美绝伦，闪闪发光。二姨家成为我们亲戚中最先富裕起来的人，盖了带楼层的新房子，二姨夫在庭院里养起了花鸟，楼上辟有一间专门写毛笔字的书房，长长的桌台，摆放着文房四宝，成捆的字纸，墨香四溢。成华小舅学手艺后，完成的第一件实验作品是我家的小床头柜，淡青色漆面，光洁发亮，妈妈和我都赞不绝口。但姨夫过来，看了一眼，撇撇嘴，很瞧不上，挑出了一堆毛病。

姨夫抽着烟斗，神情倨傲，鼻子里发出笑声，道，"你们哪里懂，凡事都一样，内行看门道，外行看热闹。"过去能当大师傅、大先生的大底都是骄傲的吧。成华学徒，照老规矩，行了叩拜礼，每天跟着矮墩墩却很骄傲的二姨夫后面提桶、拿料、观摩学习、打底子、刮石膏、刷面漆、磨砂皮……

这个过程大约也挺枯燥，尤其是二姨夫架子大，要求严，动辄训斥。成华小舅和我们在一起时，不免抱怨连连。自从玉凤学戏、成华当学徒后，我们在一起玩的时间减少许多，不过隔个一周半月的，我们总还是要一起聚一聚的。

"有啥好埋怨的，严师才能出高徒，你有我苦？我们老师说了，戏是苦虫，不打不成，我有时一站要站老半天，老师嫌腿站不直，还要打呢！老师告诉我，梅兰芳大师为了练眼功，每天天不亮就打扫鸽笼，放飞鸽子，训练眼神眼力。我们现在跟人后面学，将来，我一定要当角儿的，你呢，也一定会超过你姨夫，成为一个大漆匠。"

"我才不想当什么漆匠。"成华不屑地说。

"那你想做什么？"

"还没想好，反正，将来要让我姨夫看看我的厉害，别瞧不起人。"

玉凤抿嘴一笑。"好吧，那我等着哦。"

我小舅成华还没想好将来干什么大事的时候，玉凤却崭露头角了。她一开始登台表演，不过是跑跑龙套，饰演一晃而过的小丫头或混在人群里串场的小喽啰什么的。慢慢地戏份多了一些，有一两句台词和唱腔了，扮演出场次数稍微多一些的丫鬟或书童。

玉凤带我和玉凰参观过演员化妆间，里面琳琅满目挂着各种五彩道具行头和戏服。演员们化妆要化很久，看着他们一丝不苟地在脸上左一层右一层描摹涂抹，我不禁想起小舅成华的刷漆，二者真是异曲同工啊。

有新戏上演，玉凤就利用演员的便利条件，带我们走侧门演员通道，进场后等观众都来齐了，我们再找空位坐下，一般都是在楼座了，有时没座位就坐旁边过道上看。可是不管与舞台隔多远，我们都能一眼看到玉凤。戏台上的玉凤画着浓浓的油彩装，是古代丫头的扮相，或精灵古怪，或乖巧可人，每次看到她，我们都很激动，没想到和我们一起玩的小伙伴如此光彩夺目。就连并不太热衷戏剧的成华小舅也两眼放光。

玉凤第一次担纲女角二号是扮演《白蛇》里的小青，她其实是小青的 B 角，剧团每次排戏，重要角色都分有 AB 角，B 角通常是替补队员，人们都冲 A 角去的。那次扮演小青的 A 角突然生病，剧团急坏了，只得让还从来没有独当一面的玉凤上台接替。演员表名字都还没来得及改，大家捏一把汗，生怕观众喝倒彩，没想到玉凤大获成功。戏台上，小青妩媚出场，细柳般的身段，灵活顾盼的眼眸，既天真活泼，又娇俏动人，尤其是她一开口，清新柔美的唱腔，一下子惊艳全场，雷鸣般的掌声响彻戏院。

玉凤成功了。她被誉为春剧"水腔"最有前途的后继者。那一年，玉凤十八岁。

我们都为玉凤的成功高兴，唯有小舅成华有些闷闷不乐，因为成了名的玉凤后面多起了追求者。

原本成华是有些没心没肺的，我们四人一起玩的时候，也看不出他对玉凤有什么特别的情愫和表示。倒是玉凤戏演多了，开窍早，有时对着我那不解风情的小舅，显出忽儿害羞忽儿怨愤的神色来。有一回我们走在凤凰山里的小溪边，她唱起梁祝里的戏，"兄送贤弟到塘东，塘中照见好颜容，有缘千里来相会，无缘对面不相逢，你看水里两个影，一男一女笑盈盈"。唱完祝英台，然后又换成梁山伯口吻唱，"愚兄明明是个男子汉，你不该比来比去把我比女人"。唱到这儿的时候，她含嗔带笑地瞟了成华一眼，摇头叹道，"这男人可就是呆头鹅啊。"

是玉凤的追求者激发了成华的觉醒，他一觉醒可不得了，差点闹出人命。

那一天，他和玉凤的竞争者比赛。是剧团里一个演武生的小伙子，那人追玉凤追得特紧。玉凤被缠不过，直白地告诉他成华的存在，武生不服气，要比一比，看谁厉害。比的内容也非常符合武生和成华的特点，就地取材，看谁能在花溪河游得快，谁先游到对岸，谁获胜。

正是八月里，一个暑气熏蒸的大伏天。

玉凤提出游泳做比赛项目，心里是有数的，成华是水猴子，游泳本领高强。我和玉凰作为啦啦队员现场观看。

花溪河是我们春谷的护城河，贯穿小城东西，一直通到长江。城里的人吃喝用度，淘米、洗菜、洗涤衣服都在这儿，花溪河还盛产鱼、虾、河蚌，成华曾带着我们在这里捞鱼摸虾，没少玩耍过。他会水，无师自通，扎个猛子人不见踪影，经常吓得我们半死。他还曾游到深水处的坝上给我们摘过莲蓬。比赛游泳，对他来说正中下怀。

我见到那个武生，年纪和成华也差不多，长相比成华差远了。玉凤不会看上他的，但她还是公平起见，让他俩比一比。

骄阳悬照的晌午，花溪河还很安静，热辣辣的大太阳把人们都逼进了屋内。要到傍晚太阳落山，花溪河才会热闹起来，那时候洗衣服的妇女们会提着竹篮、水桶纷纷出现在河边的石头坞子上，棒槌声此起彼伏，渑暑的男人们则会领着孩子，带着当游泳圈的汽车轮胎下到水里来嬉耍一番。

玉凤选在人少的白天，是不想惊动大家。

游泳是那两人都会的，这很公平。

我们仨坐在岸边老垂柳树下，武生和成华开始比赛。

一声令下，那两人光着膀子"吱溜"一声，跃到水里，铆足了劲奋力游起来。没想到，这次成华还真遇着了对手。那武生游泳也是一把好手，俩人在水里齐头并进，甚至有一度武生还领先了一点。我捏一把汗，看见玉凤也坐不住了，她焦急地站起来。

还好，最后两个人同时到达。没有分出胜负怎么办呢？

成华提出比赛跳台决胜，所谓跳台就是站在大桥墩子上往下跳。武生说，那你先跳吧，他有点露怯。

成华于是站到了花溪河石墩桥桥沿上，光是看着他站上去，我都吓得两股颤颤，头发晕，蒙着眼不敢看。玉凤还没来得及阻止，成华伸展手臂，"扑"的一下，像个跳水运动员一样，跳了下去。

这次他吃了大亏，他落水的地方正好有个大石头，一下子砸在额角，我们听到"啊"的一声惨叫，花溪河的水立即红了。我们急哭了，大声喊救命，那个武生也吓傻了，反应过来后，赶紧下去将成华救上来。成华的额头缝了十二针。

付出了血的代价。玉凤和成华好上了。

4

那会儿我已经上初中了，和玉凰分到一个班。我们都进了春谷一中，玉凰因为有个出色的明星姐姐格外沾光，被指定为班级的文艺委员。外班的同学络绎不绝地跑到我班门口，伸头观看，寻找"名角儿玉凤的妹妹"。自然，我也感到与有荣焉。我俩的关系不同一般，玉凰为自己将要荣升为我的"小舅母"而得意非凡。她说，"到时候你就得这么喊我哦，不能失了礼数。"我反驳道，"你休想，你听我喊过成华小舅吗？"玉凰笑嘻嘻地说，"那我可不管，反正你得喊我，而且，不管你喊不喊，事实就是，哈哈哈哈……"她很开心。除了辈分上让我有点别扭之外，对成华小舅和玉凤相好我也是由衷高兴。玉凰每天向我汇报那俩人动态，成华如何护送女朋友上下班，俩人散了戏又如何一起不知跑哪儿去约会，她姐现在天天搞得很晚才回家；成华送了一张自己油漆的小板凳；玉凤给成华织了件马海毛毛衣……有一回，玉凰一脸兴奋，拿了张一寸的黑白小照过来偷偷给我看，我惊得差点没在自习课上发出声来——是成华和玉凤的合影，那俩人头亲密地挨在一起，脸上盛满了幸福的笑容，简直漂亮极了！大胆极了！那会儿，男女合影可不是随便的事，照相代表着一种仪式，要结婚的人才这么干的。玉凰说，姐姐洗了好几张，压在枕头下，她偷偷拿了一张出来。看来，她要当我小舅母是板上钉钉了。

然而，人算不如天算，玉凤终究没能如愿变成我的小舅母。

情节其实很老套，就是戏文里唱的"嫌贫爱富"，玉凰的父母不同意。其实玉凰家也不算多富裕，凤凰山脚下本来是穷人窝，有正当职业、条件好一点的大多住在城里，城南郊外多是小手工业者、菜农、打短工的萝帮（搬运工人）。玉凰爸是石子厂工人，妈妈在家做农活，收了菜拿去集市上兑卖，换点零碎钱。不过因为人口少，日子要好过点。而我外公家，生活条件显然更差。早先就我外公一个人工作，在三元饭店上班，要养活全家十口人，疯外婆啥也不能帮忙，还经常闹事添乱。我妈小时候冬天没有棉衣穿，只能用一团棉絮塞心口取暖，为了帮衬家里，不得不十四岁就开始上班，这还是外公好求歹求商服公司领导得来的。领导被吵不过，也着实同情外公一家，就说，"你闺女若有大饭桌子高，就过来吧。"这样我妈才进了人民饭店。我二姨不得不早早嫁人，就是我前面说的二姨夫，二姨夫虽然很有才，但相貌普通，五短身材，人家笑话他"矮子矮，一肚子拐"，我二姨嫁得委委屈屈。大舅初一失学，跟人后面学做篾匠，干了几年，恰好印刷厂招工才进去了。

在我小舅成华和玉凤恋爱时，外公家其实负担也小了不少，因为哥哥姐姐们都长大了，好几个均已成家。但玉凤家还是瞧不上，因为女儿成了角儿，挑选的余地大很多，凭他是谁，条件都比我小舅强很多。一个小漆匠，癞蛤蟆还想吃天鹅肉？一眼望去全是贫穷。

我三个舅舅找对象都很坎坷。大舅曾喜欢一个女孩子，也是因为同样原因，分了手，后来娶了比他还穷的大舅母。

二舅相亲反反复复，拖到二十七八才成婚，我妈妈为这个弟弟还贡献了一块自己好不容易攒钱买下的上海牌手表装门面。

他们都娶到了平凡的女子，可是，我小舅成华，他妄图追求明星，这意味着难度相当大。

外公和玉凤家是邻居，两家原先关系也还是不错的，都看着对方孩子长大，孩子们从小一起玩，互相帮衬，自然没得说。可是，当玉凤家发现苗头不对的时候，就开始变脸了。

有一天妈妈去外公家很晚才回来，惊慌失措，带来一个消息，说成华将他和玉凤的合照一刀剪断了，扔给了梁家，然后人跑不见了，全家人都在找，屋前屋后、街上、弄堂，还去山里找……到现在也没回来，妈妈急得一宿没睡，第二天一早又过去，还好，成华胡子拉碴地回家了，也不知那一晚他躲到了哪里。

"他好像一下子老了十岁。"妈妈伤心地说。

这对青梅竹马的朋友就此决裂了。

玉凤应该同时知道了这一消息，第二天上学，我们不约而同朝对方狠狠地瞪了一眼，至此，我们亲密无间的关系宣告结束，在班里我们再没有说一句话，直到我们毕业分开，各自上了高中，也再无交集，校园里偶尔撞见，我们都把头昂得高高的，仿佛对方无物一样。有时候，擦肩而过恨意涌上心头，我情不自禁地朝地上啐一口唾沫，她也立即"呸"一口，然后各自含恨而去。许多年以后，我和玉凤重逢，玉凤告诉我，成华小舅把撕碎的照片扔给她姐的时候，同时退还的还有她姐为他织的毛衣，玉凤哭了一宿，把毛衣和照片点火烧掉了，就像她唱的戏剧里"黛玉焚稿断痴情"一样。

5

玉凤和成华分手后，我去外公家次数减少了不少，主要是功课日紧，我不像小时候那样有那么多闲暇时间了。偶尔和妈妈周末或者节假日过去看外公，也很少能见着成华，他本来就是家里待不住的人。不过，即便不在家，成华也常常是家人口边最爱念叨的话题，他总令人操心，令人担惊受怕。

那会儿成华已不跟二姨夫学徒了。妈妈给我讲了一桩事，有一次，成华在姨夫家，大概饿极了，把橱柜里的一碗剩饭拌着猪油吃掉了，结果姨夫回来很不高兴，说成华好吃懒做没规矩，骂了一通。为这事，二姨和姨夫还吵了一架，说弟弟饿了，吃碗饭有什么。不知是不是这个原因，成华就此放弃了学漆手艺。但成华后来跟我说的时候并不因为这个，他只说，不喜欢干这行，而且，师傅教学徒总留一手，他笃定是超过不了二姨夫的。

不做学徒的成华也没个正经工作，东游西荡，和一帮社会青年纠结在一起。那会儿二姨在县委招待所当服务员，每次看到警察逮了一批小青年，抱着头蹲在那里，心里就直打鼓，生怕成华也在其中。

有一次还真险，有个新结识的大哥，邀请他去乡下某一个村子看戏，那会儿城里的戏剧团时不时送戏下乡。成华与玉凤闹掰了后再也没看过戏了。也不知玉凤是不是在那演戏，也不知成华是怎么想的，反正，他跟着那个大哥去了。谁料那大哥根本就不是为看戏而去的，村子里那天确实有戏，他恰恰是想乘着村子人都看戏去了，要做一票大的。他事先打听好了谁家有钱，选了灵活的成华做跟班。成华一看事已至此，想走也走不掉了，只得跟在那大哥后面，潜入人家。谁知那户人家养了条看家大黄狗，狗闻到生人气息，立即大声状叫起来，叫声惊动了看戏的村里人，大家从看戏的晒谷场四面八方地赶来，那位大哥和成华赶紧逃跑，村里人扛着扁担、锄头、铁锹包围过来。他们无路可逃，还是成华机灵，情急中看到旁边一个大水潭，当机立断拉着大哥跳了下去。两个人在水里躲了一夜，那是深秋，水寒刺骨，天蒙蒙亮时，追捕的声音终于消散了，俩人落水狗一样，抖落身上的水草，逃了出去。"要是逃不出去，一定会被活活打死的。"妈妈后怕地说。

这事大概给了成华小舅很大的刺激，开始考虑起以后的前途来。找不到固定的职业，没有钱，成华萌发了做生意的念头。那会儿国家开始鼓励个体经济了，芜湖出了个年广九，靠炒瓜子炒出了名，成了万元户。年广九是怀远人，随父亲讨饭逃到芜湖定居下来，其父经营水果摊为生，父亲死后，年广九继承父业，独撑门头。年广久做生意遵循其父"利轻业重，事在人和"的遗训。摆水果摊，允许顾客先尝后买，顾客满意的，就称几斤，不满意的，尝了不要钱。遇到难缠的顾客，买走了水果又跑来算"回头账"，说少给了秤，或少找了钱，年广久都不计较，爽快地补水果、找钱，让顾客满意而去。有时称水果够秤了还再拿一个给顾客。邻近摆摊的同行说他"傻"，但顾客满意，回头客很多。天长日久，大家不喊他名字，也不喊"小侉子"，而喊成了"小傻子"，"傻子瓜子"一跃成名。春谷距离芜湖不过短短四十公里，隶属芜湖管辖，榜样就在身边。成华萌生做生意念头，或许也有我外公的遗传基因起作用。外公以前也是一个小手工业者，开油炸铺，炸油条、麻花、酥饺，远近闻名，他跟年家一样，做生意实诚，油条麻花比别家大而酥，遇着老人孩子还给人家多点添头，被当时街坊誉为"油条大王"。他和我亲外婆每天天不亮就起床劳作，亲外婆后来得痨病去世，大概也是跟油烟熏的有关。一九五三年，社会主义改造，走合作化道路，外公进了饭店。虽然那会儿不准私营了，但外公手艺没有丢，尤其是吃惯了外公油条的人，不能没有外公。因而外公在上班之余也还偷偷卖些油条，有人专门过来兑买，再拿出偷偷去贩卖。民以食为天，嘴馋想吃，也没有一个去告发，正因为这样一边上班，一边起早贪黑卖油条，那一大家子才能活了下来。

成华做的第一笔生意不是卖油条，也不是卖瓜子，他卖的是扫帚。我不知成华怎么做起这个生意来，据说，有个江北人过来，看到江南的扫帚，很是惊叹，棕榈、高粱苗、芒草、芦苇秆都能变成扫帚材料，既美观精巧，扫起来又干净无尘。成华便和那江北人搭上了，在春谷批发扫帚，再将扫帚拿到淮北卖。

不过，成华的扫帚生意以失败而告终。扫帚利薄，路费成本都填不下来，而且，精细美观的扫帚在江北并没有太大的市场吸引力。

那一次，在淮北的一个小破旧宾馆里，他等着拿货的人把货款结算给他，迟迟等不到，人家跑得无影无踪，他身无分文，连宾馆费都凑不上来，最后不得不翻窗子逃走，一路吃尽苦头，拼车，当搬运工换船票，最后才狼狈不堪地回到了春谷。

162

虽然卖扫帚吃了亏，但成华做生意的心并没有气馁，他就此在这条路上走了下去。

6

八十年代末，我高中毕业，考上了大学。那年七月，高考结束，春谷县还首次搞了招工考试，我也报名参加了。那会儿考大学如千军万马过独木桥，家人的意思两手准备。结果我被双双录取，妈妈和外公很想游说我直接进厂当工人，工厂也是"铁饭碗"，进去就能拿工资，大学还得供养四年，一反一复不值当。外公一家穷惯了，目光未免短视。好在爸爸鼎力支持我念书，他甚至说哪怕这次大学没考上，补习一年也得读。我爸是母系家族的少数派，外公挑女婿，一看相貌（二姨夫例外），二看手艺（二姨夫这点合格）。他们说，"百无一用是书生"，指的就是我爸种。而我妈之所以挑中我爸，倒不是多么高瞻远瞩，热爱文化，只不过是自己在婚姻问题上挑来挑去，耽搁了年龄，二妹都结婚生娃了，她还没嫁出去，不得已将就了。爸爸家也穷，农村出身，在村子里旁听过几年同族有钱人家办的私塾，后来随解放军出了大山，在南下干部要员身边当差，又被组织培养，送去了炮兵学院学习。他这样的履历如果会攀爬的话，早就青云直上，那可能也就没有我了。南下干部去省里时想带他走，爸惦记着农村的家，没有跟去。我爸是典型的书呆子，上不会巴结领导，下不会和群众打成一片，性格孤僻耿介。爸退伍后离开政府，在矿山工作一段时间，后来去了供销社，业余爱好看书看报，偶尔有一两个清客上门，谈古论今。我妈嫌我爸不懂俗务，一吵嘴，就扯旧账，说悔不该不听老头子话，找个"没用的书呆子"，连带着媒人也倒霉挨骂。有一次吵的时候，成华小舅也在场，就帮腔我爸说，"大姐，现在知识吃香呢。"还私下跟我笑道，"搁现在，你爸不一定会挑中你妈哦。"成华小舅和爸爸一样，对我能去读大学最为开怀。

他的犒赏是带我旅游，去了一趟南京。一起去的还有我小舅母郑永红和我弟弟。是的，这个时候成华小舅已经结婚了，他比玉凤结婚还早。成华小舅帅气，讨姑娘喜欢，那个时候的女孩子不像今天看你有没钱，有没有地位，只要长得好，好相处，就行。是郑永红黏上成华的。与玉凤分手后，成华一度怏怏不乐意志消沉，原本邻居低头不见抬头见，玉凤家似乎怕他们死灰复燃，竟然

163

向单位申请，调换了房屋，搬走了。物是人非，成华心中的郁闷可以想见。好在，空窗期也没持续太久，立即有好几个女孩子前去安慰，有一个外地郎溪姑娘不知在什么场合认识了成华，经常登门拜访，那个伶牙俐齿的漂亮姑娘我也有印象。但郎溪姑娘被老家人带回去了。郑永红凭着锲而不舍的劲头终于成功地成了我的小舅母。我们去南京玩的时候，她已经怀有四个月的身孕了。

说心里话，我是有点遗憾的，郑永红无论相貌还是才华上都比玉凤差远了。面团样的大脸盘，兜圆的厚下巴，不高的身材，背还有点驼，也不知成华看中她哪一点。不过外公和妈妈似乎都没意见，他们一个劲地夸永红舅母好，人好，性格好，面相也是旺夫相，比那尖下巴狐狸精样的玉凤好多了，而且屁股大，能生养。估计他们是希望成华小舅尽快成个家，早点安生下来。郑永红倒是和小舅门当户对，打铁匠家的闺女，人喊"小六子"，他们家清一色的闺女，郑永红排行老六，父亲早也去世，两家谁也不嫌弃谁。

我们在南京逛了中山陵、明孝陵、玄武湖，在秦淮河乘游船，新街口吃盐水鸭，傍晚时分，沿着长江大桥散步，看落日船影。那是我第一次到大城市，外面的世界向我展示出绚丽夺目的诱人光芒来。我切切实实感受到了永红舅母的好，她有孕在身，却一路亲亲热热地照顾大家，把我和弟弟衬托得就像公主和王子，对成华也好，眼里总充满着热辣辣的爱意。唯一觉得好笑的是，她太能吃了，每一顿，都吃得比我们多，不管点多少都吃得完，我们吃不下的她全包了。回来说给妈妈听，妈妈瞪我一眼，"怀孕的人自然能吃，供俩人营养呢，而且人家那是爱惜粮食，扔了多浪费，你们不知好歹。"

在南京我们住了一晚，我和舅母住一间，弟弟和小舅住一间。那会儿弟弟快升高二了，也是学霸一枚，物理成绩尤其突出。成华那当儿做生意有点起色了，不然也没钱带我们去南京玩，曾经厌学的他如今表示出对知识的高度渴求，不惜放下舅舅的架子，谦虚地向外甥求教，还借了不少物理教材拿回去研读，想当年，他就是因为和物理老师起冲突才休了学，真是此一时彼一时啊。

成华小舅的发家正是从五金电器生意起步的。

一开始成华小舅在城外租了个小小店面，卖些油、盐、酱、醋、香烟、洋火、桂花糖，因为经常去芜湖进货，慢慢熟了路子，转向当时市场需求较大的五金电器行。他自学了不少这方面知识，记性又好，越来越懂行。也是天时地利，恰好那当儿，我妈妈所在的人民饭店空出一块铺面准备招租，成华瞅准了时机，怂恿我妈妈把这块店面承包下来。

这里容我插口回溯一下饭店的有关事体。

前面说了，我妈妈十四岁就进了人民饭店，这个饭店和我外公曾经所在的三元饭店都是春谷商业公司下属国营单位。妈妈说，这一辈子享了老父亲的福，全家就她一个人是国营单位，后来的弟弟妹妹们不是工厂，就是大集体。以前那个年代，虽没有多大的贫富分化，但职业差异也还是有的，国营单位的人腰杆子都直一些。

对于外公一家，饭店实在太重要了，和生死存亡有关。外公因为手艺精到，红案、白案都在行，为人精干又厚道，威信颇高，当过白案组组长，要不是子女众多，家庭拖累，他会更进一步。为补贴家用，外公不得不依靠着饭店赚点外快，比如，饭店里的鸡、鸭、鹅要褪毛打镶，尤其是鸭毛很不好钳，就得请小工，论只算加工费。外公近水楼台先得月，就发动子女包下来，成华小舅也没少钳过鹅毛、鸭毛。小时候，玉凤、玉凰和我们踢毽子的漂亮鸡毛也有不少来自他。

妈妈女承父业也进了饭店，一人吃饱，全家有靠。人民饭店市口好，生意相当不错，我小时候印象很深，每天一到饭点，里面人满为患，诱人的菜香溢出店门飘向大街，路过的人都会忍不住使劲嗅两下，饭店吸引了众多叫花子过来。大木桶盛满白米饭，服务员从楼上提到楼下，菜肴一盘一盘地端来送去，洗碗的时候，用过的碟盘堆得像小山，饭店里养了两头膘肥体壮的大黑猪，在水槽边的杂碎处吃得"哼哼"不已。

因为妈妈在饭店上班，我和弟弟的肤色不像我许多同学那样营养不良。小时候，肉类等荤菜不是普通人家能经常吃到的，妈妈饭店一个星期给职工分次红烧肉，每个人都拿只大搪瓷缸排队去盛菜。妈妈舍不得自己吃，总带回家，给我们吃。

有一件往事妈妈提起来就很伤心。那会儿她还小，才十七岁，亲妈已经去世几年了。那一年闹饥荒，春谷饿死了不少人。她亲外婆没得吃，饿狠了，就去妈妈饭店讨要一点剩菜剩饭。妈妈嫌外婆来要吃的丢脸，总没好脸色，飞快地把菜橛子倒给她，打发她赶紧离开。有一天，外婆又从南门外的家里蹒跚地走出来，准备讨点吃的，还没到饭店，看见花溪河大桥边的一家副食品店围了许多人，原来是在卖油炸的麻雀子，大家都已多日不沾荤腥了，看见有麻雀子卖，一窝蜂地拼命朝里挤，外婆也不由凑上去，她年老体弱，一下子就被推推搡搡的人群撞倒，跌断了腿。断了腿的外婆没有钱治，饭都吃不上，哪还有钱治呢。断了腿的曾外婆在床上躺了两个月，贫病交加饿死了。死的时候是夏天，曾外婆身子底下一堆蛆虫。没有棺材，还是她女婿也就是我外公在外面捡来两块木板当垫盖，送去下葬埋了。

这段悲惨历史妈妈一讲起来就内疚不已，她后悔给外婆剩菜的时候没有好脸色。

吃不饱的岁月当然一去不复返了。妈妈的人民饭店在七八十年代迎来辉煌时期，生意兴隆得要命。

不过风水轮流转，八十年代末，个体私营经济逐步兴盛，春谷大街上，私人饭店、发廊、商店如雨后春笋一样兴起来了，人民饭店反倒日渐萧条。为了维持下去，饭店开始把一部分铺面拿来出租，以期获得一些进项。也就在这时，我小舅成华嗅出商机。他承包了一间门面，每月上交租金，还按合同，替饭店发我妈的工资。

这是一个双赢的合作，当然更大的赢家是成华小舅。第一地理位置好，在小城中心地带；第二挂靠国营单位，人们信得过。他拓展进货渠道，除了芜湖，还直接下到个体经济最发达的温州，建立了畅通的供货链，他精明又守信，首先要求产品质量第一，其次是价格，那些供应商不敢拿假冒伪劣产品糊弄他，小舅生意口碑好，卖得好，回款也快，他是温州家庭作坊主最喜爱的客户之一。

就这样，小舅的生意坐上了"直升机"。我妈成了弟弟的雇工，帮他照看店面，拿一份比饭店更多一点的工钱。

7

上了大学之后，我回家次数就有限了，毕业后留在城市，后来又去中央戏剧学院进修。然后结婚生子，最后在深圳定居下来。我弟也考上了一所著名的理工大学，毕业后在上海一所高校任教，成家立业，著书立说不在话下。妈妈后来便从我舅小店退了出来，先是帮我带娃，后帮我弟带娃。成华小舅的雇工和店主变成了他另外的姐姐们，他的生意越做越大，在春谷又先后开了好几家分店，连带着我的那些姨们都发了财。

妈妈有时酸溜溜地说，到底隔了肚皮，成华小舅对他一母所生的亲姐姐们更好。

我很少见到成华小舅了。过年回老家，若大年初一恰巧在家的话，才可以碰到。成华小舅每年大年初一雷打不动给大姐登门拜年。

我并不是每年春节都能回家，也并不是恰好大年初一都在家，因而每次看见成华小舅，都像久别重逢，要感慨一番。我看见岁月如何在一个人身上留下痕迹，那个英俊调皮的、只比我大几岁的成华小舅变老了、胖了，头发少了、白了……他有时也惊诧地问起我的年纪，恍然若梦，时间过得有多快。

我不再直呼其名，恭敬地喊他小舅舅。他会高兴地给我包上压岁钱。他在很小的时候就给我包压岁钱的，哪怕那会儿他根本挣不到什么钱，也要拿出舅舅的款儿来，排出一毛一毛的崭新角票，行使做舅舅的权力和义务。直至我四十岁了，他还给我包压岁钱。这是我在所有长辈那里从未有的待遇。至今，他也一直都包。

成华小舅已经成为春谷有名的企业家，除了经营五金电器，他扩大了经营范围，前些年政府鼓励商业投资，他在春谷下面的一个乡镇买了数亩田地，开办工厂，生产的竹篾产品远销海外。春谷盛产毛竹，竹篾编制也是传统工艺，我大舅小时候就学过这手艺。小舅在多年的商海里抓住了商机，他承包竹林，组织乡里人编织，既带动了就业，又推动了传统工艺。春谷的竹篾制品闻名起来，甚至远销海外。小舅成为春谷纳税大户，还光荣地当选上县政协委员。

每一次小舅来我妈家拜年总是和永红舅母一道，我的小表弟和许多年轻人一样，对拜年这一套不买账，尽管他从小在我家待的时候也多，小舅一忙起来，儿子就丢我家里。永红舅母一点不显老，甚至比年轻时更好看一些，主要是穿戴都洋气许多，珠圆玉润的。我想起以前外公和妈妈说的话，果然是个旺夫的女人啊。偶尔，我脑子里一闪而过，想起玉凤，不由一声叹息。玉凤没这个福气错过了我小舅，而我小舅若真和玉凤好了，会有今天的成就吗？都是难说的事。

在我小舅逐步发达的日子里，名角儿玉凤却开始走下坡路了，不是她唱得不好，演得不好，事实上，她的表演炉火纯青，声誉日隆，是春剧团最具号召力的台柱子，被誉为"江南春剧水腔传承第一人"，闻名遐迩。但世易时移，戏剧风光时代过去了。电影、录像、大众传媒取代了古老的戏剧。曾经风光一时人满为患的大剧院就此落寞。春剧团倒了，职工们作鸟兽散，纷纷自找门路谋生，我这才知道，原来那风光无两的春剧团只是个大集体单位。

我没有再见过玉凤，只听过一些传闻，她比小舅结婚晚，嫁了剧团的一个男角儿，婚后俩人经常吵架，离了，有个女儿，后来再婚，嫁了供电局的一个职工。

我和玉凰也多年没有联系。直到九年前我们才见到一面，是在我外公的葬礼上。

我外公活到了九十，也算高寿。在南门外那条街上，能活到外公这个岁数的凤毛麟角。那会儿南门外改造很大，凤凰山脚下大面积拆迁，外公是最后一个搬走的。他在那里住惯了，靠着凤凰山，一辈子没有离开过。

外公家曾是我儿时的乐园，也是我们爬山的歇脚点，连第四代的重孙辈也晓得爬凤凰山必定去找老太公报个到。他就像是大山的守门人。

推土机一路铲过来，终于到了山脚下。拆迁队不断来做工作，又动员儿女们来做工作，最后还是政协委员小舅说服了他。

拆迁不多久，外公就瘫了，腰骨头坏死。这么大年纪，也不能动手术了。小舅将他接回自家大房子里住，但外公一生性格刚强勤劳，不愿意麻烦别人。彼时，我那个疯了的晚外婆也早离开了人世。晚年的疯外婆瘫痪在床，外公一手一脚照料伺候疯妻子。外公是个忠义的人，守了疯妻子一辈子。听妈妈说，早年间，邻县有个新开的精神病院，晚外婆闹得最厉害的时候，外公打算把她送过去。病号服都换了，登了记。医院过道上穿梭着几个神情麻木的病人，不远处传来杀猪般的号叫声，几个男医生架着一个男病人往治疗室拖。外公准备离去时，疯妻子突然捶打着铁栏杆，号哭起来。外公已经走出医院，走了很远，又转身回去了。见到医生正绑着哭闹的妻子在给她打针。他们见外公来了，说，"想不到你老婆力气那么大，我们几个人都摁不住她。"外公推开医生，搀起疯妻子，说，"好吧，我们回家去。"丢下目瞪口呆的医生，带着妻子扬长而去。这以后晚外婆安静多了，不吵不闹，只一人自言自语，忽儿蹙眉，忽儿微笑。晚外婆瘫了以后，成华小舅要雇人照顾，外公不让。他不习惯使唤人。

现在他自己也瘫了，又不肯住小舅家，就在旁边租了个小房间，小舅只好给他雇保姆，好在子女众多，大家每天轮班去看望他。勤快了一辈子的外公，躺在床上，让人服侍，脾气自然不好，先后骂跑了数十个保姆。

我总疑心，他是换了陌生的地儿才这样的，记忆中的外公是慈祥的，洪亮爽朗的笑声像烙印一样刻在心头。

在他去世前的一个月，小舅推着轮椅，带他去南门的大澡堂洗澡理发，特意观光了旧址。"老爷子像首长那样，一路走一路跟大家挥手示意。"小舅笑道。

老街坊们都惊奇，这老人还在啊！南门外没有人比他活得更长，快一个世纪了。

他挥手的姿势很像告别。

一个月之后，外公葬到了凤凰山上，又回到他曾经熟悉的地方。

灵堂摆了三天，吊唁的人很多。

那年我恰好探亲在家。是八月，我带儿子回来过暑假。那会儿小舅已将外公接回了自己家。在他走的前一天，我仿佛有感应似的，和妈妈去了小舅家。外公缩成儿童身躯，床头上堆着一堆铆钉、起子、小锄头，这些是他的玩具，就像小孩子一样，一定要放床头，清醒的时候他就惦记着干活，说不然没饭吃了。

每次回春谷，我一般都要探望外公的，听外公讲讲古，他爱忆苦思甜，说少时家贫，如何掰笋子一路走走停停居然一直行到了九华山，如何跟大厨师张麻子后面学手艺，如何躲避了国民党抓壮丁，坎坎坷坷，一辈子就困在"穷"字上头，勤做苦扒。

当我最后一眼看到萎缩在那里的外公，禁不住潸然泪下。他弥留之际还担心着日子过不下来，没有饭吃。我凑在外公耳朵边大声说道，"外公您已经不穷了，您看，国家都这么强盛了，您儿子孙子也都出息了，再也不愁吃喝了。"外公面部抽动了一下，仿佛听进去了。

小舅给外公打很贵的球蛋白针，辞退了保姆，和永红舅母亲自照料。由于长期卧床屁股生了褥疮，小舅和永红舅母给他翻身、换药、剪指甲、修面。曾经最调皮最让外公操心的小舅付出了最多。

春谷民间有句古话，"六月生，七月死。"七月是鬼月。阎王爷要收一批下世的人。外公走的那天是农历七月初一。

灵堂就设在殡仪馆。吊唁来了很多人，亲眷晚辈，络绎不绝，社会各界的花圈花篮摆满了四周，一直蔓延到馆外。

我就是在那里见到玉凰的。

分别多年没想到是在这样的场合重逢，她说，"老伯伯走一定要来送的。"我们彼此打量，那一瞬间，往事鲜活起来，千言万语涌上心头，却又一句话也说不出了。日子过得可真快啊。玉凰高中毕业进了他父亲的工厂，工厂后来和水泥厂合并改制，她买断了工龄，开起了棋牌室，丈夫也是一个厂的，从厂里出来后跑出租车，一直在春谷。而这些年我们竟然从没有遇见过。咫尺天涯，天涯咫尺。许多人都是这样，人生就是这样，你以为可以再见的人也许永不再见。她父母也早去世了。玉凰帮姐姐玉凤也送了花圈，解释说，"玉凤身体欠佳，不然也是要来的。"我想多问点玉凤的消息，玉凰似乎不愿多提，只含糊带过，说剧团散了后，县里领导关照，进了政府属下的一个单位，但没有编制，在里面就是收发报纸，打打杂，后面分来一拨一拨的大学生，她就提前退休了，身体不是很好，动了一次宫颈手术。

吊唁的场合人来人往，我们也没办法多聊，加上心情难受，虽说外公是高寿，老喜丧，但作为亲人，眼看着肉身化为灰烬，泪水就不能自已。

焚化场馆的电子显示屏，原先"空炉"两个字换成了残酷的"工作"，我不得不扶着跺脚痛哭的妈妈。小舅将骨灰盒捧出来，紧紧地贴在怀里。

他应该看到玉凰了，朝她点点头，没有说话。那天人太多了。

我和玉凰互相留了电话。

8

一转眼就进入了微信时代。

在深圳我已经待了二十年，先后在社科院和某区文化研究中心工作，我的工作自然与文化有关。大学我读的是中文系，后来又去中央戏剧学院进修戏剧史专业。在北京时，我经常去国家大剧院、长安大戏院及一些小剧场观看演出，也时不时参与一些实验剧编剧。我先生也是搞艺术策划的，在深圳和人合作，成立了一家文化公司，专门做一些策展。早先我们刚来深圳落脚的时候，朋友们都笑我们往文化沙漠里跑。先生说，那是对深圳的误解和偏见，一个经济发达的地方，一个思想自由的地方，文化一定是多元的，人们对精神的需求一定是迫切的，文化一定能发扬光大。这些年，也确实，我们看到深圳文化事业越来越红火，阅读量全国第一，各类文化讲座、艺术展览风生水起，如同家常便饭，在深圳，只要你愿意，每周甚至每天都有各类文化活动可参与。文化大咖们频繁地现身深圳。先生说，文化是一个地方的软实力。他感叹，现在有许多失传的民间艺术是需要抢救的，民族复兴，离不开优秀传统文化的传承和发扬。他提到了我们当地的春剧。那会儿，我也正好在做传统戏剧如何对接现代化发展的项目研究，不由心里一动。想起小时候我们春剧团的火爆情形，想起玉凤柔美婉转又活泼的唱腔，感慨万分，萌生了一个念头，想让春剧重新发扬光大起来，让更多的人能听到、看到、传唱。当然，这也只是想想而已。家乡在日新月异的城市化进程中，越来越向大城市看齐，连锁超市、商城、影视城都纷纷建起，却唯独没有看戏的地方。小时候由仙姑庙改造成的大剧院依然还在那个位置，保存下来的只是门头上三个掉了色的烫金大字"大戏院"，里面变成了卖衣服和兰州拉面等杂七杂八的商铺。我一个"外来人"也只能是想想而已，根本没有办法来实现这一宏愿。

但这个念头起来了就再也放不下了。

无聊的时候我经常看玉凰的抖音。我们早互加了微信，玉凰是玩抖音达人，一天要拍好多条，达到抖音所允许的最高日拍摄量。我先生对抖音有点不待见，说"娱乐至死"，这种东西风靡毫无疑问会带来思考力的下降。"可是，人民有娱乐的权利啊，人家能做到喜闻乐见就是厉害，你不能不顺应潮流。"我反驳他。我也明白了为什么人们那么爱拍抖音了，抖音具备天然美颜功能，把人拍得皮光柔滑，美轮美奂，抖音里的玉凰比我上次亲眼见到的又年轻又漂亮。难怪人说，现如今不美颜就仿佛裸体出街了。抖音，顾名思义离不开音乐，轻松的小视频，配上喜闻乐见的流行音乐歌曲，自拍者只要对对口型，跟着做做动作就行了，仿佛那些动听的歌曲是自己唱出来的。抖音里还有各种匪夷所思的可爱道具。玉凰乐此不疲。她说，她周围的人都爱拍，并且还建议我也去申请个抖音号。我关注玉凰的抖音，其实也等于间接关注了玉凤。玉凰有时转来玉凤的小视频，抖音里的歌声全是玉凤自己的原音，她唱的一律是春剧。这是我听过的最独特的抖音，全是原唱。太好听了！我赞不绝口。

玉凰告诉我，玉凤死脑筋，就爱这个，爱了一辈子，过时的东西还紧抱着不放，早早晚晚地唱，也不在意有没有人听，就跟痴子一样。又告诉我说，春剧正在申请非物质文化遗产，县里找到她姐和一拨老春剧人，打算组建老艺术团呢，所以，玉凤仿佛得了劲，比过去更加勤快地念唱腔了。

我说，什么时候回春谷想见一见她。

玉凰说好啊，好啊，就怕你叶公好龙，光说不动。

我真的见到了。那是一次偶然的也是必然的相遇。

这一年的十月末，我出差去上海。儿子在上海读大学了，我看望了儿子，又和弟弟一家吃了饭。行程结束，顺道回了一趟春谷，因为时间短，我没有惊动老同学。虽然每次在深圳和家乡的老同学沟通，都信誓旦旦要回来一起聚聚，但真回来了，又近乡情怯，不敢、不便、不愿打扰到别人了。玉凰说得对，我确实有点社恐倾向的。

一个人去街上溜达。从城东到城南，沿着河畔水泥栈道，上了花溪桥，花溪桥不再是小时候那样的石墩桥了，曾经我那莽撞的小舅为了爱情，站在桥墩上往下跳，砸破了脑袋，获得了芳心。现在的花溪桥宽阔平整，引桥的一根柱子上端镶嵌着一座洋气的欧式大圆钟，花溪河水安安静静地在下面流淌，河两岸修筑了高高的堤坝。这条母亲河，春谷人爱也是她，怨也是她。早些年梅雨季节，春谷不是旱就是涝，记忆中的一次洪水发生在我上初中，长江进入汛期，从五月持续到六月连绵不断的淫雨，花溪河水漫金山，城里的柏油马路全都被水淹了，住在河边的人家搬到高处临时安置点。那时候春谷人一到梅雨季节总担惊受怕，特别是两岸人家，随时做好搬迁准备。妈妈说，我没见过的一九五四年大水更可怕。数得着的还有一九九一年、一九九八年……自从修筑了长长堤坝，小城的灌水系统改造完善之后，春谷就再也没有发过大水了。河堤两岸种着成排的垂柳，如烟似雾。以前两岸老旧的长满青苔的平房都消失了，取而代之的是一栋栋高楼。站在花溪河桥栏上眺望，小城美如诗画。春谷其实并不大，县志记载，古时，小城四周砖砌城墙周长也不过二公里。那时有一首民谣：春谷县、春谷县，老爷大堂打板子，四门都听见。如今，春谷已经成为长江边一颗玲珑靓丽的明珠。桥下的南门大街，是宽广平整的一级公路，而在我的童年，那还是麻石条配着青石板的路面。我和成华小舅还有玉凤、玉凰经常唱着儿歌，"青石板，板石青，里面住着小妖精"。狭窄的青石板路面，通行的大多是如今早已绝迹的板车、独轮车，街道边的打铁铺、篾店、花圈店、糖坊、油坊、面坊变成光鲜敞亮的商场、酒楼、茶馆、电子营业厅，充满着现代城市味。也就短短几十年的工夫，一切都改变了模样，如此魔幻，仿佛经历了前世和今生，经历了几个时代。我一路走走停停，追古惜今，不知不觉中就走到了凤凰山。这是我儿时走了无数遍、梦里走了无数遍的大山。

172

凤凰山脚下，自然也大变样了。规划有序的社区，拓宽的马路，新建的时尚建筑。"穷人窝"著称的南门外，如今靓丽一新。山下道路两旁的老梧桐树，是依稀熟悉的景色，它们静静伫立在那里，好像有一千年一万年，记忆的隧道循此而打开。

秋高气爽。一入山里，草木沁人心脾的芳香扑鼻而来。是下午时分，有零零散散的人在山里游逛。凤凰山跟小时候相比，似乎小了很多，过山的道路拓宽修成了水泥路，道路逶迤一直通往山后，过去要去后山，得翻山越岭、披荆斩棘。革命烈士纪念碑也重新修缮了，高高地耸立在前山的最高处，纪念馆设在半山腰，苍松翠柏，树木葱茏。从最高处朝下看，春谷尽收眼底，那些拔地而起具有徽派特色的新高楼，那蜿蜒流动像绸缎一样明亮清澈的花溪河，还有那条绿树环绕的供人徒步的长达几公里的休闲绿道，清晰可见，"山水相间，绿延名城"，整个春谷像一幅铁画，恢宏壮观。

山下的路绕着山体，一路盘桓，四周野花遍地，金黄色的小菊花像一朵朵耀眼的小太阳。路边有一片小树林，年份应该不是很久，新栽种的，我隐约听见有人在里面唱春剧，不由循声而去。这声音犹如天籁，我怀疑自己在做梦，在这少人的山林里，怎么可能有人在唱春剧。

可是，真的，是在唱，不仅在唱，还在表演，一个人莲步轻移，婀娜婉转，夹着一段念白，"您那边喝酒，我去更衣，去去就来。"边走边手势，一转身试泪偷哭。这个人是在表演《霸王别姬》里的虞姬唱段。

我看呆了，没错，此人正是玉凤。

她完全沉浸在戏中，没有注意到我。

是我不小心步子急切惊动了她，她从戏中惊醒，立即收起动作，羞赧起来，再抬眼，发现是我，惊呼了一声。

9

和几十年前相比，面前的玉凤身材几乎没有太大的变化，还是那么线条优美，面容却不复青春，笑的时候眼角的鱼尾纹像风吹皱的湖水。我小小地在心里叹息了一下，但很快，过去熟悉的感觉又回来了，她的美并没有动摇。穿着白色绸缎练功服的玉凤，烫染过的有点发枯的头发高高地盘在头顶。风一吹，宽松的绸缎服鼓荡起来，细伶伶的身姿有一种出尘的动人味道。

我们为巧遇惊喜不已。"难怪这两天眼皮老跳，原来是贵人到。"玉凤笑道，她家就住山下的栖霞小区，是去年才搬过来的，原来在北门住了许多年，还是喜欢南门外凤凰山这边。离山近，抬脚就到了，山里空气好，人少，她经常过来吊嗓子。偶尔会去参加县里组织的一些老艺术家公益演出、票友会，大多数情况就在山里自娱自乐。

玉凤请我去她家坐一坐，喝杯茶。

我说，"就在凤凰山吧，这里多好，草木芬芳，蝉鸣鸟叫的，再能听到你的春剧，简直是上天的恩赐。"

玉凤说，"那你不嫌弃，我就再唱几段给你听听。"

我坐在一块大石头上，玉凤走到树林中央，抖一抖袖子，清了清嗓子，开始唱起来：

> 彩蝶啊双双久徘徊
>
> 千古传颂生生的爱
>
> 梁山伯永恋祝英台
>
> 同窗共读整三载
>
> 促膝并肩两无猜
>
> 十八相送情切切
>
> 谁知一别在楼台

山风徐来，滔滔岁月在玉凤且歌且舞中飞逝而过。她唱得如泣如诉，我听得如痴如醉。

"玉凤姐，你唱得真好，应该让更多人听到。"

"过时了，人们不听的，不听也没关系，我就唱给自己听，唱给凤凰山听。"玉凤好看的嘴角略带嘲讽地朝上扬起。

"不，美好的东西一定会有更多的人听见的。"我坚定地说。

在我们分别之后的又一个金秋，我再次回到春谷，参加新剧院的落成典礼。

新剧院其实是由老剧院改造而成的。在这里不得不提到我的小舅，他是剧院改造的赞助商。春谷其实早就有光复计划，文化立县，打造传统品牌，大戏院改造被提上议事日程。身为政协委员的小舅，也恰有此意，想回馈社会，那些年，他捐资助学，积极投身公益项目，也做了不少事情。当我提及春剧推广和玉凤心愿时，他其实早已经开始行动了。除了新剧院的改造，还出资赞助戏剧学社的创办，培养新春剧人。玉凤担任学社的社长，并且她答应了将在适当的时候来深圳，参加我先生的一次文化策展，以便让更多的人了解春剧、热爱春剧。

那天晚上，新剧落成之后的首场试演。

楼上楼下坐满了观众。天鹅绒幕布徐徐拉开，随着琴、鼓声急管繁弦响起，玉凤凤冠霞帔仿若驾着五彩祥云，款款出场，她唱的是水腔《贵妃醉酒》一段：

海岛冰轮初转腾，玉兔玉兔早东升

冰轮离海岛，乾坤分外明

皓月当空，恰便似嫦娥离月宫

奴似嫦娥离月宫，好似嫦娥下九重

清清冷冷广寒宫

玉石桥斜倚把栏杆靠，鸳鸯来戏水

金色鲤鱼在水面朝

长空雁，雁儿飞

这景色撩人欲醉，不觉来到百花亭

通宵酒，捧金樽

……

玉凤声音婉转风流，姿态风情万种，美不胜收，台上的她就是贵妃，贵妃就是她。她醉了，我们也醉了。

雷鸣般的掌声响彻剧院。

我、成华小舅、玉凰，我们坐在观众席当中，欣赏着我们童年的伙伴如臻化镜的表演，不由泪花闪烁。

邻 居

1

洪旗是我们老邻居，和我姐是小学同学。小时候，我们住一个大院里。在我们春谷，描述方位很简单，东、南、西、北四个方向，住哪个方位，就在哪个方向后面加上一个"门"字，直截了当。我家住在西门。从城中心，沿着两旁栽种了法国梧桐的柏油马路一直朝西走，拐进右手边一条不宽不窄的胡同巷子，走进去，就是了。

我家住的这排宿舍，共有六户人家。房子背后是一片开阔的菜地，一条圩埂将菜地围住，与大院区隔开来。我家在这排房屋的头一户，与右手边的那栋平房中间隔一条通道，通道通往后面的圩埂。过道旁有一口水井，对着我家小房间窗户。这口井是我们大院的生命泉，吃喝全靠它。井周围的青石板磨得发光发亮，可以当洗衣板用了，有妇女在上面捶打衣服，井水漂洗，格外干净。四面有漏水槽，长着墨色青苔。根据季节旱涝不同，水位时有变化，梅雨天，井水涨得高，弯弯腰，似乎伸手可触；碰上干旱，提桶的竹篙子都不够长，得用很长的粗麻绳系着，放下去。并不怎么好弄，我试过多次，水桶扔下去，打不着一点水。洪旗就很老练，将水桶倒扣下去，在底下一拉一拽，一下子就满了。他这人灵巧，凡我们做不了的活，他一定可以解决。

洪旗家住大院另一头，最东侧，老房子，地势比我们略低，门前有两株老树，一株是槐树，还有一株记不得名了，那树的叶子有时被我们用来比赛拉锯，看谁的茎韧劲大。我们小时候，什么都可以拿来当玩具玩。泥巴、石头子、小野花、狗尾巴草、木头片、瓦块……槐树春天开白花，可以吃，洗净拌上面粉，在锅里隔水蒸熟，清甜喷香。洪旗妈妈做过。因为这两棵树的遮挡，洪旗家总是很阴凉，夏天白昼长，树下石墩上时常歇着一两个打盹的纳凉老头，像老僧入定。我们这排房和他家之间有一个小出口，通往池塘。这池塘的重要性不亚于那口水井，淘米、洗衣服、洗菜都在那里。池塘朝后延伸就是圩埂另一侧，朝前延伸通到我们县最大的护城河。就这样，池塘、圩埂、大马路将我们大院围起来，形成一个独立的空间。住在里面的，我们称之为邻居，在这以外的就不算了。冬天池塘水面会结冰。有一年，冰结得厚，洪旗带头走了上去，姐姐紧随其后，他俩让我待着别动。待他们回到岸边，我拿着鸡毛毽子走上去，说了一句"看我"，毽子刚踢起来，冰裂了，我一脚踩进窟窿。姐惊慌失措大喊救命，洪旗跨过来一把将我拖出，我们仨衣服都湿了。好在大人们都不在家，洪旗烧了木炭，我们围着火炉烘烤衣服，好半天我都惊魂未定，姐姐也吓得不浅，一个劲地发抖，好像掉下窟窿的是她。事情还是被妈妈发现了，她一边替我换衣服，一边训诫姐姐，洪旗过来道歉，说"阿姨，是我不好，是我带她们走冰面的，你不要打她了。"妈妈气消了点，还反过来夸洪旗，"这孩子倒诚实。"那年我五岁，姐八岁，洪旗也八岁。

我是四岁那年搬到大院的。在没见到洪旗之前，我已久仰其名。不知他耳朵会不会发烫，姐每碎碎念说起这个同学，像说起"神"，如何如何绝顶聪明、口算心算一流、背书过目不忘、字写得漂亮像钢板印的……我心中充满崇敬。没想到有幸和这位神做了邻居，神长得是这个样子：眼睛小小，皮肤黑黑，个头不很高，嘴角带着一丝和蔼的微笑。这就是神的样子，我想象不出会有不是这个样子的神。

我姐羡慕洪旗，他所拥有的技能是我姐欠缺的。我到现在都还记得姐因学习闹出的笑话，一年级学写拼音字母，她总画不圆那个"O"字，急得又哭又发脾气，让我妈单位的阿姨叔叔笑得够呛。姐长得甜，大眼睛，看上去水灵，学习却不怎么开窍。她因而特别佩服洪旗的脑袋瓜子。

有一天，姐心血来潮，带还是学龄前儿童的我去她班里玩，找了个小凳子，让我坐她旁边。老师进到教室，班长喊"起立"，我跟着站起来。多了个小人儿，老师见怪不怪，也没赶我走——那时学校怪开明的。混迹学生中，我既忐忑又兴奋，由衷觉得学生的身份很了不起。洪旗坐在斜对面。几乎每科老师都喜欢叫他回答问题。他还下位发作业本，是班上的小领导。

下课了，同学们踢毽子，跳橡皮筋，玩石子棋，我怯怯地站一边看着，同学们表现得很友爱，拉我一起玩。那时候，小学生也分男女界限。我看见洪旗和一帮男孩子玩枪战游戏，是泥巴做的枪，他虽然个头不高，却是个发号施令的指挥，看着神气得很。

不过，这位大神在我姐面前却俯首帖耳。我姐头生女，比较娇惯，大家凡事让她，洪旗和我也不例外。不过，我们院里另一个男孩李勇，就没洪旗这么谦让，他们仨都同龄。李勇挨着我家隔壁，比洪旗家还近，但我姐就是和他玩不到一起。有一回，我姐去洪旗家，路过李勇家门口，李勇正和别人一起在门口玩沙城堡，一捧沙子故意撒到我姐头上，我姐一边揉眼睛，一边大骂李勇"坏蛋坏蛋"。李勇回骂我姐"好哭佬"，我姐再回骂他"鼻涕灌子"（李勇经常拖着两条小青龙一样的鼻涕），骂仗升级，李勇恼羞成怒，张牙舞爪地挥起了拳头，没等到他拳头落下来，我姐飞起一脚踢过去。幸亏路过的大人拉架，才避免了一场打斗。李勇妈妈从屋子里出来，矜持地将儿子唤回去。李勇妈妈是老师，爸爸是供销社经理，他们家在大院里蛮有身份。李勇在他妈妈的学校念书，和我们不同校，他还有一个弟弟一个妹妹，小妹妹李彤和我同岁，也在她妈妈学校念书。关系好的时候，我和李彤会一起扮家家，但只要姐姐一和他哥闹翻，我们哪怕玩得好好的，也要立即分开，各自为政了。

洪旗从不会和我们吵，他一方面让着我们，一方面也很聪明，让我们心服口服。

小孩子关系和睦，大人之间关系也就好，妈妈包了饺子会分给邻里品尝，尤其会给洪旗多一点。洪旗父母不大和邻人交际，却与我家和睦，大约也是孩子起了黏合剂作用吧。

洪旗到我家来玩，拿来一碗她妈油炸好的蚕豆，先不吃，跟我们做游戏，把豆子分两堆，一堆给我姐，一堆给我，自己只留一粒作本，我们仨比赛输赢。结果，我们姐妹俩的豆子全被赢走了，豆子都成了他的。我沮丧极了，这时他又把豆子重新分给我们，大家一起享用。把吃的东西变成玩具也是洪旗常干的事，他花样很多。

我们大院里小孩子多。一到假期，大人们上班，院子就是孩子的天下。大大小小，按年龄梯队玩。大一点约着出去捡煤渣，捡玻璃，捡西瓜籽，可以拿到废旧品收购站卖些钱，小一点的，去田埂里挖野菜、捉蜻蜓、扑蝴蝶。我们小时候没上过幼儿园，可是，院子里活动丰富，除了各种游戏，经常还有大孩子扮演老师教小一点的孩子认字。我姐虽然学习不太好，却热衷于当老师。一块小黑板，一支粉笔头，一根教鞭，老师学生演得都很认真。尤其那根教鞭，很令人胆寒。洪旗从不和我姐抢老师的角色，他甘当下手，协助处理教学管理工作，那根武威的教鞭就是他弄来的。我姐当老师当得逼真，功劳就在那根教鞭。

2

洪旗上面还有一个哥哥两个姐姐，他在家排行老四，小名"小四子"，不过他不让我们叫，仿佛那有损他的尊严。洪旗家人有个共同的标识，都是眯眯眼。别看眼不大，视力却好得很。有一回，我和姐姐去他家，跟洪旗的两个姐姐一起缝麻袋，那是他妈找来的散活，缝一个麻袋一毛钱，弄来了一大捆，洪旗姐姐让我们也分享赚钱的机会。我们一人一个小凳子，坐在他家阴暗的小房间里，埋头缝补，像个小小的手工作坊。洪旗两个姐姐身边缝好的麻袋越来越多，她们飞针走线，动作娴熟得不得了。不像我姐，老半天才缝好一条，针脚还不匀，这大概令她想起一年级写拼音画不圆那个"O"的经历了，急得汗都冒出来了。我则更笨，一个麻袋差不多盖住了我大半个身子，四条边缝过来，就像转一圈地球。洪旗都比我们快，他本来对女红没什么兴趣，但看我们都在缝补，也只好加入。唯独洪旗大哥不和我们玩。在这个劳动之家，洪旗大哥有点另类，他有着一头浓密小卷发，卷发也是他们家的特产，在烫发兴起的时候，洪旗姐姐的自来卷不知令多少小姐妹羡慕，但她们总是把头发绷得直直的扎起来，不让人看出卷来，洪旗头发剃得很短，卷发几乎不显。只有他哥，头发任其翻卷，这让他看起来很有文艺气息。他确实也算个文艺青年，喜欢画画，房间里贴了不少画作。他有一帮和他差不多志趣的朋友，常在一起高谈阔论。那会儿他已经高中毕业了，大学差几分没考上，因为英语成绩特别好，被一家学校聘去做代课教师。学校比较远，他时常住在那里。

有个礼拜天，我们正玩着一种吹竹叶的游戏，把竹叶打个卷，可以发出哨音。他哥从外面回来，见我们玩得起劲，顺手拿起一片竹叶，搁嘴边一放，吹出一串美妙的曲子来。我和姐看呆了。他笑着说，"不用叶子，直接用手都可以吹呢。"果然，他两个手指捏起来，吹出了动听的音乐。炫完了技他就回到自己的房间，不出来了。把我们傻傻地丢在门外。

"哎哟，吹口哨，小油子才爱那样哩。"李彤表情很不屑。她悄悄地凑近我耳朵神秘兮兮地说，"洪旗哥哥很'那个'，画了许多女模特。""那个"是只能意会不可言传的近乎不光彩的词。

"你怎么知道？"

"他学校一个美术老师说的，美术老师是我家亲戚。"

"你亲戚不画女模特？"

"他不画，他画国画。"李彤正色地说。

国画比模特高级吗？我不解。

李彤小小年纪，虽然那口气听来叫人莫名不大舒服，可又觉得她说得理直气壮。

洪旗爸坐过好些年牢，直到"文革"结束才平了反。难怪他们家总有一股谨慎气质，除了他大哥，每个人都很谦卑。

洪旗妈妈没有正式工作，家里有一台缝纫机，闲余给人裁剪衣服，补贴家用。洪旗两个姐姐那么会缝麻袋，也是耳濡目染的缘故。我去洪旗家玩，最喜欢看洪旗妈妈上缝纫机，脚踏在踏板上，上头的线竖着带下来，裁剪好的衣服整齐地合拢，机子将它压得平整。裁衣间的案板上放着量衣尺、长剪刀、画线笔，一摞摞布料，地上散落着许多裁剩下来的边角料。洪旗大姐二姐不少衣服就是用边角料拼凑而成的。有人说洪旗妈妈坏话，说人家来找她做衣服，她故意多报点尺寸，好匀出一些来。不过，在我印象里，洪旗妈妈是很热心大方的人，对我们姐妹不错，我和姐头上扎辫子的蝴蝶结就常是她用边角料给做的。用边角料做蝴蝶结是我那爱美的姐姐的主意，洪旗、大姐、二姐都想不到。

有一回暑假，骄阳似火，我们照例去洪旗家玩，他爸上班未回，哥哥姐姐也都不在家，屋外两棵槐树罩得格外阴凉，蝉隐在枝头一声接一声地嘶叫着。洪旗一个人坐在堂前看《三侠五义》。

"伯母不在家？"我姐问。

"去梅花山敲石子了。"

"你姐她们也去了？"

"嗯。都去了。"

"你怎么没去？"

洪旗摸摸后脑勺，没话可说。她妈经常带着两个姐姐打零工，让他这个老幺儿在家守门。他们家男孩子学习比较好，女孩子差一些，大姐没考上高中，二姐勉强上了我们学校的第二中学，成绩也不好。洪旗会学习，家里寄希望于他。

"我扎头的红绸子搞丢了，想找伯母再要块碎绸子。"我姐说。

"你自己去里面找找看吧。"洪旗大方做主道。

于是，我和姐一起进了洪旗妈妈的小缝纫间，案板上堆着不少碎料，我姐一看到花布，就像进了宝山，两眼发光。她相中了一块白底紫花绸子，一大块，够做几条细绸子了。她想用这整块绸缎做一条手帕大的头巾，手抚摸着绸缎，觉得有点贪心，迟迟开不了口。

"伯母不在家，这绸子也裁不了呀。"

"我替你裁。"洪旗自告奋勇。

"你也会？"

"这有什么难的。"

我姐将信将疑。

"这块绸缎这么大，裁下来挺可惜，不如做条手帕，你看可照？"（照，方言，行的意思）洪旗的建议正中我姐下怀。

不规则的绸料被他小心翼翼地剪齐成一块方帕，然后坐在缝纫机上，把白色线头穿进针鼻子里，脚踏上踏板。手帕做成了。

我姐当即就把两根麻花辫子拆散，束成一条，绑上紫花绸，一下子显得好洋气浪漫。洪旗像个功臣一样，兴致勃勃地看着我姐把紫绸子系在头上，小眼睛闪闪发亮。

外面传来一声巨响，放炮的声音，是从南门外梅花山那边传来的。我们春谷山多，开石矿是一项产业，石头堆起来，敲碎，再运往水泥厂、建筑厂地。每天傍晚都会有这响声。估计伯母她们也快回来了。我们心满意足地离开了屋子。

3

我后来常想，我姐怎么没和洪旗好上呢？他们算是青梅竹马了，在我小时

181

候的记忆里，几乎所有关于姐姐的画面都伴有洪旗。

有一年夏天——童年总是有漫长无尽的夏天——洪旗来我家玩，我们仨铺了块凉席在地上打扑克牌。窗帘拉着显得阴凉，知了在窗外有一声没一声地嘶鸣，让人昏昏欲睡，我们打的是"抽乌龟"——不用动脑的那种，那俩人心不在焉，机械地出着牌。中途我出去上厕所，那时家里是没有卫生间的，平常晚上解手用痰盂。我们的公厕建在圩埂上，肥料正好供给蔬菜队，年终，蔬菜队答谢大家，还会给大院每家每户奖励一些蔬菜。如厕完毕，回到家，从明亮的太阳光里，一走进幽暗的房间，眼睛似乎都有点切换不过来，那俩人看见我一头闯进来，好像有点慌张，身体迅速警醒分开，原本似乎挨在一起了。我那时尽管还小，对男女交往却也并非一点感觉没有。李彤人小鬼大地告诉我，洪旗大姐开始和人谈恋爱了，还传得异乎寻常，说她被男的一碰就晕过去了。我很惊骇，长大了的男女接触会这么危险？看到姐姐和洪旗分开的一刹那，我颇有些狐疑和担心。然后继续打牌，他俩就像什么事也没发生。也许，的确真的什么也没发生，那不过是长夏欲睡，不小心靠一起打瞌睡罢了。

现在想来，所谓的青梅竹马能成一对儿太少了，大多是文学作品里虚构想象的。实际生活中远远不是，因为彼此都太过熟悉，穿开裆裤、流鼻涕的样子都见过，缺乏神秘感，反而不利爱情滋生。那种东西大抵是需要神秘感、新鲜感才会来"电"的吧？

我们和洪旗做了八年邻居，然后我家搬到东门。也就是那一年洪旗家发生了大变故——他大哥被抓了，犯的是流氓罪。

消息传来，全家都炸了，我打了好几个冷摆子，想起李彤曾经说过的话。她难道有先见之明？

听说是聚众淫乱，把女人脱光了衣服画裸体画。

那年我们春谷县空气紧张，抓了不少犯罪团伙，妈妈同事的一个儿子也被抓，犯了轮奸罪，主犯判死刑，其余也都是十年以上有期徒刑。

一时人心惶惶，许多人家都担心自己处于青春期躁动的孩子不慎卷入，战战兢兢，惶恐不可终日。那会儿的确风气不怎么好，偷窃扒拉、游手好闲、耍流氓、调戏妇女、打群架的太多了。

洪旗大哥坐了多少年牢我也并不知晓，以后也没再见到过他。

那会儿我姐和洪旗都已上高中了。搬了家，又发生了那样大的变故，我们

182

见面概率大大减少。

虽然大家都同一所中学，姐姐和洪旗还同一个年级，但已经不同班了，洪旗学习好，进的是尖子班。我姐能考上高中用我妈的话来说就已属封王拜相了，预考都岌岌可危。多亏最后一些天洪旗牺牲了不少时间突击帮她补习，押中了一些题。姐跟我说洪旗简直神了，比老师都会猜题。

刚搬家之初，洪旗来我们新家参观，老邻居相见分外欢喜，我们希望洪旗家最好也能搬过来，大家继续做邻居。我们家房子前面正在打地基，要盖新的宿舍楼。洪旗说，他家下一批就搬，新宿舍会比我们这个还要好。

但是，一年后新宿舍楼落成，洪旗家并没有搬过来，他家发生了那样的大事，估计不好意思再过来做邻居吧。

偶尔，我在学校见到他，总是一个人，个头小小的，没增高多少，眯着眼，神态平静，却有些老成了，见到我，笑一笑，点点头，就过去了。

姐姐也顾不上谈老邻居了，她再不像小时候那样，"洪旗洪旗"总挂在口边了。

上了高中的姐姐很快就谈起了恋爱，男孩子是洪旗班的体育委员，某天一只足球踢到了正和几个女孩一起看球的我姐，他慌忙过来赔礼道歉，我姐眼神迷离，不仅没嗔怪，反倒像被丘比特神箭射中，从此芳心大乱。我见过那男孩，个头很高，皮肤颜色如秋天成熟的小麦，眼大鼻挺，举止老练。我妲着了魔一样，整天魂不守舍。

中学不准早恋，当然，这种事从古至今也屡禁不止，只不过有的孩子瞒天过海，保密工作做得好。比如我一对同学，他们谈了三年地下恋爱，我傻乎乎一无所知。而我姐，她可没那么好的遮掩功夫，很快就成了公开的秘密。那会儿，李彤和我们也在一所中学了，就是她最先指给我看那男孩的，男孩挺标致。可是，我不能想象，这么个人将来某一天会成为我姐夫。成为我们家的人必须是我很熟的。班主任来我家家访，提请他们务必看管好我姐。男孩在尖子班，他们班主任给姐姐班主任施加压力，让我姐别影响人前程。妈妈将我姐痛打一顿，这十分少见，她一直偏心姐姐。我姐因而很愤懑，她再也无法借口去学校上晚自习和那男孩约会了。晚上，我们在家做作业，我俩在一个房间写字，一人一张小写字桌，她一做作业就容易打瞌睡，趴桌上，睡姿不当，哈喇子流了一本子。有次趁她睡着，我偷看了她压在书本上的一封信，是那男孩写来的。

那男孩说，他们的感情是真挚的，不会屈从外界，大凡伟大的爱情都必然历经磨难。虽然班主任和父母也对他严加看管，可是，没有人能阻止他们的爱。他希望俩人一起好好学习，争取考上大学，一起走出去，远走高飞，到那时就没人能反对得了。信笺落款时，还写了"吻你"这俩字。这两个字吓着我了，觉得她一下子变得陌生肮脏，不由又憎又嫌。洪旗大哥被抓的阴影还在呢，我恐怖到一身冷汗。

没来由的，我突然想起洪旗。他一定也是知道的，不知他怎么看。这么一想，我忽然又有些惆怅。

高考结束，姐姐毫无悬念落榜，让我最意外的是洪旗居然也落榜了，从小到大他都是学霸的。他离分数线差三分。而姐的男朋友倒如愿考上了一所中专税务学校。

那时候考上大学包括中专的都属凤毛麟角，落榜生很多，学校办复读班，一个班多达一百多号人，有的孩子年年补习，终于熬出头，这在文科班尤其占多数。千军万马过独木桥，绝大多数学生最后也都放弃了，像我姐，补习了一年，自知不是那块料，死了心。在补习那一年，我姐和男朋友鸿雁传书，一周一封信——那真是爱写书信的年代——我读大学时也写过不少（现在看着都像出土文物）。第二年再次落第之后，她很沮丧，一起远走高飞的梦很难实现了。但又不甘心，依旧鸿雁传书，还用打零工挣的钱买毛线织了毛衣给那男孩子寄过去。她用琼瑶小说的名"菟丝花"自喻，"蒲苇韧如丝，磐石无转移"。真是爱情小说看多了，害人不浅。现实教训了她，那年秋天，她去男孩子的学校看他，那男孩将她安排在女生宿舍，表现得只是一般朋友的样子，对人只说是家乡的邻居过来看他。姐知道男孩变心了，但依然不肯相信。直到后来在那座城市念书的别的同学回来告诉她，亲眼看见他有了新女友，才彻底死了心。

那年冬天寒假，我姐在我们一个亲戚家开的五金店里打工，晚上将我叫过去值班陪睡，她哭泣了一个晚上。为前途，也为可怜的初恋。

"怎么办呢？女的也不能当兵。真想一走了之，像洪旗那样。"姐愁苦万分地说。

洪旗当兵已有一年多了，他当的是海军，在上海。

"可惜，洪旗哥学习那么好，竟没考上大学，就差三分，再补习一年，考大学绝对没问题啊。"

"人各有志，他喜欢当军人。以前就说过，想当海军，在海洋上巡航。"

"是吗？我怎么不知道？"

"你知道啥呀？"姐姐点了我一下鼻子。

"他条件也够？"我主要指的是身高。

"一米六五，够了。"

"你知道这么细？"身高尺寸应该属于隐私了吧。

"高考体检时一起，我顺便拿过来看的。他视力超好，一点五，两只眼睛都是。"

真是小眼聚光啊，我想起洪旗的眯眯眼。

"姐，如果洪旗个高点，眼大点，你会不会和他好？"

我姐一听，愣了会，"你说什么呀，他是邻居呢！而且……他以前好像喜欢班里另一个女生。"

"你咋知道？"

"猜的——以前都在一个班，那女生学习也超好，长得也好，后来被选到省舞蹈团了。"姐眨了眨眼笑道。这我倒是第一次听说。

谈起洪旗略微减轻了姐姐失恋的痛苦，老邻居真是一剂安慰药啊。

4

我后来好多年都没有再见到洪旗了。在姐毕业后的三年，我上了大学。左邻右舍都赶来祝贺。爸爸的单位送来了脸盆、水瓶、搪瓷缸、毛巾表示慰问。姐姐十分羡慕，她曾幻想的远走高飞被我实现了。

上大学的头一年，我十分想家，没有远走高飞的念头，只盼着早点回春谷工作，四年那么漫长。但是，渐渐地我改变了。我爱上了念书的那座城市，并且最终留在了那里。

在我上大学和刚毕业的那几年，我姐结了婚，生了孩子，完成了人生的诸件大事。她先前在亲戚的五金店看了两年门店，然后招工进了机床厂。姐夫和她是一个厂的，搞机修，有技术。"凭手艺吃饭"，这是我妈祖传下来的教诲。姐夫长得魁梧高大，相貌堂堂，我猜这才是姐相中的重要原因。她属于"外貌协会"的人。

185

那几年，我们县每年都有招干考试，这是给高中毕业生的一条出路一个机会，也是单位吸纳人才之举。招干难度不亚于考大学，因为一考上马上就分配工作，比上大学回报还快，对许多普通人家更具吸引力。但名额极少，我姐不做此想。在我高中毕业的那年，县里首次举办招工考试，我和姐一起报了名。我妈做两手准备，如果我考不上大学，就当工人。

那年我家可算是喜气洋洋了，一个上大学，一个当工人。饭碗都解决了。

姐还是羡慕我。

我去她们厂玩过，厂很大，什么都有，厂区、宿舍、车间、食堂、澡堂、篮球场、卫生所、托儿所、图书馆、小菜市，简直就是一个自给自足的小社会，人都可以不出门了。福利也不错，发劳保鞋、劳保手套什么的。下了班工人们打球、打麻将、打桌球、聊天吹牛，快活得很。她和姐夫结婚后，厂里还给了一间宿舍。她们厂双职工夫妻挺多。

可我姐还是认为"学"和"兵"好。因为这两个可以远走高飞。洪旗在外面当海军还没有回来，李彤的二哥也当了兵。所有能"走"的都令她羡慕。

现在连我也"走"了。我姐怅然若失。

我在念大学的那座城市工作了几年，后来又辗转去了深圳。小城越来越远，越来越小。

回家的次数变得稀少，每次回来，小城的变化都让我要惊诧一番。

有一次，姐陪我去逛西门。她的厂也在西郊。

西门也大变样，我后悔，以前怎么没早点过来。搬到东门后，我就很少旧地重游，学习任务紧，没时间闲逛，上大学后，回来匆忙，也顾不上去看。总觉得一切还不就在那里吗。

如果早知道一切会变得面目全非，当初我一定会留心记录下来，那时没有手机，相机也属稀罕，但起码可以用文字，哪怕用笔画出来也行啊。时代发展得太快，快到你都来不及反应，过去的一切就化为乌有。说起画画，我又想起洪旗一家来。小时候，有一阵，我对画画感兴趣。洪旗拿了他哥丢在家里的水彩盒、颜料和废旧的小画板，我们仨一起去田野写生。我们坐在埂边，画树木、菜地、青草、天空的云朵、太阳，看见什么画什么。每个人画的侧重点不同。可惜那些画没有保存。不知洪旗和姐还记不记得这事。洪旗哥哥出狱了吗？他出来后又如何做人？我依稀记得，洪旗在学校的时候大约也是有点抬不起头的。不知洪旗的"远走高飞"是不是与此有关，离得远远的，再没人知道他。

西门大院没有了，胡同拆了，井没了，池塘没了，后面的田埂没了，蔬菜队没了，文化馆也没了。那些邻居，原来在院子里乘凉的家家户户如今都不知消失在哪里。

我感慨不已。站在繁华起来的马路上，一时不知何往。

马路两旁的梧桐树也没了，国营饭店没了，百货大楼没了，人民理发店、人民照相馆统统都没了。

城中心的老牌子国营饭店只剩下"迎春楼"三个字，和那个再无人观看变成小商品卖场的"大戏院"一样，成为过去留下的胎记。

这一切竟是在眼皮底下不知不觉发生的，感觉倒像是上辈子的事情了。

其实我们东门变化也挺大。

搬到东门后，我们就没有那样宽敞的大院了，这边房子变得密集，盖的是楼房，都不高，就三层，是当时流行的高度，分钥匙是抓阄抓的，我家抓到二楼楼梯口第一间。洪旗第一次上我们家来考察时，夸赞道，"乖乖，楼上楼下，电灯电话"，现代化的生活竟然就被我们过上了。我们对他没能搬过来深表遗憾。洪旗说，他们家人口多，这次盖的房子面积不够大，要等下一批。

电话当时还没普及，但家家都通自来水了，东门没有井，没有可供乘凉的大院，两楼之间只有窄窄的通道。好在还有河，就叫东门河，比西门洪旗家旁边的池塘要辽阔许多。这条河从东至西，是我们县的护城河，以前洪旗家门口的池塘也是通往这条河的。"我住长江头，君住长江尾，日日思君不见君，共饮长江水"。每次我念到这首词的时候，不由就想起家乡的护城河，以及住在河两头的姐姐和洪旗。这是年少时我所能对应上的浪漫情怀。农耕社会的遗迹，人们逐水而居，虽然通上了自来水，但小城的人们还是喜欢去河边，支着石头坞子，床单、被罩等大件的衣物可以铺展开来，任意漂洗。夏天的傍晚，晚霞在河对岸燃烧，天空的颜色字典里找不到任何一个词可以形容，山峦披着云锦，炊烟袅袅，棒槌声此起彼伏。这情形也是可以入画的，我们如向导一般，领着来做客的洪旗到处参观，炫耀般地向他展示我们的河。落日、长河、浣溪的妇女，洪旗禁不住连连称赞，说，下次要再找他哥借油彩来画一画。没想到不久他哥就因画出事了。

东门附近有个体育场，有阔大的绿茵地、四百米跑道、砌得高高的看台。

我们学校曾在这里举办过运动会。体育场最顶头还专门建了个溜冰场。溜冰场很热闹，似乎全县赶时髦的小年青都过来了。晚上在家写作业，老远都能听到溜冰场激昂欢快的音乐声。我和姐体育细胞少，却也想去溜冰场体验一把，费劲地穿上冰鞋，一站起来就摔跤，只好看别人在那里飞扬。路上，有小青年向我们吹着呼哨，我顿时想起洪旗哥哥吹的竹叶。在东门，我们没有什么男伙伴，不像过去，到哪儿都有洪旗跟着，胆子也壮点。姐大概也意识到这点，说，"对面的楼不知什么时候建好。我们仨向来一起玩，少了一个洪旗，还真像欠缺了不少。"

但洪旗家终究没有搬过来。

千禧年之后，我们东门房子也搞拆迁，爸妈不愿意换到别的地方，熬了半年，住回了回迁房。这里被命名为"栖霞小区"，盖的都是六层楼。家家户户都装了太阳能热水器。

东门河倒是还在，河两岸原来的旧房子也都消失殆尽，修筑了长堤，栽了垂柳，以前夏天的傍晚妇女们浆洗衣服的棒槌声没有了。曾经希望洪旗作画的景色变得虚无缥缈。

这么些年来来回回，小城早已物不是，人也非。

5

时光荏苒。

一年冬天，我带着三岁的儿子回老家，意外地见到了洪旗。

他穿着一件带毛领的黑皮夹克（一看就是仿羊皮的），脖子上系着一条灰色格子围巾，皮肤黑苍苍的，面容瘦削，头发翻着小卷，两鬓灰白。他正骑着一辆老式半旧的自行车从巷子里出来，见到我，停下车，眯起眼，哦，不，他本来就是眯眯眼。

我照顾着走路不肯好好走的小孩，本来并没有在意，一个人突然推着车挨着我徐徐停下来，正准备避让，再一抬头就愣住了。一个少年时的邻居一下子成为一个半老的人，我一时适应不过来。

"哇，是你？洪旗！"

"我还以为你认不出……回家探亲？"

我点头，激动地说，"这么巧，都好久没见到你了。你怎么在这呀？"

"我就住你们家对面那栋楼啊。"洪旗嘴角上扬笑道，他上扬的嘴角和小时候一模一样。

"哇，这太好了，你什么时候搬过来的？我竟还不知道，咱们又成邻居了。"

"有两年了。你姐没说？"

"这两年孩子小，回来得少。"

"你现在在深圳？"

"嗯，是的，你……现在做什么？"我随口这么问的时候突然觉得不妥，想收回已经来不及了，这年头问别人做什么营生近乎不礼貌，做什么呢？小县城人，下岗一大堆，有能耐的自己创业，或者出去混，混得好的凤毛麟角，大部分如同我姐和我姐夫，找着一份薪水低廉不稳定的活计，得过且过。还有一堆游手好闲的人，打麻将，拿低保，七糊八混。看上去洪旗并不属于那凤毛麟角的人。否则，我姐早说起他了。

果然洪旗听了我问话，神色略略有些不自然，说，"没做什么，瑃混。"

我儿子在下面不耐烦，使劲拽我的胳膊要走。

洪旗摸摸我儿子的脑袋。

"快叫叔叔。"

儿子叫了一声，就跑开了。

"小家伙急了，小心别跑跌倒了，回去吧，有空下次再聊。"

"好的，去我家玩啊。"

我们摆摆手，互道再见。

回到家，说起遇见洪旗。姐说，"是啊，他家也搬这边来了，就在我们对面那栋。是他父母的家，回迁房。"

"他还住父母这？"

"又没成家，不住这住哪？"

"还没结婚？"

"要是结婚我不跟你说啊，那怎么着也得封个大红包了。"

"他怎么还不结婚？都老大不小了，以前倒没看出他是个独身主义者啊。"

"穷呗！没啥钱还挑三拣四。老早给他介绍过一个，就是我们以前机床厂同事。他嫌人家丑，人家现在都结婚了，孩子也有了。他倒好，高不成低不就，

189

到现在还是光棍一条。"姐噘嘴。

"洪旗现在做什么？"

"嗨，别提了！"姐姐挥挥手，"他这两年成了老上访户，县里都挂上号了。"

"上访？为什么？"

姐睁大眼睛，"你不知道啊？我没跟你说起过吗？"

我摇摇头，"咱俩平时电话说的都是家里，孩子，父母身体等贴身的琐碎事情，并没有时间提及外人。"

从姐的叙述中我才得知，洪旗退伍回来进了钢铁厂，他脑子好用，一来就坐办公室，当过党办秘书和工会主席。后来钢铁厂也像其他许多企业一样实行改制，厂承包给了一个浙江来的老板。洪旗代表工人谈判，他不知在哪里收集了资料，告发原厂长书记与承包人勾结，贱卖工厂。双方闹得很僵，工人们被煽动起来。政府派人进驻调解，后来，许多工人都拿到比原来多一点的买断工龄钱，也就不闹了，洪旗却并不罢休，写了许多材料，天天往信访办跑……

"这两年我也不知他干什么，大抵也在外面找了事做吧。"

姐说，洪旗虽然搬这边来，但他们其实也很少碰见。

姐夫这些年在外面到处找活做，跟人合伙去江边打沙，给人开车运货。姐则去亲戚家的店打工，进货卖货。幸而用买断工龄的钱在北门买了房子，平时儿子就丢给我父母带。

6

又过了两年，有一天，我在深圳一家名为"丝约"的养发馆做头发护理，近些年头发掉得厉害，被人推销开了卡却也去得少。突然接到洪旗电话，他说他在深圳。我们约着见了面。在科技园一家徽菜馆，我请他吃饭。

和上次在家门口遇见的相比，他精神了一些，头发染黑了，翻着小卷，有点艺术范，像他大哥当年的样子，穿着咖啡色休闲西装，里面是件白纯棉衬衫，衣领浆得挺括。

他说来深圳出差，问我姐要了我电话，我姐托他捎带了些香肠、腊肉、土特产给我。

我注意到他中指上戴着金戒指。

"当老板了不是？"

"哪里当什么老板，给人打工。战友开的公司，缺人手，喊我帮忙。"他笑笑。我以前见不得男人挂金链，戴戒指，看到那副打扮，一股恶俗就令我作呕，但洪旗戴戒指却别具气质，让他看上去品质高雅。想起他毕竟在大上海大码头待过，见过世面，这戒指贴切得很。他说是母亲把自己的老戒指重新打了给他的。

"你战友做的什么生意？"

"化工树脂。"

"干什么用的？"

"主要用于涂料行业，像汽车涂料、建筑涂料呀，凡色彩斑斓的地方都有涂料。"

"哦。"我似懂非懂。

"他工厂原本是在杭州，开多年了，因为那里突然环境治理厉害起来，厂子就转移到了咱们乡下。正好我在这边，被叫过去帮着管理。"

"杭州怕污染，咱这儿就不怕污染了？"我不屑，所谓的治理不外乎就是转移目标，大城市的污染转移到小城市乡村。这些年，眼看着家乡的河流都变味了。

洪旗沉吟了一下，"不仅化工，其实所有的工业生产和人类生活都有污染啊，只要按国家标准，做好各种污染治理措施就可以。厂在这边，也算带动就业吧。"

我点点头，也是。人生处处有矛盾，一枚钱币总有正反两面，这也是生活的二律背反吧。起码也提供了就业的机会。

"你这次出差是？"

"做客户调查和回访。"

有事可做挺好，洪旗一向有能力的，我为他高兴起来。

洪旗说，还有一事，帮大姐找儿子。

"你外甥在深圳？"我一惊。

"有大半年了吧，这孩子学习不好，职校毕业后，也不肯好好做一份工，和大姐吵了一架就跑到深圳了，说要在这边发了财才回来。"

"哪有那么容易！"

"是啊，又吃不得苦，大姐就这么个独儿子，担心得很，去年过年都没

191

回来，说身份证丢了，买不到票。听说深圳有个地方，专门藏着这样一批孩子，卖掉身份证的，干一天活，结一天钱，有钱就去网吧玩，花光了再出去找活。"

我点点头，听说过这样的"大神"，不由替他担忧起来，"那你找着他了吗？"

洪旗摇摇头，"电话是打通了，可就是不接，留言就两个字'放心'"。说到这，洪旗脸色沉重起来。

我不知该怎么安慰他，"也许这就是一种叛逆吧。他们这一代和早期的打工者不同，看重个体自由，并不甘心老老实实在一个厂里被管束。这或许也代表着一种生活态度吧。"

洪旗苦笑。他说，"想让外甥回来，就在战友的工厂里先做着。"

我要了他外甥的电话，答应帮他寻找，做工作。

沉默了一会儿。

一别经年，隔着不同的经历和人生，其实是熟悉的陌生人。

立式空调的风从墙角那边吹过来，洪旗注视了一会儿，叹道，"深圳十二月都还开空调。"

"嗯，这边冬天没有冬天的样子。"我笑道，"不下雪，不结冰，一年到头花团锦簇，人的感觉都快麻木了。我现在都嫉妒生活里有雪的人，还记得你家门口池塘结的冰吗？"

"当然记得，你掉下去过！"洪旗笑了，三个孩子在冰上行走的姿态翩然若现，是老黑白片的场景。

"住西门大院的时候最好玩，你家门口的那两棵老槐树，我也很有印象，那种白槐花炒起来真好吃。现在哪有啊。"

"你从小就好逞强，你姐让你在岸边站着，你偏要下去，还逞能在那池塘上踢毽子，结果掉进了冰窟窿。"

"多亏你这个救命恩人呢。"

我们仨在他家烤火烘衣服。回想起来真够遥远，像前世。

"那么厚的冰现在也见得少了。"洪旗叹道。

"还记得吗？以前上学还得带上雨靴，早上穿棉鞋出门，中午太阳出来，雪化了，就得换胶鞋。"

"我专给你们姐妹俩提鞋。"洪旗笑。

"不是给你机会学雷锋做好人好事吗！"那会儿学校还要交记录呢。

我曾天天看有没有老奶奶走路需要搀扶的，寻而未得，为求衰扬，咬牙将自己的铅笔交上去，说捡来的。

"咱们几个，就数你出息啊，上了大学。我和你姐都不行。"洪旗感叹。

"什么出息！"我下意识地摸了摸发量不足的头，叹了口气，"其实，你才是学霸呢，你不知道小时候我们有多崇拜你，小学的时候，我姐说起你像说起'神'。"

洪旗扬起嘴角，笑了一下，却是苦笑。

"你没考上大学，我很意外。"事隔多年，提起这事应该没那么痛了。

"考物理那场，试卷多，有半张试卷我放抽屉里了，后来忘记拿出来写，就交了卷。"

啊？竟然是这样！他当时只差三分，如果那半张试卷做了，命运就完全不同了。

"这就是命，人一定会被身上固有的弱点所牵连,不是这件事就是下件事。"

"可是，如果你补习一年，也一定会考上的呀，为什么不补呢？你看咱们老邻居李勇，学习不咋的，比你差远了，补了三年，不终于考取了师专，现在在长林中学当老师。多么好！"

"那个时候心高气傲啊，哪里能接受这样的，连范文强那小子都考上了，哪甘心！只想尽快地远走高飞算了。"

范文强就是姐的初恋男友。

"部队里应该也可以进一步深造吧。从士兵到士官，我们班就有同学参军后，在部队提了干。"

"我这人还是比较散漫，部队管束多，好不容易熬了四年，就不太想继续待了，而且那时候家里也出了点事，我父亲肠道瘤，动了大手术。我就退伍回来了。"

真是造化弄人，冥冥之中到底有一双怎样的手在拨弄命运呢？

当然，时移世易，未尝人家这样走就不对，他现在有事可做，手上戴了金戒指，说不定很快就发达了呢。

那天，我请他吃饭，可是，埋单的时候，却是洪旗付的钱，他说，怎么能让邻家小妹埋单呢。还说下次回去，要请我们姐妹俩吃饭。

7

那次深圳见面后不久，就听说洪旗的父亲去世了。八十五岁，也算寿终正寝，爸妈送了花圈，洪旗家回了礼，毛巾、保头绳、蓝棉碗等。我们那里的习俗都是如此。人之生死就如树上结的果子脱落，很自然的一件事。听说，他咽气前拉着洪旗的手，说不出话来。我听了不免唏嘘。想起小时候去他家玩，他慈祥地掏出几颗小糖递给我们，夏天乘凉的时候，还和我爸妈开过玩笑，说，让姐给他家做媳妇。洪旗没娶上媳妇，他大概死不瞑目吧。

我最后一次见到洪旗是去年夏天。

那是我最放松的一个夏天，儿子高考结束，和高中同学结伴出去旅游了。我头一次没随身携带儿子回老家。姐的小孩已考了研，虽说她整天为钱发愁，操心着将来孩子买不起房娶不着媳妇。人活着就是烦不完的神。但好歹也觉得开始步入人生中最悠闲的一个时段，快乐一天是一天吧。

春谷的夏天不是一般地热，整座小城就像扣在大蒸笼里，丝风不透。难怪人说要去深圳避暑。深圳好歹早晚有海风吹过，时不时会下一场暴雨或刮一场台风，室内即便不开空调，也不是完全不能忍受。而小城，家里屋外一样暑气熏蒸，许多人跑到商场蹭空调。

我和姐逛家门口的大润发超市，在收银处意外碰到多年不见的老邻居李勇。我没认出来，是他和姐打招呼，然后看向我，笑容可掬，手里提着一只装满商品的环保袋。

太长时间没见面了，印象中的李勇还是小时候的样子。好勇斗狠，爱流鼻涕。现在的他，头发花白，发际线就像退潮的海岸线，完全小老头模样了。

"小棠回来了？"他笑道，"乖乖，大码头的人！"

等他结好账，我们站在一边聊。我看见他环保袋口边露出一大包婴儿尿不湿。心想，都当爷爷了，难怪头发白了。爷爷是得有爷爷的样子。

"你什么时候回来的？不急着回深圳吧？找时间我们老邻居聚聚。我早听说你在深圳，和你姐说过的，回来要告诉一声，大家见见面，叙叙旧。现在，那样的邻居都找不到了。我跟我老婆说，现代人住高楼大厦里，都没有邻居了。"

"是啊，是啊。哪像我们小时候，住在西门大院。唉，那时真好玩，大家都像一家人。"姐附和着，忘了他们当初怎样针尖对麦芒。

李勇手机响，他接电话，"好，好，马上回来。"

"老婆催了吧？快回去吧。你家老二好可爱啊。现在还吃奶吗？"

"还在吃，她妈说要喂到两岁。生老大的时候，她要保持身材，喂了几个月就停了，这个小的，她太惯了。"李勇语气里都洋溢着笑意。

我一愣，心想，幸亏没开口，还以为添孙子了，原来是二孩。

李勇热情地和我们约着时间一定要再聚一聚。还说叫上洪旗。

"居然又生一个。"李勇走后，我不禁向我姐发出感慨，我们带一个孩子都累够呛，他可真勇敢。

"两个孩子相差十八岁。老大去年上了大学，他们闲得慌。"姐笑道，"本想要个儿子，结果又生了女儿。"

他老婆年轻，比他要小八九岁。这个我知道，听说是他学生。

生得起，养不起。现在养一个孩子，得花多少成本啊。

"所以他拼命搞钱啊，你没看他头发都快掉没了。"姐瘪瘪嘴。

"一个穷教师能拿多少钱？"

"那你就错了，他可能赚了。"姐说，李勇家有一间房子专门做教室开补习班。教辅也能赚啊，他按三折进价，卖给学生原价，或者打八折，你想想看，多少学生啊。他都买了几套房了。有一套离我们不远，就在大润发前面的帝豪景苑。

我瞠目。原来这年头，致富的路子还是挺多的。李勇当年学习根本赶不上洪旗，可是，不枉他补习几年，终于考了大学，修成正果。都添二孩了。

还没等到李勇的聚会，洪旗倒先期和我们接上了头。

他母亲就在这个夏天去世了。寒暑险恶，老人三九和三伏天走得最多。那天傍晚，洪旗家那栋楼下"噼里啪啦"响起一阵爆竹声，接着就有用过的被子床单枕头往外面扔出来。

"唉，谁家老了人！"母亲伸头从窗子外张望。

没有听到哭声。

爸妈买了花圈，姐说，"我俩也合买一个吧，你也正好在家。伯母曾经给我们做过那么多花绸子。"

讣告贴出来了，第三天下葬。我和姐也上山送最后一程。

殡仪馆在小城的北郊。灵堂设在四号馆。一直以为那种地方特别悲哀、肃穆、冷清，没想到竟热闹得很。几个馆都排满了人，一拨接一拨，我惊诧这世界每天有那么多人出生，也有那么多人死去，果真如庄子所说，方生方死。附近有做殡葬生意的，卖鲜花、水果、饮料、爆竹、花圈、石碑等，人络绎不绝。

隔壁馆有哭声不时传出来。我瞄了一眼旁边的讣告，死者年纪不大，才四十九岁。英年早逝啊。

上面写着：

> 原国营春谷县钢铁厂职工陶国庆同志，生于19××年10月，因患直肠癌，经医治无效，于20××年8月7日13点32分逝世，享年49岁。
>
> 陶国庆同志19××年在县钢铁厂参加工作，历任段长、车间副主任，工作期间任劳任怨，多次被评为先进生产者。企业改制后，响应号召，自谋职业，自主创业，诚信经营，获得用户好评。
>
> 陶国庆同志灵堂设在县殡仪馆3号厅，于20××年8月9日上午8时举行遗体告别仪式，希望广大工友、亲朋届时参加。

洪旗也过来鞠了躬。他神情悲哀。

"这是我同事，他去得挺快，从查出癌症到走不到半年时间。没有钱治病，这么多年也没交社保，他老婆在'轻松筹'上给他筹款。"

葬礼上我见到洪旗大姐二姐，都变得厉害，又胖又老的样子，大姐的儿子早就不在深圳了，听说又去了上海，这次没来参加葬礼。洪旗说他大哥前一天晚上回来的，见了母亲最后一面，就走了。他不喜欢人多的场合。

我们也没问他哥现在在哪里，在做什么，有没有成家。

灵堂前，洪旗妈妈的黑白照微笑着看着我们。那应该是早几年的照片了，实际上，后来的洪旗妈脑子很糊涂了，人也萎缩得像枚干枣，却变得凶狠，疯疯癫癫地常说些胡话。

一个熟悉的活人就这样变成灰从此消失不见的事实接受起来还是有点困难。人世间的大来大往令人震恸。洪旗捧抱着母亲的骨灰盒，嘴角却浮出一丝笑意，"她的苦吃完了。"他说。

196

8

又是一年夏，我再次回到故乡。

姐说，"天热，我们去梅花山玩一玩吧，那里竹林成片，阴凉避暑。还有一个静仁寺。"

梅花山我好些年没去了，小时候洪旗妈妈带孩子们在那里敲过石头子，一到下午五点光景，山那边就会传来很响的开山炮，挺吓人。我们也曾去山里玩过，那会儿梅花山真是巍峨庞大、连绵不绝，又深不可测，山里不独有蜡梅、红梅，还有桃花、杏花、梨花、紫云英，最多的是映山红，春天来临时，漫山遍野都是。秋天，梅花山出产野生板栗，我们还曾挎着小竹篮，篮子里放着剪刀，去山里采摘。

我们去梅花山，自然少不了洪旗跟随。

这也是老早的记忆了。

静仁寺，洪旗现在在那里。

洪旗出家了。这是这个夏天听到的又一个震惊的消息。

姐说他早有此念，当初当兵的时候，他一个战友就出家当了和尚，现在早已做到大住持了。

这事当初在小城还轰动了一会儿，他那战友痴迷气功，走火入魔，又因追求首长的女儿被拒绝，一念之下脱了军装遁入空门。后来曾在佛学院进修过，拿了文凭的，是被国家承认的大和尚，先后去了马仁寺、广安寺，做到了住持位置，很有权力，功德箱的钥匙都是随身携带的。近年回家乡，在静仁寺修行。洪旗前两年也不知啥缘故和搞化工的老板也掰了，再次赋闲在家，无所事事，投奔他去了。

临走时，他还特地和姐道了别。

说父母都不在了，四大皆空，剩下的老邻居还是要知会一下。

姐当时心里有点恻然。

洪旗微微一笑，道，"世间万物，凡所有相，皆是虚妄……在哪里都一样的……"

还幽默地摘了句诗送给姐姐，"你的长裙与我的袈裟无别。"

我和姐打了辆的士，来到南郊梅花山。多年没来过，确实和小时候所见大不一样，前山光秃秃的，山入口处辟出一条通道，白色围墙壁上，贴着标语"绿水青山就是金山银山"。

我们一直朝前走，到了翠竹林。一阵风吹过，竹林哗哗作响。我和姐累了，找了块石头坐下来。翠竹幽幽，如风细语。

不由想起少年时代背诵过三毛的一首诗——

记得当时年纪小，你爱谈天我爱笑，有一回并肩坐在桃树下，风在林梢鸟儿在叫，我们不知怎样睡着了，梦里花落知多少。

我和姐坐在石凳上，前尘往事一下子涌来，弹指一挥间半生就过去了。我们曾经的邻居——洪旗的住地就在前面不远处。

琴 声 如 诉

1

陈小琴的名字是王雪红偶然提起的。雪红动员我割眼袋。关于眼袋，我曾作过一首诗：贴在眼眶底下／两只口袋／起先空空如也／感谢岁月馈赠／它们日渐丰厚／挂在世故面容上／炫耀一世沧桑。试过用黄瓜片贴眼睑下面，确能产生年轻一些的错觉。可要动真格的，我下不了手。自从成为"无胆英雄"后，任何有风险的操作我都惧怕。至今连耳洞都没打，倒也帮我省了笔费用。

"顶小的手术，你来做，我不收钱。"雪红美容师的强迫症犯了。

"习惯了，不碍事。"

"拜托，注意一下形象好不？难道你不照镜子？"

我惭愧地笑了笑，尽管上了年纪后我的确不太爱照镜子，可照还是照的。镜子和镜子之间差之毫厘谬以千里，相对来说，服装店的镜子照得人舒服点，像促销魔镜。不似我们单位楼道口的正衣冠镜子，看了只想赶紧逃，它分明在提醒"人丑就得多读书"，乖乖干活去。真相是一种伤害，直面需要勇气。这也难怪我们为什么爱"美图秀秀"，说来也不过是自我美化，自我安慰。生活不易，让自己心情好一点没什么不对。

虽然痛恨眼眶底下这两片鱼凫一样的东西，但久了就习焉不察，说实话，谁老瞅着你看呀，同事熟人处久了没有美丑之分，老公也不嫌弃，随它吧。倒是雪红，她大惊小怪的表情吓到了我。"重返青春是做不到，但我们可以采取措施让自己看起来年轻一点呀，我们自己首先不要放弃自己。"美容从业者雪红痛心疾首。

十年前我做过胆结石手术，差点把小命丢了，医生腔镜的时候发现一粒小石头卡在了胆管——不知是他们不小心弄碎掉下去的，还是 B 超没发现。接下来医生紧急改做传统开刀手术，剪掉卡了石头的一截胆管，将其与肠子连接，加了 T 形管装置，重新改道。能活下来是老天保佑了。

这以后提到"手术"二字我就瑟瑟发抖。周围女人有割双眼皮、开眼角、垫鼻梁、瘦脸颊的不一而足。上次同事做了全套优惠，文眉毛、文眼线、漂红唇，一共下来不到一万元。

她们谈起这些轻轻松松，就像去店里买个东西，或者修个指甲一样简单。同事许老师也约我组团去割眼袋。

我一朝被蛇咬十年怕井绳。

"别在年轻时输给情敌，中年时输给小三，老年时输给亲家。"王雪红苦口婆心，用上了她耸人听闻的广告语。

她微信朋友圈里有许多这样振聋发聩的广告：

为什么吃土也把双眼皮给做了！因为打开的不只是眼睛，还有世界。

手术开眼角，招财又进宝。

整的是形，改的是命。

丑在卡座无人问，美在散台有远亲。

……

"手术有风险，哪怕只有千分之一、万分之一的概率，我肯定就是那个'之一'的。"我对王雪红说。

"没想到你这么胆小，活该看上去比同龄人老十岁。你看人家陈小琴，比你勇敢多了。"

就是在这时候提到小琴的。我们失联好久了，曾经有些未经证实的小道消息，我不相信。

"当初她截骨那事可是真的？"

"是。"

我吸了口气，说不出话来。

三十年前，我们仨是铁三角。小琴和雪红并列班花，论长相，小琴还略胜一筹，校文艺汇演上，她一曲《信天游》技惊四座，被誉为"小陈琳"。雪红身高比小琴得分。双生花惺惺相惜，又暗暗争妍。我在中间起到一种平衡作用，非常符合数学老师说的，三角形是最稳定的关系。我的长处是学习好，但她俩都不承认是因为这个才结交我，雪红说我为人大方随和，不像有些学习尖子目中无人。小琴则声称被我体育课上投篮动作倾倒，像老电影里的"女篮五号"，女生中我鹤立鸡群的身高，令她羡慕不已。小琴美中不足的就是个头。

我们仨走一起像道等差数列，被戏称"哆——来——咪"。小琴不无遗憾地对我说，"你要是匀给我六厘米，那我就和雪红齐平了。"

"翁美玲也不高啊，还有山口百惠，都很矮。"我们拿当时最红的一些明星安慰她，她心情才稍好点。

雪红成绩中上，比小琴好，我想不通小琴怎么会学习不好，她看上去聪明灵巧，就跟她名字一样，蕙质兰心，还酷爱看文学书。

"就是闲书看多了才学不上去！"班主任一语中的，小琴大胆到在数学课堂上看琼瑶小说。

老师提到"琼瑶"两个字时气急败坏，就跟今天大人提孩子玩游戏神情一模一样。

小琴数、理、化不好，唯作文是强项，曾被老师当范文念过。

受小琴影响，我和雪红也看了不少琼瑶小说，我觉得写作文可以用到上面的好词好句。小琴家门口有个租书摊，每次借来就和我、雪红一起分享。通常午休的时候，我们躲在小琴家看。那时候她家里没人，父母上班去了，姐姐们也都不在家。小琴在家排行老四，她们家全是闺女。他父亲是钢铁厂轧钢工人，脾气火爆，本指望最后一个是男孩，结果还是个丫头片子，失望得紧。有一次为啥事发脾气，直接把小琴拎起来从屋里扔到屋外，幸亏是泥巴地，没受什么伤。那是她小学三年级的事。

小琴说给我们听的时候面带微笑，若无其事。

我父母管束紧，不许我看言情小说，雪红家在镇上，住校生，老师查得严，也不方便。小琴家就成了我们聚会的窝点。

她家离学校也近，就隔一堵围墙，在家里都能听见上课铃声。

除了分享小说，小琴偶尔还弄来澡票，邀请我们去钢铁厂洗澡，这是工厂子弟福利。

那时冬天洗澡费事得很，要么去公共浴室，要么在家撑澡帐，烧上煤炉取暖，有人家发生过煤气中毒事件。公共浴池好倒是好，可人多得要命，城关仅此一家，买票等位排长龙。钢铁厂职工澡堂，热水充足，人也不太多，每次洗出来，我们仨脸都红扑扑的，浑身轻松，走在路上，冷风吹身上也不觉得寒冷，有种青春飞扬的感觉。

当个钢厂工人真挺好啊，钢铁厂的高炉巍峨壮观，雪红很神往。她从下面镇中考到县城中学，本来想考个中专，早点吃"皇粮"，结果没考上，进了高中。

我也很羡慕那些提着脸盆、衣服、毛巾去洗澡的女职工，脸上都洋溢着一种主人般的骄傲神气。

钢铁厂还经常发劳保解放鞋、纱手套。小琴有次穿了件浅蓝色夹克来上学，特别时尚洋气，一问，原来是厂服，她三姐也进厂了，领的女式厂服。

白色纱手套小琴拆下来织成纱背心，对打扮她无师自通，也是心灵手巧，毛衣、手套、围巾都会织。她给我和雪红织过手套，另外又悄悄给我织了件纱背心，她对我比对雪红要好。

2

高二下学期文理分科，三人团解体。

我学理科，"学好数、理、化，走遍天下都不怕"，当时流行的口号。雪红犹豫半天，抛硬币选择了文科。令人惊诧的是小琴，她文科强，数、理、化几乎没及格过，却选了理科。我好心劝她慎重，她反而有点恼火，"你怎么知道我就学不好理科？"

雪红撇撇嘴，私下对我说，"我知道她为什么不愿意学文，是不想离开彭亚明。"

原来如此，我反应迟钝了。

彭亚明和雪红来自同一个乡镇，一起考来县城的。他是学霸，回回考试压我前头。除成绩好之外，人也长得赞，目深鼻挺，有种适合入西洋画的立体感，但很穷，他从乡小学考上镇初中，又从镇初中考到县城读高中。雪红说，在镇中读书时午餐常常白米饭就着咸菜。雪红每周回一次家，会给彭亚明顺带着捎点东西。彭亚明省路费，通常一个月才回去一次。

雪红对彭亚明蛮好，明眼人都能看得出来，可半路杀出个陈小琴，彭亚明一贯对女生目不斜视，虽然学习好，却有着农村孩子的自卑和自尊。但他不由自主被小琴吸引。我回想起学校文艺演出彭亚明听小琴唱歌，那没掩饰住的陶醉忘我表情。可没想到小琴会因此而做出不明智的选择。还是雪红清醒慎重，没有拿前途做赌注。不过，反过来是不是也可以说，小琴的爱更勇敢一点呢？

寒假的时候，我们在小琴家玩，那是分科前的最后一个寒假，小琴学了首新歌唱给我们听：

> 我们在回忆
> 说着那冬天
> 在冬天的山巅
> 露出春的生机
> ……

在那样寒冷阴沉的冬天里，想着还没到来的春天，想着分班在即，想着未卜的前途，莫名忧愁阵阵袭来，一时无言以对。小琴唱得真好，感情充沛真挚，大眼睛水汪汪的，像蓄满热泪。语文老师形容林黛玉"含嗔濡泪"的样子大概就是如此吧。

"愿友谊地久天长。"小琴"含嗔濡泪"的目光看着我们。雪红也被感动了。一个彭亚明并不能改变我们的友情。

分科后，我们午间阅读自动取消了。高考迫近，雪红分在文科班，见面也少了许多。她似乎有些不放心小琴和彭亚明，时不时课间或放学过来巡视。彭亚明见到她过来，总有点不自在，亏欠了一般。倒是小琴，心怀坦荡，像个没事人。

高三时，老师有时晚上给我们几个好学生开小灶，走读生不用晚修，小琴却偏也要过来自习。

彭亚明成绩首次低于我。班主任找彭亚明谈了好几次话。他是冲击名校的种子选手，老师们重点看护对象。他自己也深知，"跳龙门"就在眼前。

一天晚上，我去学校，经过小琴家，她让我约她一起。

我在她家门口约十米处等她，老远听得她父亲铜锣般大嗓门一声喝斥，"你要敢见那小子我打断你的狗腿！"我吓了一跳，小琴跑了出来，把父亲的骂声丢在脑后。

"笑话，我爸以为我谈恋爱，我偏不理他。"

我不由瞠目结舌，一定是她爸得到了风声。

叛逆期的中学生，越压制越对着干，爱的艰辛和爱的浓度成正比。

琼瑶小说里许多女主爱上穷小子，不顾一切。小琴曾经写过一篇作文《岭南花开》，虚构了她奶奶的爱情故事，她奶奶和她爷爷如何冲破封建阻碍，携手投奔到岭南之地。实际上她奶奶一直住在城南梅山脚下，春天去爬山的时候，回来经过她奶奶家，小琴总要摘几朵月季花，她奶奶是个小脚女人，根本跑不到岭南。

琼瑶小说确实害人。今天的年轻人绝对不会像我们那个年代人那样傻浪漫了，把爱情当作信仰。

3

彭亚明高考失利，只上了省财经学院，普通本科。不过小琴给了他安慰，公开和他好了。

雪红很倒霉，疑神疑鬼，嫉妒愤恨，让她发挥失常，最后连中专分数线都没达到，凄惨落第。情场考场双失利。

上大学前夕，雪红来看我，她情绪低落。那个黄昏，我们沿着南河散步，走累了就坐在河岸的台阶上，看夕阳一点一点从我们身边移走。

南河水波光粼粼，远处不知谁家窗户里传来声嘶力竭的女歌手在唱：不要问我从哪里来，我的故乡在远方……

我不由想起小琴，她说我们仨要永远好下去。却因为彭亚明，这俩人互不理睬了。录取通知书下达之后，小琴向我表示祝贺，并送了张带有她自画像的笔记本，还郑重地告诉我，以后会去大学看我，因为彭亚明也在那座城市。当时我们同样沿着南河散步，她也唱起这首《橄榄树》。她从琼瑶改喜欢上三毛了。

我和彭亚明录取在同一座城市，我在工大，属于国家工业部重点院校，我们的竞赛以我胜利而告终。彭亚明负了众望。

我和彭亚明学校相距不远。

小琴每次来看彭亚明，晚上就歇我宿舍。我们躺在窄窄的学生床上，她絮絮叨叨总有说不完的话，身上散发着好闻的月季花香味。我们都喜欢月季，她一定是洒了月季味的香水，爱情使得一个女孩容光焕发，遍体芬芳。我在这样的香气和她如同催眠般的呢喃中迅速入眠。学校周末节假日时常会举办月光舞会，我不太会跳舞，每次小琴约会归来赶上舞会，一定要拉上我去跳一下。工科学校男生多，女生吃香，舞伴不够用，男生要请我们跳，小琴就拉着我不放。我笨拙地被她带着，在舞池里乱晃。她什么舞都会，在舞池里引人注目。男生很生气，怪叫着，这也太浪费资源了。可是，他们到底没办法把我们分开。作为名花有主的人，我自然有责任替彭亚明看护好。小琴见我笨，跳不好别的舞，就老和我跳两步摇，随着音乐轻轻摇晃。男生们充满羡慕嫉妒恨地瞧着我们。

中学毕业之后，小琴越发洋气了，穿着六厘米高的高跟鞋，个头终于和雪红齐平了。她说找了个房管临时工，挣点钱，准备等着考招工。她不像雪红，还要补习。说到雪红，她显得有点愧疚。

小琴挣钱肯定也接济彭亚明。她每次来，我们仨都要聚一起吃个饭，不是在财经学院的食堂就是在我们学校食堂。小琴并不介意我打扰他们的二人时光，彭亚明却没她那么大方，总想尽快结束聚餐，好避开我这个电灯泡。彭亚明的穿戴都比以前好多了，俩人走一起端的男才女貌。

后来小琴就不在我这里睡了，也不知彭亚明怎么安排她住。

"同居呗，还用说。"雪红撇撇嘴，她那时已经当工人了，复读一年，还是差几分，干脆断了大学梦，考招工，进了县轴承厂。小琴后来也内招当了钢铁厂工人。她家可真是钢铁之家啊。

"工人很好"，我记得雪红说过，可是，现在她不这么说了，"太无聊，还是你好，能出去。"

雪红很关心情敌和前暗恋对象，每次放假回来，我们谈话，都会拐弯抹角地转到那俩人身上。听到说小琴不在我这里睡，就立马判断他们同居了。

"怎么可能？未婚同居？"听到这两个字我都脸红了，我那时相当保守，也可能姿色平庸，没人追，晚熟之故。

"有什么不可能？她那么骚。"雪红当了工人，语言粗俗起来。她这样说小琴，我有点反感。毕竟咱们仁那么好过。

不过雪红也许没冤枉她。有次我室友告诉我，看见小琴和一个男的从私人小宾馆出来。因为小琴过去常来我这里睡觉，同学认识她。

"就是利民路那里，她从那个小窄巷子出来，看见我还不好意思。"利民路在我们学校背后一个市井小道，那里有一些小店铺摊贩，还有很简陋的小宾馆。现在想来，大概也是为大学生恋爱提供方便吧。

4

雪红也恋爱了，对象是本城大修厂的工人，外号叫"点不点"（不简单的意思），在青年里很有名气，吃喝玩乐样样在行。雪红厂里追求者不少，却兔子不吃窝边草，看上了"点不点"，是本厂工人带去玩认识的。

他们结婚蜜月旅行来省会找过我，那会儿我毕业一年了，留在了本市钢铁厂。又是钢铁厂，这辈子跟钢铁厂还真挺有缘。

我请他俩吃饭。

"没想到你念了四年大学最后也进了厂，跟我们一样。"雪红感慨道。

"那怎么能一样？人家在省会，你在哪？"她老公笑她。这个男人长相英俊，眼神灵活，外形不输于彭亚明。

我不由想起彭亚明。如果雪红一个人来，我也许会约上他，他也留在了市里，并且和小琴分手了。

"怎么会？"雪红愕然。她结婚小琴还随了份子，吃了喜酒，两个人前嫌尽释，小琴什么都没透露，原来已经分手了。

当着他新婚老公的面，我们也不便多谈。

这座城市只是他们匆匆经过的一站，马上还要去杭州、上海旅行。

离开的时候，我看见雪红把手插在她老公臂弯里，心里默默为他们祝福。恋爱然后能够顺利走进婚姻，是一种幸福，也是幸运。

彭亚明分在本市地税局。那会儿分配能留在省城的极少，我自己深有感触，雪红老公说得对，同样钢厂，看你是在哪里，作为省会大型国企，能挤进来，殊不容易，我的成绩是硬杠子。彭亚明就更不简单了，他一个穷小子，家在农村，没关系没后台，学校也不是很过硬。他能留在城市，简直是奇迹。

其实也不奇怪，商品经济时代到来，一切事物都可以待价而沽，彭亚明用爱情换了前途。他一个女同学帮了忙，也就是后来的妻子。

女同学是本市人，高干子弟。这很有点像老套的电影故事《人生》中的高加林。

大四快毕业的时候，小琴来找我，她脖子上有一片红色淤血，是吻痕。

纪念

你留给我的

胎记

殷红

是英雄碑

也是墓志铭

我带着它

走遍四方

直到遗忘也不磨灭

她在纸上歪歪斜斜写下几句诗行。

"我以后可能也不来找你了。"小琴笑得有点惨，人瘦了一圈，又瘦又小。

"能留在城市挺好！那个女的能给他的，我给不了。"

"他这样忘恩负义？"我愤慨。

"有更好的取代呀，我祝贺他。"小琴摸着脖子上的瘀块，表情哀戚。

那天上午我没有课，陪小琴在林荫道一圈一圈地逛，和零零散散的校园情侣擦肩而过。

小琴走不动了，让我陪她在草坪上坐坐。初夏的阳光一览无余地泻下来，天气开始热起来，小琴怕冷似的，蜷缩着身子，将头埋在双膝上。我搂住她瘦小的肩头，她抖得厉害。然后伏在我身上哀哀地哭泣起来。

"雅琪，以后怎么办啊？我好害怕……太孤单了……"

"不就分个手吗，没什么大不了的。天涯何处无芳草，你长得好看，马上就会有新的爱情，比彭亚明好一千倍一万倍。"

她雾蒙蒙的大眼睛深切地盯着我，然后缓慢而又无力地摇了摇头。

彭亚明的婚礼我没有参加，这座城市，我是他唯一的老同学。我没有去。

一天下午，我正好三班倒休息，彭亚明打来电话说，"我在你们厂公干，能不能出来见个面。"我们在旁边的一家小酒馆坐下来。

彭亚明点了黄骨鱼烧豆腐、油焖虾、韭菜炒鸡蛋，还要了支小瓶装的"小糊涂仙"。

他一个人自斟自饮，没怎么吃菜。

我光顾着打牙祭，懒得搭理他。

"有她消息吗？"他舌头有些打结，空腹喝酒容易醉，看来酒量在机关里还没有练出来。

我冷笑一声。已经结婚了，再问前恋人有意思吗？

"我给她写信，她不回。"

我赞同小琴的做法。

"她是不是在老家有情人？"

我恨不得甩他一耳光。得了便宜还卖乖就不好了。

"她自己说的，她其实并不爱我……"

简直混球，什么叫黑白颠倒，我算明白了。

"别叫我瞧不起你，彭亚明。"

"是我不好……我不该爱上她……"他哽咽起来。

"不是你要分的吗？"我气结。

"她心里没我……"

我倒吸口凉气，这男人绝情起来，还真会找理由。小琴和他好了几年，都同居了，他竟然说她心里没他。

"唉……好吧，你骂我也行……你们城里人没过过苦日子……我小时候在村子里，有一回过年放爆竹，家里来了个城里亲戚，他告诉我，在二楼看烟火更好看。我问他'二楼'在哪里？他瞪大眼睛，不明白我问什么。我那时以为'二楼'是某个地名。在我十二岁以前，我从没出过村子……"

我不知道他为什么絮絮叨叨说起这个，现在他终于发达了，生活在充满高楼大厦的城市。

我突然又有些同情起他来。他原来学习多么好啊，那么刻苦，比起很多天天生活在城里的年轻人优秀太多，而他却要付出那么大的代价才可以换来今天的这一切。也许小琴比我更明白这一点。她离开他，成全他。

208

5

省钢铁厂位于城市的东北部，比我们县钢厂大两倍不止。烟囱、高炉、如火如荼的生产车间、飞扬的煤灰、沉积的铁渣，还有纵横交错的铁轨，构成了我生活的主要布景，与恬淡优雅的校园环境反差极大。小时候和小琴、雪红一起去洗澡产生过的渴望化为失望。

大学生下车间锻炼，我分在轧钢车间，和工人一样三班倒，熟悉工业操作及流程，参加新员工培训。我领到了厂服、安全帽、劳保鞋、劳保手套，还被指派了师傅。

单位给我分了间小宿舍，和一个哲学系毕业的女孩同屋。学哲学的也进钢铁厂蛮怪的，她分在党办做文事工作，不用三班倒，我很羡慕。室友瘦瘦小小，喜欢穿黑色衣服，酷爱学习，下班总见她捧着书，说准备考研，她男朋友在北京，她要考到北京去。爱情是强大的动力，她考了三年，终于进了北京的一所名牌大学。

我上了三年"三班倒"才恢复正常作息，进了运输部当翻译，这得益于我的英语成绩。那会儿厂里从美国引进一条新的生产线，急需熟悉生产设备的翻译，师傅向领导推荐了我。

张爱玲说，对于三十岁以后的人来说，十年八年不过是指缝间的事，而对于年轻人，三年五年就是一生一世。

受小琴影响，看小说一直是我的业余爱好，偶尔还涂鸦写两句诗。当时看了张爱玲的《十八春》特别难过，两个相爱的人阴差阳错不能在一起，错过一生。结尾处，沈先生和曼贞重逢，却只能擦肩而过。我看哭了。那会儿，我正处于一段无望的爱恋中，爱上了师傅，师傅是有家室的人。我和师傅看的第一场也是唯一的一场电影就是《半生缘》，厂工会发的电影票，我帮师傅领了，我俩坐一块儿，师傅买了爆米花和可乐，他很照顾我。师傅长得有点像黎明，电影里的沈先生。看电影的时候，坐在师傅身边，我哭得稀里哗啦。师傅是个糙汉子，不明白我为什么哭那么伤心，递给我纸巾，说，"电影嘛，又不是真的。"我摇头不语，直到散场人走光才离开，我怕别人看到我异样的红眼睛。师傅只得陪我到最后。

我理解了小琴那个夏天的痛苦，后知后觉的人经历人生中的第一次爱恋，却是这样一个局面。

三年，对年轻人来说，的确也是一生一世。

雪红结婚了，彭亚明结婚了，小琴和我们不再联系，她和彭亚明断了，也和我断了。我上班之后，不再像过去念大学时那样有寒暑假，和雪红联系得也少。有一次夏天休探亲假回去，见着了雪红，她身怀六甲，脸上长了好多妊娠斑，从少女变成孕妇。

我们去城里新开的"美时美刻"店里喝茶，说起小琴。她说也是好久不见。

"不知她有对象了没有？"我问。

"她眼界高，一般人也瞧不上。"

我点点头，想到她轰轰烈烈爱了一场的彭亚明，已经是城市里的一名税务官，别人的好老公。偶尔有同学或同乡造访，他尽地主之谊招待，会叫上我。我们不提过去，他也不再喝醉，别人劝酒，他总能巧妙绕开，让别人尽兴，自己却不多喝，大家笑他夫人管束紧，他也不辩，等于认可。

那会儿小城正追随着大城市，进行旧城改造，城区扩大，马路拓宽，到处在拆，整个国家都像个大工地。我觉得可惜的是上学的那条马路，原先夹道的梧桐树砍得一棵不剩。

雪红说到买房的事，以前都是单位分房，那当儿国家开始房改了。雪红家在镇上，单位没宿舍，婚后住男方家，觉得不自由。可买房的钱也凑不出来。

"你老公呢？总有点积蓄吧。"

"他从大修厂出来了，准备做点生意，和一个温州佬合伙开皮货店，温州那边货源充足，家家都是小作坊。"

"那可以啊。现在小国企也没什么劲，有能耐的人都下海了。你老公有闯劲。"

"闯啥呀，就爱折腾，随他吧，听说我们厂也要搞改革，效益不好，奖金都发不出来了，不像你们好歹在大城市，大企业。"

"一样的。"我说。我们钢铁厂看着大，基础并不好，自己没什么铁矿，原材料都靠进口澳矿，原先靠着国家扶持上的马，生产能力不足，规模上不去，那年卖给了另一家大型煤矿，一些工人买断了工龄，一年按一月算，最多算到十年。师傅说，有些工人闹事，都吵到市政府了。精简之后，开始引进国外生产线，准备提高效益。

"不管怎么说，肯定比我们强，在省会，瘦死的骆驼比马大，国家不会坐视不管。"雪红后悔自己念书时太分心，没考上大学，人生的机遇没抓住。

我不由自主想起小琴和彭亚明，唉，青春是笔糊涂账，那样轰轰烈烈一场，也没好成，还波及了另一个好友。否则雪红上个大学也是没问题的。

一个人有一个人的命，人都是往她命定的那条路上走。

看着她隆起的肚子，我安慰道，"提那些过去的事干嘛，马上都当妈妈的人了，好好养胎，早生贵子，这你可比我们有成就。"

雪红抚摸着肚子，叹了口气。

6

没想到和雪红再次见面隔了那么多年。我们是在毕业二十六周年同学聚会上重逢的。

留在家乡的同学，平常小范围聚时常也是有的。散落在外的不太容易凑齐。那些年，也是各人最忙的时候。

我们彼此望着对方崭新的面容，那些熟悉的五官被岁月之手一点一点置换过了。大家都老了，谁也没办法逆生长，彼此恭维的话当不得真。无论怎么化妆，怎么穿收腹裤，藏都藏不住，岁月的痕迹历历在目。雪红奇怪之处在于，她脸上没有一条皱纹，皮光水滑，眉毛黑浓，眼睫毛弯弯上翘。怎么说呢，美则美矣，却有点失真，像日本能剧里的人偶。作为职业美容师，大概拿自己操练了不少，一看就是美容脸。

虽然我们一直没见面，但早些年也有信笺和电话往来。有一次，她半夜打来电话，告诉我，"点不点"跑掉了。电话里，她一直哭。

"你慢慢说，不要哭。"我要求她。

她老公从大修厂出来，开小店，生意不行，亏了，又染上赌博恶习，不要说买房，把家里的积蓄都赌光了，还偷她的存折，后来就开始躲债。

"他以前躲了十天半月会回来，现在已经两个月了。"雪红又哭起来。

"这样的人，你还在意他回来不回来？我要是你躲他还来不及。"

"可孩子还小啊就没有爹。我一个人……"

"有一个赌博的爹，不如没有。"

那次我说得很狠，劝她死心。

后来好长时间她没有来电话。我不放心，有一次打电话过去，她已停机。

又过了好长时间，才听说，她不在小城，而去了弋江市，开了美容店，当起了老板娘。

"女人靠老公，不如靠事业。事业比男人可靠。"重逢后，雪红得出中年妇女的人生总结。

那年，她老公跑了，不久，自己的厂也倒闭，拿了几万块钱遣散费，带着三岁儿子回到镇上。做过酒店服务员、幼儿园的保育员、洗浴城的迎宾员……

"条条蛇都咬人啊。"雪红说，在酒店，被挑剔的客人催、骂、投诉、揩油，酒店经理不问青红皂白，就是一顿骂，还克扣奖金。

后来去幼儿园，以为孩子可爱、单纯，还被叫"老师"，心里很满足。谁知，去了才知道不是那么回事，说是老师，其实就是保姆，一般保姆也只管一两个孩子，她要管几十个。从早到晚，没得歇，打扫卫生，整理玩具、桌凳、餐具，给孩子们盛饭，伺候吃喝，小班的，有的还要喂。孩子午睡，她也不能睡，要照应。有一次一个妈妈投诉，她小孩拉粑粑屁股没擦干净，保育员不负责任。

从幼儿园出来，进了新开的洗浴城，更累，晚上都睡不着觉。

最后干脆想着自己做吧。也是老天开恩，她老家那个镇划归弋江市，水涨船高，房子一下子值钱起来，地铺也旺起来。卖了镇上的房，在市中心买了门面，开起了美容小店。

"儿子呢？现在。"

"高中毕业没考上大学，找他老子去了。"

她老公也算赌博赌出了名堂，辗转跑到了澳门，从手下打杂做起，后来自己开了赌场，近年去了柬埔寨，在那里开赌场，据说找了个越南妹子，又有了个女儿。

"你呢？还是一个人？"

雪红笑笑，在洗浴中心看到那么多逢场作戏的，有时半夜欲望上来，真想随便拉个人来，可女人不比男人啊，哪能随便找呢？那一刻真是拔剑四顾心茫然啊。

"婚姻也没多大意思，有人做伴就行了。"她现在有个小十岁的男朋友。

"你看我，把自己打扮得美美的，女人就是要对自己好一点，不然谁在意

212

你啊。"她不能容忍我的眼袋。

"太显老了，你怎么不讲究一点呢？还大城市来的，跟村妇一样。你小时候多飒。"她数落我。

重逢激发了雪红的感慨，正如她的面容震惊了我一样，我也震惊了她。

有什么办法呢？正像我诗里说的，这是岁月的馈赠。

7

谁没有长歌当哭的夜晚？

新千年到来，地球并没有像预言家查丹玛斯说的那样要毁灭，也没有像我们小时候盼望光辉的两千年到了，大家立马过上神奇幸福的生活。没有。

我们厂从美国引进了一条生产线，小型连轧钢，这种设备是将原来分开的炼钢和加热炉连接在一起，这样可以提高生产效率，节约环节。单位派人去学新技术，师傅也去了有一个月。那当儿恰逢领导换届，管理出现混乱，引进来的生产线最后没有立即投入使用，而是搁置起来，这一搁置就是三年，三年后再上马，那些进口来的设备蒙了厚厚的一层灰，有的包装都还没拆。以前去美国学习过的技术员许多都跳槽了，请美国专家过来重新教，那些专家有的退休，有的也不在原来部门了，而且，这个原来很先进的技术，现在也差不多要淘汰了。单位领导就和对方谈判，因为当初是签了合同的，对方必须帮我们上马，专家必须过来，钱我们这边出。那边就有专家过来了，每个专家管吃管喝，一天一千美元补助，起先来了四个专家，到最后快结束的时候共来了十个，调试了三个季度，厂里很花了一笔钱。一天一千美元啊，我们那个时候的工资，一个月才三四百块。师傅牢骚满腹，他没有像别的技术员那样跳槽，而是留下来了。这个厂，他技校一毕业就在这里的，感情很深。

花了大笔的钱，到底上马了。那会儿也的确赚了些钱，尽管在国外发达国家已算是要淘汰的生产线，但在国内还只有三家大钢厂引用。国家基建方兴未艾，钢材需求量大，我们厂生产的原钢和螺纹钢供不应求。各厂开展班组竞赛。这套设备按生产能力就是三十万吨钢厂，而我们最多的时候达到六七十万，超负荷使用。大家好像知道兔子尾巴长不了似的，没命地干。

师傅就是那年出事的。

在钢厂，事故并不鲜见，以前就听小琴说过。

钢水钢包烫伤，杂质多爆炸，轧机轧操作不当、监护不力而轧断手指的比比皆是，还有在铁轨上走动被轧死的。虽然厂里严抓安全，"安全生产责任重于泰山"的标语每个厂都大字贴上，可还是挡不住事故频发。

师傅是煤气中毒死的。

那天他在炼钢厂煤气回收巡警值班室值夜班，替一个同事临时换班，那同事老婆住院了。值班室回收管、回水管、回水阀、风机阀、氧枪泵等设备纵横交错。按规定值班员应该每两个小时检查一次，但那天师傅白天上了一天班，夜里太困了，中间打了盹，照说问题也不是太大，因为值班室有煤气警报器，超标立马会叫。可是，谁承想，报警器电池用尽了，没有及时更换，就一直没响。

直到第二天一早人进来发现不对劲，赶紧用对讲机报警呼救。

出事前一天，我在食堂吃饭，还遇见师傅。他端了盘子坐到我身边，自从到了运输部，我就比较少遇见师傅了。有时下班经过轧钢厂，想过去看一眼，师傅总在忙，穿着蓝工作服，带着橙色头盔。像他那样的老技术员，其实可以坐办公室，不需要老在生产一线的。他却喜欢下车间。

厂里又给他分配了个徒弟。

"是男是女呀？"我问。

"男孩子。"他说，"男生好指派一些。"

我不高兴，"难道我不好指派吗？"

"女生娇气，又好哭，批评不得。"他笑。

我是哭过几次，我不能听师傅说重话。也奇怪，我也只在师傅这里哭过，从前和小琴、雪红在一起，她们都说我最刚强，不娇气，英姿飒爽的。

"所以你就把我支到运输部搞翻译？"

"搞翻译不好吗？英语是你的强项，女孩子还是别熬夜的好。你看你脸色黄黄的，营养不良。"

他将盘里的肘子肉夹给我。

我差点又要哭。

"今天怎么来吃食堂？不在家吃？"我深吸了口气，问。

"晚上要值个夜班，就不回去了。"

吃完饭，我舍不得立即走开，就拉师傅一起去厂区菜地那边走走。那是比较空旷荒废的地方，挨着外面的一座山，是山坡地的延伸，一些家属自种了青菜、油菜等菜苗。我一个人没事常喜欢在那闲逛。那会儿城市面容奇特，一边是繁华的工业区，转个身就会见到一片菜地，像农庄田园。

师傅犹豫了一下，答应了。

夕阳余晖越过山坡洒在菜地上，菜苗碧青透绿，油菜花也开得黄灿灿的。

师傅问我工作情况，让我学习不能丢，将来社会发展还是看文化知识，我有一搭没一搭地回应着。

他没有像别人那样劝我赶紧找对象，从来没有。

我摘了一棵地里的蚕豆，吃起来鲜甜，递给他，他也笑着尝了，还拍掉我肩上掉下来的毛毛虫。

他的手温留在我肩上，那是我们唯一的身体接触。他就走了。

8

毕业二十多年，同学聚会。

除了雪红数落我过得不好，大多数人对我还是蛮多褒奖，夸我有眼光，在深圳落户生根，那儿可是遍地黄金，一个平方米抵得小县城的一个套房，寸土寸金。

职位、金钱、地域、房产，在世俗成功的标签里，我没想到自己也有幸被贴上了一项。

我不是先知先觉，也不是老谋深算。我的离开更像是一场走投无路的放逐。

钢铁厂成为伤心之地，再也待不下去了，实际上我早就厌倦了那轰隆隆的机械声。那个泣血的春天，令我消沉了很久，我一遍又一遍地背着艾略特的荒原：

> 四月是最残忍的一个月
> 荒地上
> 长着丁香，把回忆和欲望
> 掺和在一起，又让春雨
> 催促那些迟钝的根芽
> ……

我那个已经在北京读书爱穿黑色衣服哲学系的室友，推荐我去深圳，说她一个学长所在的学校正急招英语老师。

正好是学期中段，那学校的一个英语老师查出乳癌，急需顶岗老师。试讲通过，我便留了下来。

我没有教师资格证，也没从教经历，好在有人引荐，不然连面试的机会都没有。那学校是一所企业集团办的，对教师资格的要求也相对比政府学校松动些。

深圳是个新天地，这里四季花开，海风浩荡，到处都是年轻的、欣欣向荣的面容。在这样一个陌生遥远的地方，痛苦得到稀释和封存。每个人都只为生存打拼。

对于新的教育工作，我投入了百分百的精力和时间。我的敬业得到了认可，考试是我的强项，我考了教师资格证和心理 C 证，不仅自己会考，而且会抓学生考。三年后，终于得以转正。恰逢那时，我们学校也从企业改制归政府。同事们说，还是交给政府好，事业单位，旱涝保收，不像企业，三年河东三年河西。

我深以为然。

三十二岁那年，我结婚了，老公是我们那个企业的员工，搞模具开发的工程师。

雪红说，一个女人过得好不好，看她的面容就知道了，女人婚后的面容其实是家庭塑造的，确切地说，是老公塑造的。

在雪红眼里，我大概属于过得不好的，我老公要对此负责。

怎么说呢，少女时代看琼瑶小说，那不过是成人的童话。和绝大多数家庭一样，结婚，生子，完成世俗意义上天经地义的事。有了女儿之后，生活更加忙乱，老公常以加班之名，躲避家务劳动。小的时候，奶奶帮带，奶奶是个威严的人，小家一切但凭奶奶做主。

十年后，老公所在的企业转型裁员，他是老员工，单位不好意思明裁，但工资锐减，在深圳，哪怕家政工都是年年涨工资的。老公不服这口气，最后只得走人，单位一次性给了二十万。他拿二十万炒股，七炒八炒，最后全亏完了。

幸而作为老师，我分到了政府福利房，养的是闺女，压力小一些。她去年上的大学。

人到中年，一切尘埃落定。

雪红说，她不要结婚，有个男人在家烦得很，男人的那些东西，臭烘烘的鞋、烟灰缸，会把家里搞得乌七八糟。

我部分同意她的观点。

张爱玲说，人生是件华丽的袍，上面爬满了蚤子。其实哪里是华丽的袍，不过是件布棉袍，陈旧，朴素。不过，话说回来，布棉衣也有种抵御寒冷和孤独的功效。起码当你躺在医院里，床边有个递水的人，在你肩周炎犯了，可以帮你拉一下你自己拉不上的拉链。

婚姻是深不可测的容器，爱、恨、怨、怜、憎、厌、愧……一切皆能容纳，能走到头的是一个"义"字。婚姻是人间最大的修行。

夕阳黄昏，有时两个人一起散步，看两条相依的影子，未尝不生出相濡以沫的安慰和感激。

9

"把眼袋做掉，你起码减龄十岁。"

雪红一再地劝说。她邀请我去参观她的美容院，实地感受一下。

我怕痛，再说，万一失败呢？自从师傅去世，对于人世的意外和无常，我更多惊惧。

"胆太小，小琴就不像你，她多勇敢啊，腿都可以打断。"

她就这样提起小琴名字的。

关于她断腿增高的事，我曾隐约听到传闻，但一直不信，也没人证实，这太惨烈了吧，谁会敢对自己下此狠手？小琴，那样娇小柔弱的女孩。是的，她留在我记忆里的一直是女孩形象。

同学聚会小琴没有来，彭亚明也没来。聚会大抵都聚不齐的，混得不好的，不愿意来，混得太好的，也因为忙或者其他各种原因而缺席。通知都通知到了，只有小琴，说联系不上。彭亚明要出国访问，人没到，但打了一千元过来表示心意。他算是发达了，念书时，他穷得叮当响。大学四年，小琴接济过他不少。

"我见过小琴一次，"雪红说。"那当儿我还在洗浴中心打工，有一天，小

217

琴珠光宝气地跟着一个男人进来。那男的大背头梳得油光水滑，脖子上挂着很粗的金项链，手指上戴着老板方戒，看上去比小琴大十岁不止，小琴风姿绰约地走在旁边，那男的个子不高，气势强大，小琴倒像比他还高。这一对一进场，不由人不注目。小琴看见我，愣了一下，对我扣了个响指，既像打招呼，又像做暗号。我看着她，总觉得哪里不对劲。"

我在洗浴中心见得太多了，怕小琴跟有妇之夫后面吃亏。

我不给人按摩，只是搞卫生的服务员，找了个空当，小琴上厕所，我们终于说上话。

"那男的谁呀？"我说出我的担心和不屑。

"正经人。"小琴笑了，她告诉我，那男的做煤矿生意，厂在南京，和钢厂原来有业务往来。

"人家有老婆吧？"

"离了。"

我不知道小琴是在人家离前认识的，还是离后认识的。她打扮的狐媚样子，一般男人顶不住的。

"你怎么在这里打工？"轮到小琴问我。

这一问勾起我伤心事。

她有些同情地望着我。

"我们厂也倒了。"她说，一家人三分之二在钢厂，"怎么办？大家都要活命的。"她不屑于像我这样谋生。

说话当儿，她手机响了。是那男的打来的，她赶紧说，马上过来。

看得出，她对这个男的紧张得很，这应该是能改变她命运的男人。

我判断得没错。我们洗浴中心一个人认识那男的，说那男的原来也穷，做煤矿发了家。

一个富裕起来的浅薄男人，为了向世人证明自己的成功，首先之一就是更换老婆，要找个年轻漂亮的。对于有钱的男人来说，这也是蛮容易做到的事。

小琴的美征服了他。只是她的身高让那男人不太满意。

"只要能增高，我给你花多少钱都愿意。"那男的对女色有完美主义的要求。他有的是钱，要的就是世人的艳羡，以此证明自己的价值。

小琴做了截骨术，在小腿处把已经闭合的骨生长线重新打开，安装一种具

218

有牵伸作用的肢体延长器。这个手术让她在床上躺了一年。

难怪我见到她第一眼就觉得哪里不对劲，她过去娇小玲珑，这次像是长高了不少，原先我以为是高跟鞋造成的，这才明白，原来她做了增高。

雪红第一次对我讲起这段往事，依旧难以置信的样子。

真佩服她啊，为了改变自己的命运，什么代价都可以付出。她后来开美容院也是受小琴启发。这个市场太辽阔了，女人为了美，为了取悦男人，真是什么刀山火海都肯往下跳的。

"你还记得小时候，小琴带我们去她奶奶家摘月季花吗？她奶奶的伶仃小脚，走路都摇摇晃晃。"小琴说，她奶奶小脚是到十二岁才打折裹成小脚的。她比她奶奶更厉害，不同的是，她奶奶是被迫，她是自愿。一直没告诉你，是因为小琴不想让别人知道，尤其是你。你在那座城市，和彭亚明在同一座城市。"

"她和你说起我吗？"我悻悻地说，有些介怀，又很心疼，她的腿，该多痛啊。那些年，在我的大学宿舍，接待过她多少回啊。我们曾那么亲密无间，她说断就断，这么绝情，彭亚明和她分手，犯不着连我一并恨着了。

"她有提你的，问了你情况，我把我知道的都统统告诉她了。事实上，我不明白，她为什么不联系你，我们俩之间，她其实对你比我更好。"雪红说，"小琴听说你去了深圳，结婚了，长吁了一口气，说，祝贺你有好的归宿，还说，大城市好，不像小地方那么保守，很难混得下去，她也要去大城市。"

"和那个男人一起走。她确实是很果决的人。"

"后来呢，后来怎么样？她和那男的。"我追问。

"也离了，没孩子。那男的给了她很大一笔钱，据说在上海，也有说做生意，去了台湾。她和同学都断绝了往来。种瓜得瓜种豆得豆，她付出了，也得到了自己想要的。"

她得到了自己想要的吗？我叹息不已。记忆中的小琴浮现在眼前，大大的、水汪汪的眼睛。我发现自己蛮想念她的。

10

这年夏天我回家乡，顺路参观了三个地方。

第一个就是雪红的美容院。

在闹市中心，一个不大却蛮雅致的地方，墙壁刷成温馨的粉白，里面的工作人员穿着白衣，像医生，有几间小美容室，过道上贴着一些美容的标语。最醒目的倒是前台上方的一副红色标语，"人民对美好生活的向往就是我们的奋斗目标。"

我笑起来，对雪红说，调子够正，形势跟得紧哈。

雪红笑道，那当然，我最喜欢这句话了，人民群众对美的向往就是我们的奋斗目标。

"怎么样？要不要做掉？"她还惦记着眼袋。

"不。"我看着走来走去的白大褂，斩钉截铁地说，"大家都这么美了，也需要我们不美的做个陪衬，千篇一律的美，还不如保留我独特的不美。与美相比，我更喜欢真。"

"好吧，有道理，不劝你了。爱做不做吧。确实现在美女有同质化倾向。"雪红叹道，"我们仨，我是说小琴，你俩一个太保守，一个又太胆大，奇怪的是，我又觉得你俩好相像。"

我心里一动，提起小琴，我总难平静。我去的第二个地方是母校。母校已经迁了新址，从城市的东头换到了西头，圈了好大一片地，我到的是旧址。那里变成附属学院，有一些二本学生和部分研究生在此读书。

那条我念书时散步的林荫道还在，一些学生零零星星地走在其间。在一棵长着茂密枝叶的香樟树下，我看见两个女孩面对面相拥，她们俩心思集中在对方，没有注意到我。

往事如电影倒带，那个初夏，小琴靠在我肩头，哀哀痛哭，她说，"我该怎么办？"

我仿佛又闻到了她身上月季花的芬芳。有时候，我们要过很久很久才能真正认清自己，而我们感受别人痛苦的能力远不及痛苦本身。这年，我已确知了小琴的身份，有人见过她，在上海。

愿你一切都好，愿你终于成为你自己。小琴。

我去的第三个地方就是我曾经工作的钢铁厂，那里已建成了一座供人观光的工业遗址。

在我离开十年后，钢厂实行了第二次买断，这次是卖给政府投资公司。供给侧改革，淘汰过剩产能，煤炭钢厂大幅裁缩。员工分几拨安排，三十五岁以下的，政府给联系其他一些国企安插进去，五十岁以上办退休，中间段的买断回家。跟上次一样，一年按一月算，上限为八万。那时国家已有政策，说养工人不养厂，宁愿给工人多补贴一些，落后的厂不能再扶，越扶越亏，据说领导内部打听了消息，在政策出台前，先定了买断方案，省了大笔开销。工人们不服气，组群相约去政府举牌子，因为影响公共秩序，领头的还被关了几天。后来厂里派了保安部队，怕事情闹大，又组织干部，许诺好处，分散瓦解，把工人摆平，人心就散了。这事因而不了了之。

钢厂就这样消失了，曾经辉煌一时，如今变成一处供人凭吊的遗址。我想起在地下的师傅，在遗址上倒了一杯酒。

在附近的一家星巴克，我要了杯卡布奇诺，手机里打开收藏的一首老歌循环播放。

> 还记得年少时的梦吗
>
> 像朵永远不凋零的花
>
> 陪我经过那风吹雨打
>
> 看世事无常
>
> 看沧桑变化
>
> 那些为爱所付出的代价
>
> 是永远都难忘的啊
>
> ……

如诉的歌声围绕着我，我像老僧入定了一样，眼角却噙着一滴泪。

若是你到小城来

1

齐岭山是我们春谷最高的地方，站在山顶俯瞰，密密匝匝的灰色建筑群，像遵从了某种看不见的指令，排列组合成一幕严丝合缝的微缩图景，笼罩在薄薄雾霾之下。

一条绸缎般的清澈河流从西向东蜿蜒穿过城区，小城因此而灵动起来。

城关境内东、南、西、北几条主干道，沿路分叉衍生出许多小巷里弄。小时候我家住在东河大街，这条街蛮长，与穿城而过的桃溪河平行，里面纵横交织，住着许多户人家。那时邻里碰见，都会亲亲热热地点头打招呼，有时干脆停下来，拉着对方衣襟，家长里短地一聊老半天。小孩子们也成群结队地玩耍，逛别人家门子如同逛自家菜园。彼此间几乎没什么秘密和界限，一家发生什么事，一条街很快也就知道了。

独一人例外，就是许若存，他这人古怪，年纪比我们也长不了几岁，却蛮清高，从不与邻居伙伴打成一片，也不去别人家串门，只偶尔和几个与他一样怪异朋友从大街上呼啸而过，招摇得很。

倒也稀奇，这么个目中无人的家伙，却是我们这条街姑娘们心目中的美男子。我由衷地怀疑她们的眼光。他到底美在哪里呢？掰指头数数，唯一可看的优点大概也就是个头了，看他时我脖子得朝后多仰点。姐说男生一高遮百丑，许若存不仅高还直，"挺拔！你知道吗？这叫挺拔！"这个词来自琼瑶阿姨——

222

那时正风靡。在我们这座江南小城，大个子的确鲜见。偶尔冒出个出类拔萃点的，大多像秋天成熟的麦穗，谦虚含着胸。许若存"挺拔"得有点过了，看上去忒骄傲。当他经过的时候，姑娘们的眼睛像追光灯一样或大胆或羞怯打在他身上。除了身高，我看不出许若存有什么额外的长处，脸型偏小（放别人身上也许不显小，但他太高了，就不大合适）——当然了，搁现在倒也拉风，如今影视里的小鲜肉个个巴掌大小脸。可在崇尚高仓健式那种正大阳刚之美的二十世纪八九十年代，许若存能得到追捧，也是我们街姑娘们眼光超前了。提到高仓健，还别说，仔细看，许若存跟他略有一点点相像。脸朝内凹，单眼皮，眼风扫人，带点冷意。虽没高氏那样刚硬方正，但散发出的冷峻气息，倒也让他显出了些许与众不同。

在那个男孩子普遍都比较糙的年纪里，许若存脱颖而出，胜在气质。因为身材好，衣服到他身上就像模特穿的，发型也讲究，在额头黄金分割线处分开，打着发蜡。

这种文艺范儿或许是从他家的小书店带来的。

那个暑假，长得有点无聊，姐又去书店借书，和齐筱冬一起，齐筱冬是她铁姐们，我跟屁虫一样尾随其后。

晌午时分，太阳炙烤着大地，人要热昏了，有一截柏油马路晒得沥青融化，许若存家是临着大街的那栋墙壁上爬着青藤的平房，门口平整的泥巴地有洒过水的痕迹，这是夏天人们常用的降温手段。进到书店，顿有阴凉之感，书籍特有的墨香扑面而来。店面不大，是许若存家客厅堂屋改造的，除了四周墙壁的书橱，另有几排木头书柜立在其中，靠门边的墙上贴着"书海无涯"草体书法，半旧的吊扇在天花板上慢慢地旋转着。

许若存姐姐在店里，坐在门边藤椅上恹恹欲睡地剥着毛豆，平时书店由她照看。

我们打了招呼就直奔港台流行文学书柜，一溜儿的琼瑶小说密密地在那排着队，还有严沁、岑凯伦、亦舒等人的书，另一边是金庸、古龙。这些书由于使用率高，好多封皮都磨烂了，被店主用糨糊加白纸加塑料薄膜重新修补好了。修补得极其认真，这使得借书人不由不小心对待了。说起来，我们县租书摊子也不少，那年代，似乎人人都是文学爱好者，姐就爱去许若存家，一来因为近，二则他家书多，新书比别人进得都快，再一个原因，她一定不承认的，就是希望能偶遇美男子许若存。

这次还真巧，我在童话书书柜找读物，一个高高的身影从里屋闪出来，站在了两个琼瑶专柜翻书的女孩背后。姐扭过脑袋，一眼瞥见许若存手里正拿着几本簇新的书，那本画着忧郁长发女孩的花花绿绿封面，一看就是她们最喜欢的琼瑶书。

"哇，新到的！"姐姐眼里闪烁出渴求的光。

许若存"嗯"了一声。

"可以借不？"姐期待地问。

"还没登记编号。"许若存姐姐插话道。

"你们借也无妨，只别弄坏，别折痕。"许若存慷慨地说，又问了句，"你是不是住东河大街？"

"对的，二栋二〇六，就是我家。有空来我家玩哦。"姐热切地说道。我替姐害臊，这表现也太殷勤了吧。

"你不住这边吧？"他瞅了一眼齐筱冬。

"她家在城南。"姐快言快语。

"常看见你俩走一起。"

"我们是好朋友，她天天来我家玩。"姐为居然能被这个目中无人的人"看到"感到惊喜。

许若存将其中的一本《彩霞满天》递给姐姐，余下的几本新书交给他姐编号上架。"看完再来换，给你们留着。"

姐姐没想到这第一次碰面，居然获得这样的优待，原来这么个骄傲的人，也并非外表看上去那样高不可攀。

租书店的书借一本书一块钱，过了租期，超一天罚一角。为了多看书少花钱，姐平常总是和齐筱冬一起来借，回来两人再交换着看。

这次不仅看到新书，还和美男子搭上了讪，姐甚为开心。

后来，我们还书的时候又巧不巧遇着了许若存，自那以后，我们遇见他的概率大了起来。大家也就渐渐熟了。

　

许若存第一次登门造访我家，带了两本新书来。那天，齐筱冬也在。整个夏天，齐筱冬几乎天天腻在我们家玩。

如果说姐和我是血缘关系的姐妹，那和齐筱冬就是非血缘关系姐妹，她俩在一起的时候，我这个亲妹子都靠边站。当然，我不嫉妒，我也把齐筱冬当姐姐待的，她甚至比姐姐更像姐姐，脾气超好，人又漂亮。当时有一部很火的日本电视连续剧《血凝》，齐筱冬长得像里面的女主角幸子，温柔恬静，话不多，平常喜欢勾着头，含羞草一样，跟那个趾高气扬的许若存正相反。姐有一次念到徐志摩的诗，"最是那一低头的温柔，像一朵水莲花不胜凉风的娇羞"，然后眨着眼笑问，像不像形容齐筱冬？对闺蜜，姐不吝赞美。她俩小学就是同学，一路同到初中，形影不离。有时齐筱冬在我家玩晚了，就留下来吃饭、睡觉。那时候父母都不大管孩子。我妈烧饭不过多添一双筷子，齐筱冬懂事能干，我父母不在家时，她就和姐一起做饭。我父母也都挺喜欢她。

那年夏天，她俩初三毕业，假期漫长，没啥作业，天热，又不能出去哪里，要是其他季节，还可以去爬爬齐岭山。俩人就成天黏在家里，看小说，聊天，一起下下五子棋、打打扑克牌什么的。

许若存造访我们家那天，家里就我们仨。爸爸出差去了，妈妈上晚班。我们刚吃过午饭，这顿饭我们自己做的，主要功劳是齐筱冬，姐打下手。吃完饭，齐筱冬洗碗，姐抹桌子扫地，我坐门口看小人书。一个高大的身影出现在门边，叫了声我姐的名字。

姐一抬头，放下扫把，一副贵客来临蓬荜生辉的惊喜表情。

"给你们带了本新书，《在水一方》。"大个子顶天立地杵那儿，房间顿时有压抑的感觉。

"噢，太好了！"

这新增进的关系让姐过去简直不敢想象，现在，她们不仅借书享受了特权，店主还亲自送来。齐筱冬洗了碗，从厨房进来，许若存眼里闪出一道光芒，高大的身躯朝前倾了倾，望着齐筱冬，"你也在这？"

明知故问，厨房就在大门对着，他分明是看到的。而且，他知道她俩总形影不离。齐筱冬冲客人点头羞涩一笑，这是她惯常的微笑。许若存表情也有些不自然，与我平常见到的那个眼睛朝天的家伙判若两人，他如今的样子不仅不高傲，甚至可以说是谦卑的。

收拾好饭桌，姐将他们带进里屋，我也跟进去了。这是我和姐共同的卧室，

225

一张很宽的可以睡好几人的大绷子床，两张我爸爸单位淘汰下来的掉了色的办公桌，分别做我和姐的书桌，旁边有一个放着马恩列斯毛著作和我们学习参考书的竹书架，另外一面墙放着一张竹篾子做的凉床，凉床上有我们看的小说、五子棋、扑克之类的东西，墙上贴着一张林青霞的电影海报。

许若存环视一周，发现办公桌上的一摞高中课本，那是我表哥前几天带过来让我姐预习的，他今年刚高三毕业。

许若存认识表哥，他们同一级。我吃了一惊，许若存看上去时尚成熟，和我表哥完全不是一个类型。

"你表哥厉害，总考前几名，大学生坯子。"许若存褒奖道。

"他就会学习，书呆子一个，害得我妈老拿他比我。"姐半谦虚半不满道。

许若存坐在凉床上，随手翻了翻身边的一本田字格草稿本，那是我的练画本，上面画了许多小人头。

"喜欢画画，下次给你带点白纸来。"

许若存爸爸是印刷厂职工，爷爷是文化馆退休馆长，笔墨纸张比旁人家多。再次过来的时候，他果真带了素描纸，还有一些作废的日历稿纸，说可以打草稿用。

许若存挺会画的，白纸上随手给我勾勒了个看小人书的素描，我姐看了，让他给自己也画了一幅。

我们窗外有一棵无患子树，树冠齐到阳台，他让齐筱冬坐在阳台藤椅上，背景是枝叶繁密的无患子树，这棵看惯了的老树突然间变得美极了。画画给了许若存很好的端详理由，他画得极用心，比画我们的时间长多了。由于盯得过久，齐筱冬脸都羞红了，微微垂着头，我不由想起姐姐吟诵的那句诗，"最是那一低头的温柔，像一朵水莲花不胜凉风的娇羞"。空气里有一种甜腻躁动的气味，好像花儿在无声绽放似的。

许若存对齐筱冬表现出了遮掩不住的热情，其实喜欢齐筱冬的还有我那学霸表哥。他过去一心学习，从不串门，自从上次给我姐送高中学习资料遇见齐筱冬后，也来勤了。但他不像许若存会画画，会吹口琴，会打牌，会下棋，表哥只一本正经干坐着，和我们谈如何学好数理化。

不久，高考放榜，满街沸腾，红榜上的莘莘学子成为人热议的对象，我表哥是其中之一。

226

我暗自希望表哥和齐筱冬郎才女貌，能发展出一番浪漫的爱情故事来。美人不流外人田，表哥再等三年，等齐筱冬长大，高中毕业……

但我如意算盘落空了。许若存捷足先登。

一天，许若存心血来潮，约我们仨去文化馆玩，说那儿有节目表演。他有事就先不过来我家了，让大家直接去那里找他。

文化馆就是他爷爷过去上班的地方，在小城西头。平常老年人在那里读书看报，隔三岔五周末假期会有些群众性演出或猜灯谜活动。

那天晚上的表演者，原来是许若存和他的一帮朋友。不知他们从哪里弄来的道具，一把吉他，一个架子鼓，还有手风琴，几个戴着墨镜的小伙子很酷地站在台上。

观众还不少，都是年轻人。

许若存穿着牛仔裤，黑色短 T 恤，配着墨镜，站在台中央，手握吉他，一边弹一边唱，旁边几个人跟着配合打鼓，伴唱。

> 轻轻敲醒沉睡的心灵
> 慢慢张开你的眼睛
> 看看忙碌的世界
> 是否依然孤独地转个不停
> ……

底下的年轻人也跟着一起唱起来，现场像一片青春欢乐的海洋。姐姐和齐筱冬的眼睛闪闪发光。

舞台上许若存光芒四射。那天他们唱了许多流行歌曲：《大约在冬季》《一无所有》《我是一匹来自北方的狼》……许若存唱"北方的狼"时，样子真的很像荒原里咆哮的狼呢。这些好听的歌，带着新鲜的异质气息，深深打动了我。

"明天会更好，没考上大学有什么。"许若存说。他的理想是做个设计师，准备补习一年，参加艺术系的招考。

姐姐和齐筱冬都以崇拜的眼光看着他，仿佛一个虚拟中的艺术生比我那正经八百的大学生表哥强一百倍。

那年暑假在我的记忆中很特别，仿佛发生了许多事，它的结束是以一个不幸的消息收尾的，齐筱冬的妈妈查出了肺癌。

2

秋天，开学了。为了给齐筱冬散散心，大家提议一起去爬齐岭山。天已经不热了，我家阳台后面的无患子树叶已开始发黄。

金色染遍山林，齐岭山流光溢彩，随便拍一幅都是明信片风景。许若存叹息道，应该带个画架来才好。他带着我们沿着山路小径往深里走，树声、虫鸣、鸟叫、泉水淙淙，秋天山野的气息真是好闻。过去，我们来齐岭山玩，也就在前山走一走，齐岭山很大，除了丰富的花草树木，还有许多坟茔。走着走着就会碰到。我们胆子小，平时不太敢往深里走。

许若存带我们见识了不同的风景，我们找到了传说中的仙人洞，还有翠竹林，他用竹子叶打卷，吹出动听的曲子来。又用柳条、野花编了花环给我们戴头上。

许若存说，翻过齐岭山，后面有一个桃花谷，春天可以去那里看桃花，开得可盛大了。

我们听了都特别向往。

"要不要听自己名字的回音？对着桃花谷喊，听到了运气就会好哦。"许若存说。

我们于是对着山谷兴奋地呼喊着自己的名字，齐筱冬放不开，只心事重重地凝眉望着深沉的山野。"你姓齐，齐岭山是你家的，桃花谷也是你的……"许若存想方设法逗齐筱冬开心，手握着嘴巴，用力呼喊起来，山谷里传来不绝如缕的回音"齐——筱——冬——筱——冬——"

声音穿透了整个山谷，响彻漫山遍野。齐筱冬终于露出了笑容。

第二年春天，我们并没有去成约定好的桃花谷。齐筱冬妈妈去世了。

隔了些天，听说齐筱冬不念书了，顶了母亲的职，要在百货公司上班。

才十六岁，就不上学了？

齐筱冬成绩很好，人冰雪聪明，我有不会做的题目都问她。高中分尖子班，她进的是尖子班。若一直用功读上去，考大学没问题，我姐后来都上了师专。

齐筱冬爸并没有太过逼她，只说两个弟弟还小，要供养，妈妈去世，少了一份收入。百货公司是国营单位，许多人想进还进不来。就算读了大学，出来还不就是找一份工作吗？国家政策，也会有变化，顶职的事今年有难保明年一定有。

这样一权衡，齐筱冬小小年纪就辍学了。

百货公司在十字街头，那是小城最热闹的繁华地带。我妈所在的人民饭店就在对面，一到饭点，人满为患，飘出的肉香菜肴味让路过的行人都绊住了脚步。

斜对面是照相馆，姐姐和齐筱冬的一张合影曾在橱窗里摆过很长一段时间。两个人好到要花钱照一张照片，也是当时风尚，大约有立此存照之意吧。照相馆，一楼是营业厅，柜台后面是暗房，二楼是照相场所，推车式照相机，上面蒙着一块布，镜头又黑又深，看上去很神秘。三楼是布景照相区，人没钱去旅游，在贴着北京长城西湖三潭映月的画面前照张相，也算到此一游了。

到齐筱冬上班的那当儿，无论是人民饭店还是百货公司，生意都没有过去那么好了。一些个体私营商业逐渐兴起。小饭馆、小发廊、小超市零零星星冒出来。

十字街口是我上小学的必经之路。

齐筱冬上班后，我和姐上学都会从店里过一下，去中学其实可以不经过这里，从东河大街，穿过一条小巷子，抄近道就可以去学校了。姐特地这么绕一下并不是为了陪我，而是为了和闺蜜会面，说上几句话而已。

不外乎这些：

"下午语文两节连堂，杨猴子肯定又要布置作文。"

"烦死人，马上又要考试。天天印一堆试卷，各科老师还都说自己作业不多。你看我，黑眼圈都出来了，熬到十二点，作业都没写完。"姐对不用再点灯熬油学习的齐筱冬好生羡慕。

"我得上课去了，时间要到了。"姐抬手看看手腕上的一只小机械表——上高中妈妈给买的。

"去吧，别迟到了。"

我和姐便忙忙地告辞而去，回头的时候，我看见齐筱冬眼里竟有一丝羡慕的表情。

有几次，我看见柜台外边站着年轻的男子，不像买东西的。齐筱冬年纪小，分在文具组柜台。那男子过了买铅笔的年龄。

逢到这种，姐便要把我支走，她俩要说悄悄话。

"是筱冬姐的追求者吧？"我回家问。

"人小鬼大。"姐笑着用手指点一下我的头。

她藏不住秘密，告诉我那小伙子是政府的，给她写了许多求爱信。齐筱冬没答应，那人经常过来磨。

齐筱冬追求者着实多，胆大的在柜台边徘徊，胆小的递求爱信。

有的年轻人不买东西也要过来瞅一瞅。齐筱冬提升了日渐冷清的百货公司的人气。

追求者有政府官员、教师、企事业单位职员、军人……包括我那去远方念大学的表哥也给她写过信。

"表哥也给她写过信？"

"你千万别说，齐筱冬不让我讲。"

我打心眼里希望表哥能成功。

可是，齐筱冬终究和许若存好上了。

3

大概是齐筱冬母亲去世后的第二年夏天吧，我去南门外公家送妈妈包的饺子，看见齐筱冬和许若存走在桃溪河金桥上，正是傍晚日落时分，夕阳西坠，金桥下的河水倒映着霞光，波光粼粼，俩人似乎被美景吸引，驻足斜倚在栏杆上极目远望。

很美的一幅剪影。我想象着自己将来要是谈恋爱，一定得来个这样的造型才好。

齐筱冬样子完全变了，穿着蓝色百褶连衣裙，两根齐肩麻花小辫不见了，剪了短发，刘海像一片乌云样，飘向一侧，短发尾也是微微翻卷。在小城，我找不到第二个这种发型。不用说，一定是许若存给设计的。

即便在背后也能感觉到她脸上的笑靥，那种溢出来的满满幸福感。他俩斜靠桥栏都没看见我。

齐筱冬恋爱之后，就不怎么来我家了，那也是姐姐冲击高考最忙的时候。

姐姐有小小的失落，觉得自己在齐筱冬心中的地位被许若存取代了，又有点生许若存的气，原来自己仅仅充当了一回桥梁，她对自己曾经表现出来的殷勤感到羞愧，好在高考在即，把她的幽怨稀释了。

姐姐收到师专录取通知书后，齐筱冬赶来祝贺，送了一件白底黄花雪纺绸连衣裙，说，款式是许若存设计的，她找裁缝做了两条，自己留一条。齐筱冬和姐姐身材差不多。

姐故意酸溜溜地说，"和你一样，许若存怕不高兴吧，你可是他的独一无二。"

"瞧你说的，我俩有什么好计较，何况你在大学里穿，不会撞衫。"

提到"大学"两个字，齐筱冬叹了口气。姐姐终于扬眉吐气一回了。

录取通知书被齐筱冬拿在手里抚摸了好一会儿。

姐软下口气真心实意地说，"你成绩比我好，要是你考，肯定会比我考得好。"

齐筱冬说，"我倒没什么，就是希望许若存能拿到这个。"

那会儿许若存已经补习了三年，年年落榜，总差那么一点分。曾经多才多艺的光辉形象在我心目中也黯淡了不少。

"再补一年，明年还不行的话，就不考了。"齐筱冬说。

要是别人，姐姐大约会劝分手得了。但对齐筱冬，这话是不能说的。齐筱冬对许若存一心一意，连她这铁姐们都靠了边。何必自讨没趣，更要命的是，她已经为许若存打过一次胎了。

这个秘密我也知道，那是他们好起来不久之后的一个冬天，姐姐和妈妈在厨房里叽里咕噜地说着什么，后来，姐还把家里煨的老鸡汤，用保温锅送了去。

"这丫头也忒不注意了，可怜没娘在跟前照应。"我听到妈妈说了这么一句。

未婚先孕在当时是很大的事，等于就是他的人了。打过胎的女人大大贬值，不和许若存好又能和谁好呢。

说句实话，得知齐筱冬这么冰清玉洁的人未婚先孕，就和我第一次看到我最钦佩的数学老师拿着一块油糍粑粑吃一样深感震惊。

在我眼里，这样的情形是不该发生在他们这样的人身上的，心里莫名不舒服良久。

4

在齐岭山上眺望全城，灰褐色密集建筑，给人一种苍茫之感。和中国其他许多地方一样，春谷在崛起变迁，不断地朝城市化迈进。过去的老房子渐渐地被新楼盘取代包围，道路也拓宽衍生了许多。

齐岭山没有挪开，却也变化了许多。过去的齐岭山春天映山红开遍，秋天盛产毛栗子。每到清明时节，齐岭山尤其热闹，络绎不绝的人进山。白色纸钱挂在坟头，一排排在风中飘荡，风里散发着初春草木的清香和燃放鞭炮的硫黄味。山下有农田村舍，孩子们在山间小道追逐，逝者的祭奠和生者的踏青同时进行，中国人的生死观透过清明这个节日可以展现。

如今这些坟茔连同映山红、毛栗子都不复存在，大笔款项打来，山体凿通，许多地方夷为平地。

好在齐岭山主体还在，我甚至在山下看到久违的油菜花、水塘和一小片菜地。路边有一处处燃烧后的白色灰烬。这是清明祭奠的一个简化方式，不能直接去墓地的，找个地方，化点纸钱，算尽了心意。

姐指着西边很远的一片镜子一样的湖区说，"下次带你去那里玩一玩，有个农庄，可以吃土家菜，摘葡萄。你知道谁开的吗？"

我摇头。

"许若存过去搞乐队的一个朋友，可赚钱了。那人你应该见过。"

许若存年轻时的那帮朋友我没什么印象了，回忆起来费劲，只感觉那些文艺范和农庄老板怎么也搭不上界。

"人是会变的，现在不是文艺范年代了，识时务者为俊杰。"

可惜，许若存做不了这样的俊杰。我注视着山脚下不远的地方，那原是印刷厂，现在都铲平了，扩建了医院、学校。

许若存补习了三年，到底没考上，顶职进了父亲的印刷厂。很快，就和齐筱冬结婚了，在印刷厂要到了一间宿舍。一张连着衣柜和书架的橱子把房间隔成了一卧一厅，卧室墙壁，蛋青色组合家具错落有致，床边是带着菱花镜的梳妆台，床头悬挂着俩人的黑白结婚照。照片里，齐筱冬美得一尘不染，许若存也神采奕奕。床正对着的梅花图是许若存自己的画作，书架旁斜挂的一把吉他。小家被他们布置得很有艺术格调。

衣柜隔断出来的客厅放着一张小餐桌和四张凳子。

没有厨房，铁皮煤炉子就搁在外面，那一排宿舍还住了其他成了家的年轻工人。

232

闹洞房的那天，我在场，得了许多糖果，还有喜帕。齐筱冬穿着大红的婚礼服，发髻插着粉色玫瑰花，美若天仙。喝多酒了的朋友们开着新郎倌新娘的玩笑，许若存酒不醉人人自醉，顺应大家要求当众亲吻齐筱冬，齐筱冬忸怩着推不过，羞得满脸通红。

大家闹翻了天，甚至把撒满了花生红枣的婚床的一根木头都压折了。

在以后的人生中，我参加过不少婚礼，唯这小屋子里溢满的幸福感给我印象殊深。

久旱逢甘霖，他乡遇故知。洞房花烛夜，金榜题名时。人世四大喜事，许若存好歹占了一样，抱得了美人归。

凝视着那如今被湮没的地方，我仿佛觉得像穿越了一个世纪。

姐姐师专毕业时，齐筱冬女儿平安呱呱坠地了。

姐姐分配进了郊外的梅山中学，比较远，一周回家一次，在那所学校，她结识了我姐夫，同校的数学老师。

那会儿我也念高中了，心无旁骛地冲击高考。偶尔看见许若存出现在我们街上。他家小书店早关闭了，她姐嫁到了外县，家里就剩老夫妻一对。

不知是因结婚尘埃落定，还是别的什么缘故，曾经笼罩在许若存头上的明星光环渐渐消散。姑娘们突然觉醒了似的，把曾经投向他的崇拜目光转向了另外的人物，我们街那会儿出了个年轻的万元户，做煤矿生意，几年工夫发了起来，人长得不咋样，却取代了昔日许若存的地位，成为小街传奇。这人后来结了三次婚，还有不少情人。这是后话了。

婚后的许若存身材依旧，不像有的男人一结婚就走样发福。头发照旧三七分，一丝不乱。在大街上行走依旧昂首挺胸很傲的样子。

只不过如今的骄傲倒像是一种孤高的抗议。

有人替齐筱冬不值，凭她的长相和条件，完全可以嫁个有钱有地位起码有好工作的人。唉，这就叫"好汉无好妻，懒汉娶花枝"。人们感叹。

高考结束的那个夏天，姐带我去舞厅见识。那会儿交谊舞在小城盛行。舞厅如雨后春笋一样冒出来。坊间流行一句顺口溜：十亿人民八亿赌，还有一亿在跳舞，不跳不赌二百五。姐告诉我，大学里舞会也比较火，跳舞是一种社交工具，让我可以学一学，不要到时显得太笨，没男孩子追。

"不过，舞会上结识的男孩子不一定可靠。太会跳的，你也要小心提防。"她又给我打预防针。

我们去的是梦之都舞厅，这里环境不错，门票稍微贵点。

一进舞厅，灯光便梦幻起来，舞曲响起，一对对人马在池中摇曳。

姐拉我去舞池里学步。

突然，她眼珠不动了，说，"你看。"

我顺着她示意的方向望过去，原来是许若存正搂着一个窈窕女人在跳舞，这女的我认识，叫小凤仙，也住我们东河大街，从外县嫁来的，老公喝酒犯急病死了，有个女儿，交给老人带，自己去厦门打了两年工，回来也没个正经职业，抽烟喝酒画烟熏眼，据说没断过男人。

小凤仙浓妆艳抹，脑后盘着发髻，额头两旁挂着一绺卷曲的发丝，衬着银闪闪的耳坠，端的风情万种。她看许若存的眼神堪比我们街曾经追慕他的姑娘们。

姐陡然变色。"他怎么跟小凤仙搞在一起？"

"跳个舞，没啥吧。"我觉得她大惊小怪。

"别人没问题，和小凤仙跳就难保。"

"她长得又不如筱冬姐。"

"哼！你是不知道男人。"

"齐筱冬怎么不跳，她应该过来和老公一起跳，管管啊。"

"她不喜欢跳舞，再说，都来跳，谁照顾孩子。"

我于是有点替齐筱冬不值起来。

不知道姐姐后来有没有透露给齐筱冬，也不知许若存和小凤仙到底有没有关系。

隔了一年，倒传来一个颇令人意外的消息，小凤仙的腿被人打断，是公安局局长老婆干的，说勾引她丈夫，带人堵到了，关着门痛打了一顿。

这么说来，许若存和小凤仙是清白的。不过，每每回想起俩人在池中跳舞的画面，就有一种说不出的鄙视和愤慨，好像他背叛了什么。

5

我大学毕业后没有回家乡，先在省城待了两年，后又跟男朋友下海，去深圳谋生。

下海，是当时的时髦词儿。好男儿勇立潮头。人人怀揣发财梦，准备到中流击水浪遏飞舟。一时虾兵蟹将，各显神通。

和下海相媲美的另一个词是下岗。无边落木萧萧下，不尽长江滚滚来。

如同惊蛰过后，大地震动。一切开始苏醒，一切开始颠覆。过去令人羡慕的国营单位、国有企业，遭遇到前所未有的洗礼。

我们春谷麻雀虽小，五脏俱全，工业门类还挺多，有造船厂、水泥厂、钢铁厂、橡胶厂、轴承厂、大修厂……八九十年代曾集中招过一批高中毕业生，考上招工那份喜悦不亚于上大学，那也是"铁饭碗"。然而，也就不到几年的工夫，这些曾经令人羡慕的企业纷纷消散、倒闭、合并、收购了。

某年我回家探亲，突然发现大街上呼啦啦地兴起了一批人力车队，原来全是下岗工人组成，十分壮观。

我妈所在的国营饭店越发不景气了，先是承包柜台收点租金，后来干脆就关门大吉。当初那最繁华的十字街头的其他几家国营单位也难逃这样的命运。照相馆、劳动旅社也都关闭了。新的商场、酒楼、饭肆、桑拿中心、美甲店、连锁宾馆应运而生。

时代发展迅猛，猝不及防就变了样。

百货大楼还在苟延残喘。城西开了一家超市了，人可以随便挑选商品，私人老板经营的。

"老板"成为一个新鲜热词。

那年冬天，我回小城。姐说，"走，带你去'冬不拉'看看。"

"什么'冬不拉'？"

"新开的音乐舞厅，你去去就知道了。"

那会儿，我们小城洋名儿突然多了起来，什么"奥斯卡""拜占庭""欧罗巴""威尼斯"……感觉一下子都冲出亚洲走向国际了。

"冬不拉"带有苏俄色彩，有着与众不同的怀旧之风，原来是许若存经

235

营的音乐舞厅，名字是由齐筱冬的"冬"字而产生的灵感。他终于也当"老板"了。

我们是晚饭后去的，天已经黑了，一些商店都关门打烊了，到底是小县城，夜生活还是跟不上。

过了城中心朝西走一点点，远远看见霓虹闪烁的三个艺术大字"冬不拉"。

音乐厅地方不大，但布置得与任何一个舞厅都不一样。几张低矮的仿皮沙发茶几，几张火车卡座式的小包厢，色泽果绿加橙黄。别的舞厅连塑料凳子都没几张，就是一曲一曲地放，大家纯跳。远不及这里浪漫。音乐厅最前方的主唱台，有电视、投影、立体环绕音响，许若存有一双挑剔的耳朵，对器物要求很高。我们去的时候，许若存正在专心调试音响，刚开始试营业不久。我们去了，他也没客气打招呼，他这人向来如此，不大和人寒暄，惯有的冷傲。

齐筱冬弥补了丈夫的简慢，热情地给我倒来橙子味的汽水，端了小碟花生米和腰果，然后问我在外面的情况。厅里还有两个朋友，我仔细看了一下，就是以前和他一起在文化宫唱歌的人。齐筱冬说，他们几个帮衬，会在这里组一个乐队，招徕顾客。

有人走上来与齐筱冬说话，喊她"老板娘"。

齐筱冬笑得很开心，生了孩子，她身材保持得还很好。黑色长裤，碎花点黑白短袖衫，头发很顺，随意扎起挽在后面，清爽脱俗，是老板娘的款儿。

她让我点首歌唱，试试音响效果，厅里人不多。

我唱了《女人花》。

投屏上放着梅艳芳各种倩影，原唱消掉，我一开口，竟如同梅艳芳附体，声音让我自己都惊讶了。这音响效果太绝了。

> 我有花一朵
>
> 种在我心中
>
> 含苞待放意幽幽……

我奇怪，那天为什么偏偏就选了梅艳芳的这首歌，这首歌就像是唱给齐筱冬的一样。没隔两年，如花美艳的梅艳芳宫颈癌去世。过了几年，齐筱冬也患了乳癌。当日唱歌的情形常常浮现脑海，不由感慨万千。真是女人如花花似梦。

6

在深圳，有次和几个女朋友们一起议论起婚姻家庭之事，其中一个女人说，没有得乳癌、宫颈癌的女人们，最要感谢的人是老公，因为他们没有给你气受。据说百分之八九十的女人长这些瘤子与此有关。

也许有点道理。

我查阅了一下，在医学上，乳癌确实和人的情绪有很大关系。姐姐也说，齐筱冬那些年过得很不容易。

冬不拉经营没两年便倒闭了。成本过高，客源少，冬不拉曲高和寡。春谷热爱跳舞的一般都去那种最便宜的舞厅，或者干脆移师不收钱的露天广场，钱那么难挣，穷有穷的玩法，谁有闲钱去冬不拉消磨时光呢。

许若存从印刷厂出来买断工龄的钱被折腾一空，还欠了不少外债。百货公司拖了数年，终于寿终正寝。夫妻俩双双下岗失业。本来计划着一起出去打工，把念小学的平安交给爷爷奶奶带。谁知屋漏偏逢连夜雨，老爷子突发脑中风，抢救过来后，腿就不能站了，嘴歪鼻斜的，生活再不能自理。

齐筱冬一个人去了上海，也是家乡一个在上海打工多年的远亲介绍过去的。先是在一家歌舞厅做服务员，她以为和冬不拉一样，服务员端端盘子、倒倒茶水就行了。谁知道，那里的服务员还被要求会别的服务，陪喝、陪唱、陪玩，甚至有的时候还要出台，那样钱才能来得多。

齐筱冬待了半年就被辞退了，因为她就像个冰美人，木木的，不仅不会哄客人，还把客人给得罪了。

幸好在歌舞厅结识的一个上海本地大姐帮忙，给她介绍了另一份工作，在一家做服装外贸的厂打工，那家工厂效益不错，齐筱冬工资比歌舞厅还要高很多。

齐筱冬在上海一共待了三年。为节省路费，她一年难得回来两次，最后一年，一整年都没有回。

"就是想女儿想的。"姐后来推测齐筱冬的病因，这样说道。

上海到春谷现在乘坐高铁两个多小时就可以到，但那会儿绿皮火车得八九个小时，来回一趟不容易。

齐筱冬委托姐时不时去照看一下平安，比如冬天里带女儿去澡堂子里洗个澡什么的，做了好吃的，也给平安送去尝一尝。

那时春谷老房子纷纷在拆迁，姐出嫁后搬去了北门，买了集资房。我父母也住上了回迁房，还在原来那条街，只是房屋建筑全变了，我家屋后的老无患子树砍掉了。许若存父母家那个布满爬墙虎和青藤的墙壁也都没了。他和齐筱冬结婚住的宿舍也拆了，许若存带女儿就住回父母这边。

姐隔三岔五过来看爸妈，也就顺便去看看平安，偶尔会瞧见小凤仙在许若存家出没。小凤仙从政府那里搞到了廉租房，也还在我们这条街上。她大刺刺地对姐说，瞧着一家子可怜，帮他们料理料理。姐很狐疑，一个风流寡妇倒可怜起别人来，孤男寡女的，难保不出事。姐说给我听的时候，我心道，许若存没钱没权的，小凤仙图他什么？而且，我也不信许若存眼眶子那样高的人，会看上小凤仙。

"她腿怎么样？"我想起小凤仙曾经被人打折过。

"早好了嘛，人就这样，好了伤疤忘了疼。她离不得男人，主动贴上来。哪有不要的？"

第四个年头，齐筱冬终于回来了。

那当儿，我正好回老家探亲过春节，姐邀我一起去看望刚从上海回来的齐筱冬。

几年未见，齐筱冬依然美丽端庄，温温柔柔，只眉宇间略藏着一抹淡淡忧郁，也许是这几年分离的痕迹，整个人看起来比起过去更有韵味。穿着羊毛灰呢大衣，有点英伦风，很洋气。

她应该是挣上了一些钱，替许若存还清了债，还给平安买了架电子钢琴，平安从小喜欢音乐、绘画，和她爸一样，有艺术细胞。

"不走了，平安读初中了，陪她。将来像你们姐妹一样读个好大学。"齐筱冬像是下了好大决心一样，深沉地叹了口气，说道。

7

回来之后的筱冬，打过几份零工。

超市里的收银员、棋牌室里的烧饭厨师、洗浴中心的服务员，都干过一阵子。

"我周末去棋牌室找她，大家在外面打牌，说说笑笑，烟雾缭绕，她坐在里面小锅炉旁，看着好可怜。"姐姐不忍心，替齐筱冬在学校找了个保安的差事。

"那个活轻松点，就是时间长，但齐筱冬也不愿意，说那样照顾不到家。"姐说，其实，如果在学校，看到曾经比她学习好的齐筱冬做保安，心里也不是滋味。

"她以前在上海，离家那么远，不也过了，现在总不至于比那时更照顾不到家吧？何况平安也大了。"我纳闷。

"那时许若存在家啊。现在，她回来了，也是想多为孩子尽点心吧。许若存经常在外面跑单。"

难怪后来每次去齐筱冬家，总不见许若存，原来是在外面跑生意。这夫妻俩倒好，你来我走，错峰挣钱。

"他跑什么生意？"

"唉，一言难尽。"姐说，"许若存不是会吹拉弹唱，还会画点画嘛，被人看中去了某个红白喜事乐队，时不时要出去，另外还有外省一个画工坊也联系到他，在那里专门画出售到酒店饭馆之类的装饰画什么的，以前走不脱，现在可以了，一去就好长一段时间，不怎么着家。"

我哑然失笑。无法想象那个抱着吉他、曾经在文化馆唱歌的清高人现在怎么当吹鼓手唱红白喜事。想象不到。

"许若存既能赚钱，她就在家歇歇呗，在外面挣了几年，也该好好休息休息了，她家的债务不都她还的。"

"我也这么劝她，她歇不住，说在家不干活，心里发慌。偏要出去找事，好像越累越心安似的。"

"也赚不了几个钱吧？"

"谁说不是呢？小地方不比大城市。最可气的是，有的还不讲理，干了活都拿不到钱。"

姐说起一桩事，有家新开张的大药房招聘人，工资比前面遇到的几家都高点。齐筱冬过去应聘了。

那家药房原来不知是经营什么，药房老板打成毛坯房，重新装潢改造成药房门面。齐筱冬和几个同被录用的妇女在里面做清洁，打扫了整整三天。那可不是一般的清洁，水泥、石砖、沙子，都是建筑垃圾，要用铁锹、锄头、铲子。齐筱冬干了三天，腰酸背痛，实在做不下来，辞工了。结果那三天的钱一分也没拿到，老板说，这是实习期，实习期不给钱的。

我惊讶地说，"就是给别人做三天家政，也得几百块钱了，可以告那老板，违背《劳动法》。"姐说，"你太书生气了，怎么告！人家都是提前说好的。"

这也太坑了！

也就在那时，齐筱冬查出了乳癌。姐陪她一起做的检查。

姐学校单位每年都体检，查出乳腺增生，和齐筱冬说起这事，齐筱冬说自己好像也有个肿块。姐动员她检查一下。

就在齐岭山下的县城医院。姐陪她过去，医生手一摸，脸色不对劲，让齐筱冬赶快做活检。活检下来，恶性肿瘤。

"她就是太苦自己了。"姐电话里和我说起这些事，声音沙哑哽咽。

我也难过起来。

母亲去世，下岗，去上海打工，与老公女儿分别。从来没听见她抱怨过，没见她发过脾气，甚至都没见她哭过。她就是生生把自己压抑出病来。

齐筱冬做了半边乳房全切手术，手术很成功。乳癌是癌症里相对比较容易治愈的一种。大家都这样安慰她。

次年我探亲回家，带了灵芝孢子粉和姐一起看望她。

齐筱冬给我展示她胸部上的疤痕，很长的一条肉红色突出的线，一只乳房没有了。我当时浑身汗毛都竖了起来，美丽和残缺太过惊心动魄了。

齐筱冬却显得平静，她真是我见过的姿态最美的女人。"逆来顺受"，这个词形容她再合适不过。

生计上其实也令人发愁，虽说齐筱冬买了社保，但许多药物需要自费，还有营养也得跟上。她哪里有那么多钱。

许若存从画工坊回来了，靠着偶尔给人吹吹鼓乐，收入也有限得很。

有一次，她们说起许若存曾经的一乐队哥们做采石生意发了财。姐建议说，"怎么许若存不跟着朋友一起挣点。"齐筱冬摆手，说，"他这人傲得很，一般人喜欢浮上水，跟着有钱人后面，人家吃肉跟着喝汤，他却正相反，人有钱了，反而离远了。何况，他也不懂生意。以前冬不拉，你不是不知道，亏得一塌糊涂，他不是做生意的料。"

在齐筱冬家，我见过一次久违的许若存。当年东河大街的白马王子，早失去了往日风采。身材依旧瘦削，头发也还那样分着，鬓角露出的白发，暴露了他的苍老。和年轻时相比，那张朝内凹陷的脸更加阴沉，眼角嘴角，脸上所有部位都齐齐地朝下拉，仿佛地心引力对他格外使劲，表情淡漠厌倦。

当年那个殷勤地借书给我们看，到我家来玩，一起爬齐岭山，对着桃花谷喊齐筱冬的名字的，和眼前这个浑身散发着衰败冷气的是同一个人吗？我不由疑惑。

我们在筱冬家坐着聊天的时候，许若存没打招呼就出去了。

齐筱冬说，"他出去给人上课。"

"上什么课？"

"在一家交谊舞培训班当培训老师，教人跳国标。"

许若存一直保持着跳舞这项爱好，他的良好身材大概和长年坚持跳舞有关，他能坚持的唯有这个。

不知为什么，许若存整个人给人一种薄相，身板薄，脸薄，没有一点厚实的地方。所以，福气也薄。

相书上只说到女人"克夫""旺夫"，没有说到男人"克妻"，许若存应该属于此类。

齐筱冬检查出癌症的那天，许若存都不在身边。他如果有钱就不会令妻子背井离乡去打工，他如果有心，就不会让她回来之后还不能安心歇歇。我替齐筱冬惋惜。

姐说，"还好，齐筱冬也是贵人天助，她曾在上海结识的那位大姐，听说她得了病，一次性支援了十万。"

我惊讶，"还有这样的好人？"

"那大姐是个女强人，生意很大，也做慈善，每年都要给一些贫困孩子捐资，十万块钱对一个富人来说根本不算什么。"

姐姐给我看了那位大姐和齐筱冬在一起的一张照片。的确很慈眉善目的一位阿姨。

齐筱冬说，当年要是没那位大姐，她在上海也待不下去，好人还是有好报的。对齐筱冬来说，这钱可真是雪中送炭啊。

8

四月的齐岭山，满目苍翠，空气是湿润的，还有一点冬日未尽的薄寒。如今的季节，春秋天特别短暂，因其短暂，尤显珍贵。

我从深圳出差去上海，顺道回家。

坐的是高铁，绿皮火车还没拆除，票价便宜，多半是外出的农民工乘坐。还是得有钱，有钱才可以买到时空。

回来的路上，我不由想起齐筱冬，她曾经就是乘坐着漫长的绿皮火车这样往返的。

姐说，病愈后的齐筱冬，有一年去上海故地重游，待了差不多两个月，是那大姐特地邀请她过去散心的。还游了苏杭，在太湖泛舟、西湖游船，拍了不少照片。回来给姐带了丝绸折扇等礼物。

"如果不是平安，我就不回来了，在那边生活也很好，还可以找一份事做做。"这是齐筱冬第一次说这样的话。她在上海打工的那几年，心心念念都想着春谷，觉得世上没有一个地方比春谷好。如今终于肯为上海说了句好话。

"是不是许若存叫她失望了？听说是与许若存吵了一架去上海的。"

"为什么事啊？她都病了，许若存还忍心和她吵？"

"她也没说什么，或许是许若存太爱跳舞的缘故吧。"姐推测。

春谷曾经大大小小的舞厅都化为乌有了，爱跳舞爱锻炼的中老年妇女老头儿们占领了各大公园，露天广场。唯独许若存像个老克拉一样，只要在家，固定地去小城春谷仅存的一家舞厅。而且，是和他的专业舞伴——小凤仙。两人还曾一起参加过国标舞大赛。

难怪齐筱冬要出去散心。

平安高中毕业，在省里上了两年学，毕业后回春谷，自己开了个网店，加盟了一家服装设计公司，一边自己设计，一边在网上推销。这一点继承了她爸的基因。她长得像许若存，没她妈漂亮，但身材好，自己做品牌代言，穿着自己设计的衣服挂网上，生意还挺不错。不久就结婚了，女婿是小城的一名交警。

那几年算是齐筱冬过得挺平顺的几年，手术愈后很好。因为病，她终于不在外面找事做了，却也闲不下来，没事就喜欢编织毛线衣，都是给小孩织，她有一本棒针书，各种花色，看一眼就会织。平安就将妈妈织的毛衣款式也放到网上，居然也有不少买家。

平安儿子出世，齐筱冬才四十五岁。在现在这个普遍晚婚晚育的年代，齐筱冬算是很复古了。在深圳，不少女人四十几岁才开始当妈，比如我。我表哥甚至四十五岁才结婚，那些年为他的婚事可没把我姨急坏。姐私下里开齐筱冬玩笑，说就是她害的，表哥看不上别人。我也在想，若齐筱冬能嫁给我表哥，成为教授夫人，日子该比现在好多了吧。齐筱冬就笑说，各人有命，缘分天定。她并没有一丝遗憾的样子。

齐筱冬喜欢小孩子，还给我儿子打了好几件小毛衣。有一次刚好在老家休假，我抱着孩子和姐去她家玩。

齐筱冬给我儿子试小毛衣，接手抱过去。儿子认生，哭犟着不让抱。齐筱冬哄他，摇晃着，拿外孙的拨浪鼓逗他，小家伙就开心起来，噙着泪手舞足蹈。

"心心跟着阿姨好不好？妈妈走了。"我故意装着要离开的样子。

儿子信以为真，脸上的笑还没来得及收完，嘴巴就瘪起来，可怜兮兮扭身地朝我伸出手。

我那时刚做母亲，那种被需要的感觉特别特别幸福。

姐笑我得子晚，嘚瑟，把孩子惯得任何人不给抱，连大姨也不让。

"不是我惯，是他会认人，一个月就会认，我起床忙别的，没理他，半天没给他喂奶，他就晓得把脸偏着我的方向哭，我换个方向，他脸也换个方向。"我怀着初为人母的骄傲，絮絮叨叨地叙说着似乎只有我娃才会做的事情。

姐和齐筱冬都笑我，齐筱冬一边笑得用手抹眼泪，一边将儿子放回我身上。

姐也笑筱冬，平安小的时候也没见她那样稀罕，如今疼外孙比当初疼平安还狠，人真是越老越疼小孩。

齐筱冬其实看着一点不老，根本不像当"外婆"的人，这么多年，生活的奔波、穷困、疾病，都没有让她容颜有太多改变。这一点老天又对她格外眷顾，美成超长待机。

她和许若存现在住在父母的回迁房，公婆都已经不在了。

小城日新月异地变化着，每次回家都感觉到新的不同。护城河修筑了千里长堤，两岸长出成片高楼大厦。有一次散步走到护城河南边，沿着一个还没改造到的老旧巷子穿过去——现在想发现旧巷子也可不容易了，我生起探古的兴致，走到头，有一家老旧的平房，门口种着棵老乌桕树，石头子围着，青苔从石缝里冒出来。关闭着的房门里传出吟唱的声音来，是汇合了许多人的声音，低低的，苍老的，听不清唱词。我正好奇着，发现小凤仙从身后也走了来，样子老了许多，鱼尾纹十分明显，像一朵快要凋谢的残菊，头发盘成一个髻，灰灰的，半白了。她好奇地瞅我一眼，认出我来，咧嘴对我笑了一下。

我也回了一个笑容。

"这是什么地方？"我问。

"耶稣堂。"她说着，对我点了下头就推门进去了。

"小凤仙入教了？"

"她是在为自己赎罪吗？她和许若存到底有没有关系？"

"谁知道，也许没有吧。"姐说，"有次她发高烧在家，打我电话——她不知怎么有我电话——大概是许若存给的，让我替她买点药，我瞧着也可怜，一个人发高烧也没人问讯。她那天大概有点神志不清，主动说起许若存来，她说，她是不指望他的，尽管她替他们家做过很多事……你们以为我和他有关系，我是不在乎人们怎么说的，但其实，我和谁有关系也不会和他有，他心里只有老婆……你们知道我曾经嫁的那个人是个酒徒滥料，而我喜欢的就是他那样的斯文人。可是，他来我这里，除了抽烟……没别的……"

姐说给我听。

我不由感慨，原来小凤仙是和我们那条街的姑娘们一样痴迷那个倒运的背时人。也是稀奇。

如今她老了，不再执着。在小城，犄角旮旯里还藏有这样隐秘的地方，来安放或寄托着世人们的信仰。

与她那总昂着高高头颅的丈夫不同，齐筱冬颔首低眉，像是低到尘埃里的花。每次回家，我都会和姐一道去看看她。

我们坐着聊天。我喜欢她身上那股安静的力量，一条新增加的黄毛小土狗依偎在她脚边。这条流浪狗，不知怎么走丢了，一路跟着从外面买菜回来的齐筱冬，怎么撵也撵不走，就收留了它，还给它取名贝贝。

除了贝贝，她身边惯常地会放着一个音箱——那是"冬不拉"的遗迹，她

244

一边低头织小毛衣，一边听着音乐，样子专注温柔。

有一首曲子我很难忘，后来下载到手机上了。就是在齐筱冬那里首先听到的，是一首古琴曲《太极》，琴声悠扬空灵，如静水流深，齐筱冬颔首低眉，不知为什么，让我有一种欲哭的感动。睁眼看世界，闭目观自在，她端坐在那里，像一朵莲花。音乐中，有很大的慈悲弥漫开来。

姐说，这也是齐筱冬最爱听的一首曲子。

9

是在前年，传出齐筱冬乳癌复发的消息。

"全都扩散了，不能治了。"姐电话里悲痛地对我说，本以为愈后十年不复发，就没事了，谁知道竟然这样。

我最后一次见到齐筱冬是大年初二。在她家里，她已经不能动弹了，躺在床上，但头脑还很清楚。

这些年，我目睹了不少熟识人的离去，心中的悲悯与日俱增。活着是一件颇不容易的事。

我们好好地来，从来没有学会好好地走。

在重症监护室，我看见曾经威风凛凛的一位老领导，浑身插满管子，整个脸看不出原样；我看见一位同样患癌的年轻同事，脸浮肿得无法辨认。他们并没有想到，医院是最后的归属地。大城市的步骤似乎就是这样。自己的意志完全做不了主。非得到医院遭完那一套罪才走。

医院是个令人不愉快的地方。

齐筱冬还好，躺在自己家里。

姐说，"还以为你看不到了，腊月里昏厥了一场，送到医院，神志不清，都说胡话了，平安哭得要死。也是命大，抢救过来了。这不过年了吗？她要回家。"

说不定会有奇迹。我暗自祈祷。

齐筱冬躺在床上，盖着薄被，房里开着空调。她的脸很瘦，比以前瘦多了，但还端正清秀，不像我见过的那些重症监护室的人。她一直都还保持着很好的仪表。不过，脸色终究沉暗，是那种病入膏肓的颜色。露在外面的胳膊枯得像根柴棍。贝贝蹲在她身边，机警地望着大家。

"妹妹回来了，过来看你。"姐在床边坐下。

齐筱冬眼皮微微睁了一下，"来了。"她轻声应了一声。

我不知该说什么，心里只是难过。

"好好养着，会好起来的。"姐握着她的手。

齐筱冬摇摇头，轻声说，"不会好的，没多少日子了，我知道。"

"现在医学发达，你放心。能把年关闯过来，一定会好的。"姐将她的手臂放进被子里。

姐回忆起小时候的事——齐筱冬喜欢听，两个人一起躺床上看书，一个看正面一个看反面。都是借的许若存家的书。一切仿佛就发生在昨天。

齐筱冬又微微笑了一下。

平安带着儿子过来了。她每天要过来看妈妈。小外孙看家里来了人，挺开心，拿了一个汽车玩具跑过来跑过去给我们看。姐姐给小外孙封了个红包。

平安说，"阿姨，你一来，我妈就很开心。"

"我们这样说话，吵不吵到你？"姐问齐筱冬。

齐筱冬摇摇头。"听你们说话，高兴。"

许若存在厨房忙。晚上女婿要过来吃饭。

许若存老了不少，三七分的头发灰了一层，他过去是染的，现在不染了，原本笔挺的身材终于佝偻下来，像是在生活中败下阵来。他给我们开的门，依旧没有笑脸，仿佛我们的到来是一种打扰。姐说，"他这人就这样子，你别介意。"

10

绕过齐岭山，就到了桃花谷。

如今路好走很多，齐岭山开辟了一条通往后山的道，一直通到桃花谷，我们来到了面前。一树一树的桃花，如锦似霞，让人如置梦幻。这是我们很多年前一直想过来玩的地方，没想到，再来的时候，隔了这么久的岁月。

齐筱冬如今住在了这里。

小城最大的公墓在很远的北郊，齐岭山改造，许多坟地都或迁走或铲平。

246

桃花谷只保留了少许墓地，葬在这里花的钱要多一点。

这大概算是许若存为妻子做的最后一件好事吧。他曾说过，桃花谷是她的。

"有什么用？寿衣都没给她穿。"姐一说起来，心里就难过。

"怎么了呢？"

"他在外面沙发上睡着了，贝贝叫得异样，平安就过去给妈妈喂药，喂不进去，一摸鼻子已经没气了，也不知什么时候走的。"

姐是当天晚上十点接到许若存的电话。

"我过来的时候，她的手还有点热度，我拉着她，跟她说话，她没反应。"

姐姐一说起最后的情形就忍不住掉眼泪。身上还是旧睡衣，下面垫着成人尿不湿。就这样直接拉到了殡仪馆，眼睁睁看着她被推进一个冻柜子里。

"虽说早预料到这一天，可真来了，平日的心理准备完全不顶用。"姐说。

出殡的那天，许若存剃干净了胡子，撒了头油，换了整洁笔挺的衣服。打扮得像青水鸟。

旁边人议论，不出两年，许若存大概就会再娶的。

是啊，男人五十几岁，还不算老。

太阳照常升起，大街依旧热闹，菜市场依旧喧嚣，活人的世界热气腾腾。

向来相送人，各自还其家。亲戚或余悲，他人亦已歌。死去何所道，托体同山阿。陶渊明的挽歌说得真贴切。

世界就这样迎来送往，有它恒定的铁律。

人世间的故事却还没有完。

齐筱冬有个儿子，在上海，已经十九岁了。

是平安告诉姐的。母亲去世后，她管姐姐叫妈，什么事都跟姐商量。

平安在母亲去世不久收到一个微信；是一个上海客户，那人经常买她的衣服。他告诉平安，她有个弟弟，他想带这个弟弟一起回来送一送齐筱冬，请平安带个路，也和弟弟相认一下。那人还说，那天弟弟身体不舒服，从学校请假回家，早早就睡了，半夜梦里叫了声"妈妈"，他长那么大，从没有叫过这两个字，除了在婴儿期（他吃了他母亲十个月的奶水），发出过"M"的音。他便知道不好了，然后果然在平安的微信里看到了讣告。他想齐筱冬应该是愿意看弟弟一眼的。

247

平安对这个凭空冒出来的弟弟不知该怎么办，对妈妈这一段过往，完全不知情。她以为姐姐知道。

姐说不出话来，震惊不足以形容她的心情，还有伤心，甚至幻灭。她们亲密无间一辈子，她以为自己了解她的一切。

原来这世上，我们看到的仅仅只是一层表象？

但是，许若存知道。他一直知道的。

平安说，爸和妈都不认这孩子，他爸不允许那男人带孩子过来祭奠。

平安给姐看了那孩子的照片，和齐筱冬非常相像。

"真是难以置信啊。"我唏嘘不已。

往事渐渐浮现出来，一切都真相大白起来。

十九岁，这个年纪对得上。那一年，她在上海一整年没有回来，原来是身子不便。她回来的那段时间，经常发生恍惚，看到人家抱着襁褓中的娃娃，总要跑上去摸一摸，还会忍不住掉眼泪。她昏厥的时候说胡话，凄惨地喊着"小宝，小宝贝……别哭，别哭啊……"大家都以为喊的是平安。

她手术后，曾去过一趟上海，待了近两个月。还说过，如果不是平安就不回来了。她患病放疗化疗的费用一直有那个大姐支持——不，没有什么大姐。其实就是那个和她共同孕育了一个孩子的男人。

齐筱冬瞒过了女儿，瞒过了最好的朋友，瞒过了一切人。难怪，她在最后的日子，跟姐说，这辈子，她是个罪人，只有死亡，才是最好的解脱。她不怕疼，不怕死。

我听了心里五味杂陈。身为母亲的我，想象着襁褓中的婴儿醒来失去母亲，不由心如刀割。孩子多么无辜，他凭什么一来到人世间就要承受这样巨大的缺失？齐筱冬说得没错，她的确有罪。原来最坚贞却是最出格，最圣洁也是最污秽，最善良也是最残忍。

我更恨许若存，他不让他们母子相认，凭什么？他占据了她一生，却没有给她带来幸福。齐筱冬还是不够狠，许多女人，搭上大款就蹭了原配。她要是足够狠，是可以在上海重新过日子的，跟一个大老板，不是比许若存要好很多？她到底放不下他。而他，竟不让他们母子相认，他甚至都没给妻子换上干净的衣服走，他在羞辱她，报复她。可难道不是羞辱自己吗？

11

我带了一捧黄菊。

桃林深处，新鲜的墓碑。那个从小的玩伴，那个美丽的姐姐，就在下面了。一阵风吹过，四周桃瓣落了一地，像一场盛大的花祭。

墓碑前有一束白菊，看样子，还很新鲜。

我们默立哀悼了一会儿，出了桃林。

桃花谷边有一座小小的外墙生着青苔的庵庙，我们顺便进去了，一条小狗出来迎接我们，仔细一看，竟是曾经齐筱冬收养的那条。贝贝很有情义，下葬的那天，它不愿离开。庵庙就收留了这条小狗。

贝贝认出我们，表现出很大的兴奋。门口的老尼拍拍它，让它安静下来。

"它今天很开心，来了两拨熟人。"

我们在观音塑像前拜了拜，上了香。案前供着香油鲜果。

出来的时候，老尼问我们要不要在这里吃个斋饭。

我们说好。

贝贝摇着尾巴，黑漆漆的眼睛充满感情地望着我们。

"您说今天来了两拨人？它都认的？"

"是啊，在你们之前，来了三个男的。"

"长什么样子？"

"两个中年人，一个小伙子。那俩上了年纪的，一胖一瘦，小伙子像个大学生，很斯文。小狗认识那个瘦子，也喜欢那小伙子，围着他，嗅来嗅去，现在年轻人都爱动物，跟小狗自来就熟了。瘦子在这里坐了一会儿，那俩人往墓园去了。他说，那俩人不认路，他带他们过来的。后来，那俩人走了，他一个人又去了桃林。"

我心里激荡起来。

不由想要飞奔出去，不由想对着如云似霞的桃花谷呐喊。

我相信，地底下的齐筱冬她一定感知到了，那纷纷扬扬飘洒下来的桃花瓣，是她欣慰的笑声和热泪。虽然阴阳两隔，她和她的儿，终于完成了团聚。

12

我又回到了深圳，第二天，很早就醒了。

坐在阳台白色的藤椅上，大地那么静谧，笼罩在黎明前最深沉的天空下，万物沉寂，不发一言，不做抗辩。突然间，一点曦光挣脱出来，渐渐衍成一片，山峦河流沐浴在朝霞里了，大地开始醒过来，人间又开始热闹起来。

我在遥远的异乡，听着空灵的古曲《太极》，想着地图上那个找不到的地方。此刻，小城的人也都醒来了吧，那个人烟阜盛的小城，悲欢离合的故事从来没有完。

图书在版编目（ＣＩＰ）数据

魏先生的几次消失 / 俞莉著. -- 北京 ： 中国文史
出版社，2022.11

（"锐势力"中国当代作家小说集）

ISBN 978-7-5205-3916-6

Ⅰ．①魏… Ⅱ．①俞… Ⅲ．①中篇小说－小说集－中
国－当代②短篇小说－小说集－中国－当代 Ⅳ.
①I247.7

中国版本图书馆 CIP 数据核字(2022)第 211461 号

责任编辑：刘华夏　　全秋生

出版发行：中国文史出版社
地　　址：北京市海淀区西八里庄路 69 号　　　邮编：100142
电　　话：010－81136602　　81136603　　81136606 （发行部）
传　　真：010－81136655
印　　装：北京温林源印刷有限公司
经　　销：全国新华书店
开　　本：787mm×1092mm　　1/16
印　　张：16　　字数：252 千字
版　　次：2023 年 3 月北京第 1 版
印　　次：2023 年 3 月第 1 次印刷
定　　价：58.00 元